I0671136

www.ingramcontent.com/pod-product-compliance
Lightning Source LLC
Chambersburg PA
CBHW031840170626
46807CB00004B/1546

9780359936663

50

نقطة

للموت

تأليف :

م. عبدالعزيز مزيد

19th September, 2019

المحتوى:

مقدمة:

هذه الرواية كانت بمثابة انفجار لمخزون الخيال الذي احفظت به عبر سنوات عدة. جعلني أُنعش الجانب الخيالي من عقلي. جانب مليء بالقصص التي لم ترى النور بعد. يعود هجري لذلك الجانب الذي لطالما أحببته في طفولتي للخزعبلات التي زرعت في افكاري حول أن تلك المخيلة لن تفيد بشيء ولن تجلب لقمة العيش. لذلك فإن الخيار الصائب هو دفنها. لا ألوم المجتمع من حولي فلم أترعرَع في بلاد تدعم الكتابة. وفئة القراء فيها قليلة. العالم من حولي لا يسعه التفكير سوى في تأمين متطلبات الحياة الأساسية التي باتت صعبة المنال غير مكترثين ببعض الكلمات المنشورة ... آه لو يعلموا تأثير تلك الكلمات! ... بالنسبة لي فإن القراءة لحن بات يرافقني في طريقي بعد أن كنت أسير في صمت مقفر. أما عن الكتابة فهي محاولتي في عزف سمفونيتي الروائية.

ملاحظة: ستتضمن الرواية ثلاث مشاهد لدخول الكاتب. أسلوب جديد في طرح الأحداث. تلك الفقرات ستحتوي على كشف لبعض الأمور السرية أو التي جرت خلف الكواليس في سياق الرواية.

ملاحظة آخرى: جميع الأحداث التي في الرواية هي من محض الخيال ولا تمت للواقع بأية صلة، وأي تشابه بينها وبين شخصيات حقيقية هو محض صُدفة.

لنبدأ ؟؟

الفصل الأول:

في سنة 2120 ميلادية... حيث أصبح التعداد السكاني ضعفي ما هو عليه قبل مئة عام ليصبح ما يقرب 24 مليار نسمة. إن العلماء والمتنبئين لم يتوقعوا هذه الزيادة الهائلة بالتعداد السكاني إذ أنَ المؤشرات كانت تشير لاستقرار التعداد السكاني في مرحلة ما. لكن التوقعات لا تصيب دائماً ! استمرت الزيادة المتصاعدة وعلى الرغم من أن نسبة زيادة التعداد السكاني بدأت بالاستقرار أخيراً إلا أن العالم أصبح مكتظاً بالسكان بشكل مخيف. الكثير من المشاريع لم تصمم لتحمل هذا الكم الهائل من البشر. لا الشوارع ولا الطرقات ولا المستشفيات ... الخ... لكن تلك لم تكن المشكلة الأكبر!

الموارد الطبيعية تستهلك بشراهة مفرطة بمعدلات فاقت كل السنين الماضية. على الرغم من أن المحللين أشاروا أنها ليست المهدد الأكبر لوجود البشرية. حيث وجود الإجراءات الوقائية التي واكبت هذا الاستهلاك قلل من تأثيرها، فقد تم زراعة الأراضي الغير مستغلة والاستفادة من المحيطات بعمل محميات طبيعية لزيادة المحصول السمكي. بالإضافة لذلك قامت الدول بإبتكار أطعمة من نوع آخر يغلب عليها الطابع الكيميائي المليئ بالهرمونات يتم توزيعه على المحتاجين من الفئة الفقيرة لتقليل الاستهلاك. الطعام الطبيعي أصبح رفاهية لا يملكها سوى الأثرياء. مما تسبب في ظهور بعض الأمراض الناتجة عن تلك الأطعمة الكيميائية في الفئة الفقيرة من البشر.

التطور التكنولوجي استمر بالتقدم.. الكثير من الوظائف أصبحت تشغلها الكمبيوترات والروبوتات الذكية. في المقابل الأيدي العاملة التي باتت تعاني من شح فرص العمل المتوفرة في ازدياد. نسبة البطالة أصبحت في اعلى مستوياتها، ومع زيادة البطالة؛ معدل السرقة والجريمة يجتاحان العالم كالوباء المتفشي. معظم الدول بدأت بتطبيق عقوبة الإعدام على مرتكبي الجرائم الكبرى، حتى أنها أصبحت مطلباً شعبياً بعد أن كان معارضيها كثر في العقود الماضية. قيمة الانسان هبطت لأدنى مستوياتها بالتوافق مع هبوط الإنسانية واعتماد الناس مفهوم " نفسي أولاً ". تلك في رأيي كانت المشكلة المفصلية.

في ضمن تلك الحقبة السوداء ... نشأت منظمة تتبنى فكرة فاقتها سوداوية ألا وهي تصفية وقتل الفئة السلبية من البشر، وبحسب تعريفهم لتلك الفئة فإن من لديه فرصة عمل ولا ينتج أو بصيغة أخرى لا يؤدي عمله على أتم وجه يؤثر بشكل سلبي على المجتمع. ويشمل ذلك من يؤذي الآخرين بتصرفاته كمن يخالف القوانين أو يرتكب تصرفات غبية طائشة. الناس الغير منتجة أو الأقل ذكاء إن جاز التعبير *. بناءاً على ذلك، تلك الفئة يجب أن يتم تصفيتها والتضحية بها لإعادة التوازن للأرض حيث لا يوجد بها سوى الأخيار المنتجين فقط وهذا هو محور فلسفتهم.

البقاء للأفضل... لا مكان للجميع بعد الآن.

*: يجب عليّ الاتصال ببعض أصدقائي !... سيكونون في خطر .

....في إحدى المكاتب الفاخرة... تتسم باللونين الأسود والخشبي الغامق مع بعض اللمسات الديكورية باللون الأخضر. يجلس البروفيسور عمرو صاحب فكرة المنظمة ومؤسسها خلف طاولة عمله. يراقب بصمت بعض التقارير من خلال الشاشات التي أمامه.

البروفيسور عمرو رجل في متوسط الثلاثيات من العمر.. لديه دكتوراه في العلوم السياسية، يعمل في القطاع الحكومي في أحد الوزارات ولديه الكثير من الأصدقاء والمعارف ذوي الشأن العالي بالدولة.

وسيم الشكل، شعره ذو لون أشقر داكن يجتاح نصفه اللون الأبيض. لديه بنية جسمانية مشدودة وقامة متوسطة تميل الى الطول. غالباً ما تراه في البدلة الرسمية. يرتدي نظارات ذكية بإطار أحمر (انظر الى الصورة رقم 1)... النظارات الذكية في ذلك الزمان باتت هي الشيء المستعمل بكثرة عوضاً عن الهواتف المحمولة, حيث أنها أسهل من ناحية العرض الثلاثي الأبعاد الذي انتشر بشدة, حيث أنه فعال أكثر من حيث الترجمة المباشرة. أجل الترجمة المباشرة! أصبح بالإمكان مخاطبة أي أحد حول العالم مهما كانت لغته بمجرد معرفة لغة واحدة فقط! فتلك النظارات الذكية تقوم بالترجمة لكلا الطرفين وعرضها عبر النظارات كشريط ترجمة بصورة أشبه بمشاهدة فِلم أو مسلسل مترجم عبر التلفاز.

الصورة رقم 1 : نموذج لما يبدو يرتديه البروفيسور عمرو

يُقرع الباب وتفتح الباب السكرتيرة وتقول: " أحد القادة الجدد المنضمين مؤخراً الى المنظمة قد جاء ".

البروفيسور عمرو يرفع يده و يقول: " أُدعيه للدخول ".

يصافح عمرو المسؤول بحرارة ... وبعد التحية يقول الضيف: " يكاد صبري ينفذ أريد معرفة تفاصيل أكثر عن المنظمة ... فهذا هدفي من الزيارة ".

يُجيب عمرو: " لدينا منهج و نظام واضح ودقيق في التصفية, يعتمد على مبدأ النقاط. كل فرد يملك 50 نقطة. يتم حسم النقاط من الفرد عند ارتكابه الأخطاء أو عمل شيء شديد الغباء قد تسبب الضرر للآخرين. عند استهلاك الخمسين نقطة المتاحة لكل فرد خلال شهر يتم تصفيته.

وبما أن الفكرة الاساسية مبنية على تصفية الناس الغير منتجة فإن الخطأ في بيئة العمل يستنزف نقاط كثيرة. يتراوح مقدار الخصم على حسب الخطأ والضرر الناتج عنه. طورنا مؤخراً كتاباً مرجعياً تقريبياً لعدد النقاط الواجب خصمها في الحالات المختلفة وهي متوفرة لجميع أعضاء المنظمة.

الى جانب ذلك... مخالفة القوانين بشكل عام... خاصة تلك التي قد تسبب الأذى للآخرين مثل تجاوز الإشارة الحمراء أو القيادة عكس اتجاه السير يتسبب في خصم نقاط كثيرة أيضاً. على سبيل المثال، تجاوز الاشارة الحمراء في شارع مكتظ ينقص 35 نقطة ".

يسأل العضو الجديد في المنظمة: " ماذا يحدث بعد مرور شهر ولم تستهلك النقاط الخمسين كاملة ؟ ".

يُجيب عمرو: " بعد مرور شهر إن لم تستهلك ال 50 نقطة كاملة، تُعطى فرصة ثانية ب 50 نقط جديدة. لكن تلك النقاط تبقى مسجلة وتفيد المنظمة كمؤشر مرجعي في تقييم الأشخاص.

ومن ناحية ضم الأعضاء الجدد فليس عشوائياً. وكونك من فئة القادة يمكنني إخبارك بذلك، نتبع أسلوب ترشيح الاشخاص ذوي الكفائات العالية ومن يحملون سجلاً نظيفاً عند الدولة (من بعد الوصول لتلك البيانات بمساعدات المنضمين الى المنظمة من العاملين في القطاعات الحكومية في بادئ الأمر). لاحقاً يتم عمل مقابلة مع الشخص المقترح انضمامه للمنظمة. لا يتم الفصح ب أي شيء للمرشح حتى قدومه، يوهم المدعو أنه ذاهب لمقابلة عمل وهمية أو طلب رسمي من الدولة لإدلاء شهادة أو أي حجة كانت لمجرد جذبه للذهاب .

عند قدوم المرشح يتم عرض فكرة تصفية الأشخاص عن طريقة نظام النقاط و أهمية تلك الطريقة في محاولة إنقاذ البشرية على المدى البعيد والمحافظة على ما تبقى من الأرض وشرح إيجابيات تلك النظرية من إتاحة فرص عمل و إعادة التوازن للأرض مع الإشارة أنه على الرغم من وحشيتها لكنها شر لابد منه ! ".

في ذلك الزمن أصبح جهاز كشف الكذب متطوراً جداً ... وهو متوفر لدى الدولة. لم تجد المنظمة صعوبة في الحيازة عليه والاستفادة منه كمرحلة أخيرة من التعيين. حيث يتم الكشف عن مصداقية قبول المرشح للفكرة من عدمها باستخدام ذلك الجهاز .

يستمر عمرو : " إن تقبل المرشح فكرة المنظمة يتم تدريبه نفسياً و جسدياً على حسب المنصب الذي سوف يشغله ".

يتساءل العضو الجديد : " لكن ماذا لو لم يتقبل فكرة المنظمة ؟ ".

يُجيب عمرو : " في تلك الحالة قدم صديقي لي يدى الدكتور أسعد حل قطعي وجذري للمشكلة. الدكتور أسعد مختص بالكيمياء و الصناعات الدوائية وهو مبتكر لدواء يُفقد الذاكرة المتلقى مؤخراً! لم يتم الكشف عن ذلك الاختراع للعلن. وهو بحوزة المنظمة فقط. يتم اعطاء الدواء للمرشح بغير علمه قبل عرض الفكرة عليه موضوعاً بشراب مقدم له. الدواء بحاجة ساعة على الأقل لأخذ مفعوله.. فإن تقبل الفكرة يعطى دواء مضاد لإبطال مفعوله لكن إن رفض الفكرة يتم حجزه حتى يفقد وعيه... ليستيقظ المرشح في إحدى الحدائق تارة او مرمياً

على الرصيف تارة آخرى غير مدرك لما جرى له ولا يستطيع تذكر ما حدث له في الآونة الأخيرة من الزمن. وبذلك تتمكن المنظمة من الحفاظ على سريتها ".

معلومات إضافية عن الدواء: من يُعطى الدواء الذي يذهب بالذاكرة المكتسبة حديثاً، لا يمكنه أن يتعاطاه سوى مرتين فقط بحياته! وإلا سوف يتسبب بمضاعفات قد تصل الى الجنون أو جلطة دماغية. اقصى مُدة ذاكرة يتسبب الدواء بنسيانها هي شهر.

البروفيسور عمرو يجلب ورقتاً وقلماً ثم يقول: " حان وقت المعلومات الشيقة!! سأخبرك بفئات المنظمة الآن... ".

....

الفئة الأولى: القتلة

الفئة التي تستقبل أسماء من استهلكوا نقاطهم جميعها ويجب تصفيتهم (أو ما يدعوا بالمستهدفين) وبالتالي يتجه القتلة لإتمام المهمة والقيام بالعمل الملطخ بالدم نيابة عن البقية. ليس لديهم صلة بالتقييم أو الحكم مهمتهم التنفيذ المباشر فقط. يتم استقبال معلومات المستهدف عن طريق النظارات الذكية التي يرتدونها. تم تدريبهم لمدة شهور تحت أهم المدربين في فنون القتال، سريعون لديهم خفة اليد ويجدون استخدام المسدسات. غالباً ما يتم ترشيح الرياضيين للإنضمام لهذه الفئة.

المنظمة فريدة ومتجددة في افكارها واسلوبها حتى في طرق التصفية والقضاء على المستهدف! فقد استطاعت تطوير جرعة سُم مخصصة تتسبب بسكتة قلبية خلال عشر ساعات. مما يتيح فرصة للقتلة للهرب وعدم لفت الأنظار بالإضافة أن ذلك يخفف عليهم تأنيب الضمير في حال وفاة المستهدف مباشرة أمام أعينهم. وإلا العديد منهم سينتهي به المطاف بالتراجع عن فكرة المنظمة على الرغم من تهيئتهم النفسية خلال شهور التدريب الأولى.

في الساعات الأولى بعد عملية الحقن لا يظهر أي علامات تسمم، لاحقاً في الساعات الأخيرة يشعر المصاب بخمول وعدم القدرة على الحراك والتشنج في أجزاء جسده. أما في النصف الساعة الأخيرة قبل الوفاة يظهر ازرقاق شديد في الجسد كله. من جديد الكيميائي الدكتور أسعد، هو مطور هذا السُم.

يمكن حقن الضحية بالسُم عبر ثلاث أسلحة إما عن طريق استخدام مسدس خاص ذو طلقة صغيرة جداً بحجم البعوضة، أو عبر خاتم ينتهي بإبرة صغيرة تحتوي السُم. أو بالطريقة الثالثة بواسطة قرص دوائي. يتم استخدام الطريقة المناسبة منها حسب تحليل القاتل للوضع المتواجد به المستهدف والطريقة الأمثل.

الفئة الثانية : التقنيين

هم مهندسو الكمبيوتر والمبرمجين والتقنيين ... هؤلاء يُشرفوا على إدارة الكمبيوتر الرئيسي والتأكد من عدم وجود أخطاء تقنية. يعمل التقنيون على جمع المعلومات من المنتسبين الى المنظمة في الدوائر الحكومية وتسريب المعلومات كبصمات الوجه وما الى ذلك. بالإضافة الى دورهم الرئيسي ألا وهو الإشراف على إرسال أسماء المراد تصفيتهم إلى فئة القتلة. لحسَاسية عملهم يتم تدريب تقنيين جدد وتغير الطاقم كل شهر . ثم إعطاء جرعة نسيان الذاكرة للتقنين قبل تسريحهم من العمل.

الفئة الثالثة : المقيمون فئة ب

هم المسؤولين عن تقييم وخصم النقاط. يعيشون حياتهم على طبيعتها بأي وظيفة كانت وعند رؤية من يرتكب الأخطاء بعمله أو في أي مجال كان من مجالات الحياة يقومون بخصم النقاط وإرسال تلك المعلومات عبر النظارات الذكية إلى الكمبيوتر الرئيسي للمنظمة الذي يحتوي على مركز البيانات. هنالك مرجع لخصم النقاط يعطي فكرة تقريبية للمقدار المناسب الذي يجب خصمه يزيد وينقص بضع نقاط حسب كل حالة. على سبيل المثال عندما يقوم أحد بتجاوز خط الانتظار في أي مكان كان متعدياً على الأخرين غير مكترث سوى لنفسه. يصف المُقيم تلك الحالة مخاطباً به نظاراته الذكية لتقوم بالبحث وإعلامه أن مثل تلك الحالة تستحق خصم 10 نقاط تزيد او تنقص نقطتين حسب ما يرى المقيمون.

الفئة الرابعة : المقيمون فئة أ

هي فئة ذو شأن اعلى من المقيمين فئة ب ... لديهم مثل ما لدى المقيمين فئة ب من مهام وصلاحيات بالإضافة إلى أنهم يستطيعون تقييم المقيمين فئة ب والقتلة واخيراً التقنين بمعنى أخر يستطيعون تقييم باقي أعضاء المنظمة ما عدا القادة.. أضيفت هذه الفئة لتصفية من يشعر بالغرور أو يتصرف على أنه فوق القانون من منتسبي المنظمة.

الفئة الخامسة : القادة فئة س

هم مؤسسي المنظمة وكبار الشخصيات في الدولة المنتسبين للمنظمة... لديهم مثل صلاحيات المقيمون فئة أ لكن التقيم ليس دورهم. هم من يديروا المنظمة ويتابعوا على كل المستجدات. القادة فئة س هم الفئة الوحيدة من تحضر اجتماعات المنظمة عددهم يتراوح بين 40 إلى 50 فرد. تتم الاجتماعات في قاعات سرية مستديرة أشبه بالبرلمان (مجلس الشعب). يحق للمنتسبين إخفاء وجوههم للحفاظ على سرية هويتهم لوجود اناس ذو مناصب حساسة في الدولة تنتمي للمنظمة. يتم عرض المشاكل والاقتراحات على جميع قادة بقاعة اشبه بالبرلمان والقرارات تُؤخذ بقانون الأغلبية عبر التصويت.

يُضيف العضو الجديد: " لقد تم اختياري في هذه الفئة لكوني من المستثمرين والداعمين المالي فيها صحيح؟

يجيب عمرو بصوت متزن: " أجل ... انا ايضاً في هذه الفئة بالإضافة للدكتور أسعد ".

(انظر الى الصورة رقم 2 الموضحة لتسلسل وفئات المنظمة)

في تلك الأثناء... السكرتيرة تقرع الباب من جديد. ثم تقول : "سادتي ... الاجتماع سيبدأ بعد عشر دقائق".

يجيب عمرو: " سنأتي في الحال ".

تضيف السكرتيرة قبل مغادرتها: " أجل هناك شيء آخر... هذا إعلان لمارثون سيقام بعد عشر أيام. لقد أخبرتني ألا أرمي تلك الإعلانات قبل أن أُريك إياها ".

البروفيسور عمرو: " حسناً... ضعيها جانباً سأتفقدها لاحقاً ".

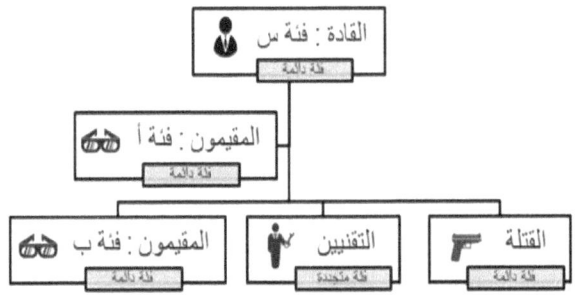

الصورة رقم 2: مخطط هرمي لتوضيح فئات المنظمة

الفصل الثاني:

في ساعات الصباح الأولى ... يستيقظ شاب يُدعى قيس مبكراً. عيناه لا تزال شبه نائمة. يقوم بفتح الستائر فتهجم الشمس لتغزو أرجاء الغرفة صافعة عيناه تحثهمَا على الاستيقاظ. تلك كانت الصفعة الأولى. جسده مازال خاملاً... يقوم ببعض تمارين الضغط وتلك الصفعة كانت الثانية. أما الصفعة الثالثة فهي من نصيب ذهنه، وما أفضل من كوب قهوة لهذه المهمة! يتجه صوب المطبخ ليعدها.

يستيقظ بعد وهلة والده السيد فؤاد ... يتقدم بواسطة كرسيه المتحرك. ليجد ابنه الفتى قيس يحوم حول أرجاء الغرفة.

قيس يقول : " صباح الخير... ".

يجيب والده فؤاد : " صباح الخير... مالي أراك تحوم هكذا منذُ الصباح الباكر ! ".

قيس : " انتظر مكالمة من الشركة التي ذهبت لإجراء مقابلة فيها بالأمس... لقد وعدوني بأن يجيبوني اليوم ".

فؤاد : " عسى خيراً ".

بعض مضي ساعتين... تصدر نظارات قيس الذكية صوت رنين .. ليتجه صوبها مسرعاً و يجيب : " مرحباً... أجل أنا قيس... نعم..." تخفت نبرة صوته : " أجل افهم ذلك... شكرا جزيلاً " ثم يغلق المكالمة.

فؤاد قائلاً: " لم تتحصل على الوظيفة، صحيح؟ ".

قيس بصوت منخفض: " أجل... ". يصمت لدقيقة ثم ينفجر غاضباً قائلاً: " لما لا أستطيع إيجاد عمل حتى الأن! أُجيد التحدث بثلاث لغات وقد تخرجت بمرتبة الشرف. قمت بالتقديم لعدة وظائف مختلفة منذ ثلاث سنوات ولم أُقبل بأي منها! ماذا عساي أن أفعل بعد! لقد سأمت من الطعام الكيميائي الذي نتناوله. تلك ليست بحياة ". يتجه صوب الباب ويغادر المنزل.

اعتاد قيس الجري كلما ضاقت به الحال... يجري لأميال عديدة كل يوم. هي المتنفس الوحيد له في هذه الحياة التي تقسو عليه من جميع الجهات. يدرك تماماً أنه ليس الشاب الوحيد الذي يعاني من هذا الأمر. لكن صبره بدأ ينفذ. قيس المعيل الوحيد لوالده الكبير بالسن. إن المدة التي أمضاها بلا عمل، مدة طويل جداً قد تدمر أشد العزائم فيها وتحبط أعلى الهمم.

بقي قيس يعيش على المعونة الضئيلة التي تصرفها الدولة والتي لا تكاد تكفي كلفة المعيشة لمدة أسبوع. كان يشارك في أعمال تطوعية وفي إحدى الأحيان يعمل من دون مقابل من

أجل كسب الخبرة عسى أن يتم قبوله في إحدى الوظائف. على الرغم من ذلك، كان مجهوده بلا طائل.

أثناء الجري ... يلمح قيس لافتة عن إقامة ماراثون برعاية الدولة. يتجاوزها ... يتوقف على بُعد عشرات الأمتار منها. ثم يعود فيما بعد للجري تجاه الخلف. يقف أمام اللافتة مجدداً يلتقط صورة لها عبر نظارتِه الذكية ويستمر بالجري ... بدء يفكر ملياً بالتقدم للمشاركة في الماراثون لهدف زيادة دائرة المعارف لديه عسى أن توصله للعمل الذي يتمناه. الماراثون سيقام بعد ثلاث أيام، " لا أعتقد أني سأخسر شيئاً لو شاركت في هذا الماراثون! ". يقول في نفسه.

أثناء عودة قيس للمنزل يرى جارته الجميلة وتدعى بيسان عند مدخل المبنى وهي تلهو برفقة كلبها ذهبي اللون، قيس يكن مشاعر إعجاب بها منذ سنين. يبتسم لها ويقول: "صباح الخير بيسان!" لتجيب بابتسامة عريضة : " صباح الخير ! ".

يستمر قيس بالسير لأعلى ثم يقول: " أراك لاحقاً... ". تتقلص الابتسامة من على وجه بيسان فهي تود لو تطول المحادثة. لكن قيس لم يفعل ذلك ابداً.. على الرغم من إحساسه أنها تبادله تلك المشاعر إلا أنه لم يخطو أي خطوة جريئة لبدء علاقة معها بسبب وضعه المادي المتعثر. من منظور قيس للأمر أنه لا يريد تكوين علاقة عابرة معها. بل يطمح يوماً ما أن تكون حبيبته الأبدية. فهو يعرفها جيداً وتربطه بها صداقة قوية مسبقاً. لكنه بدأ بالابتعاد قليلاً عندما أدرك مشاعره تجاهها. أصبحت الكلمات تجاهها مدروسة كمن ينزع أسلاك عن قنبلة موقوتة. يخشى أن يفقد فرصته الوحيدة معها فالخطأ الواحد يعني انفجار! لا يريد أن يفسد فرصته مع من يرى فيه الشريك الأمثل! ولأن بيسان كانت الشريك الأمثل في عيني قيس كان يتطلع لبداية مثالية لعلاقته معها لكن ظروفه المادية السيئة جعلت تلك البداية بعيدة المنال.

" ما أجمل لحن صوتها ولو تكلمت لساعات لما مللت منه، لكنه ليس الوقت المناسب لذلك الآن ", يردد ذلك قيس في ذهنه أثناء توجهه للأعلى نحو منزله.

بعد مضي ثلاث أيام.... اليوم هو بداية فعالية الماراثون ... قيس قد حضر مبكراً ويقوم بالإحماء قبل البدء. الجميع بانتظار صافرة البدء. " ثلاثة ... إثنان ... واحد ... إنطلاااق " ها هي الأفواج الهائلة من الناس تنطلق. في ضمن التضخم السكاني، الماراثون أشبه بنهر بشري جارٍ. الإزدحام شديد جداً. العرقلة والدفع منتشرتان حتى اصبحتا شيئاً مقبولاً اجتماعياً. بضع مئات من الأمتار بعد لحظة الإنطلاق، يبدأ التزاحم بالانخفاض. قيس يجري متجنباً التصادم مع أحد. يلتفت يميناً وشمالاً يسعى للأحتكاك وبدأ الحديث مع أحدهم. يرى شخصاً يرتدي نظارات حمراء قد جذب انتباهه فهو يرتدي ملابس رياضية من النوع غالي الثمن وساعة رقمية حديثة الطراز. " لابد أن لديه عمل مرموق " ردد قيس في ذهنه. يقرر قيس عدم الابتعاد عنه كثيراً والإنتظار بضع كيلومترات آخرى قبل البدء بالكلام معه. بعد مضي نصف ساعة ... يقترب صاحب النظارات الحمراء (عمرو) نحو قيس ثم يخاطبه قائلاً: " متى تنوي التحدث معي؟ " . يحمر وجه قيس من الصدمة ويقطب حاجبيه : " كيف أدرك أنني أريد التحدث معه ! " يقول في ذهنه... يحاول تمالك نفسه ثم يقول: " لا لا... اقصد نعم... سُحقاً لا أعلم ماذا اقول! " يصمت قليلاً ثم يستمر قائلاً: " كيف علمت أني أريد

التحدث معك؟ " يجيب عمرو : " لقد التفت صوبي عدة مرات في العشر دقائق الماضية وفي اللحظة التي تراني ابتعد تبطئ من سرعة جريك لتبقى على مقربة مني" .

يجيب قيس : " صحيح !... لكنه لا يكفي لأن تستنتج ذلك ".

عمرو: " حقاً ؟ انظر من حولك جميعنا نكاد نسقط أرضاً من شدة الإرهاق أما انت مازلت تجري كأنك في بداية الماراثون !؟ مكانك الفعلي في المقدمة لكنك تأخر نفسك لسبب ما، وافترضت بنظراتك تجاهي أنك تريد التحدث معي ".

قيس : " يا إلهي !... لم أكن مخطئاً عندما اعتقدت أنك شخصية مثيرة للإهتمام. اسمي قيس، ماذا عنك سيدي ؟ "

يقدم عمرو يده ويصافح قيس ثم يقول : " حتى أن يداك لم تعرق بعد ! اسمي عمرو سعدت بلقائك "

دار بين قيس وعمرو أحاديث كثيرة ... شرح قيس خلالها وضعه المالي السيء وعدم قدرته على الحصول على عمل. عمرو استمر بالإنصات له حتى النهاية وقبل أن يغادر الماراثون, يستوقف قيس ويقول له : " لقد تعبت جداً دعنا نقف عن الجري قليلاً.. لم يعد بوسعي الاستمرار. قد أساعدك في مشكلتك هذه. سوف أصف لك موقع مكتب عملنا وأريدك أن تحضر إليه بعد أسبوع من اليوم في صباح يوم الإثنين القادم عند الساعة الثامنة صباحاً. لدينا فرصة عمل متاحة، اذهب هناك وتفقد الأمر وإن ناسبك طبيعة العمل مبارك عليك. لا يمكنني وعدك بأن العمل سوف ينال إعجابك، لكن عدني أن تفكر ملياً بالأمر ".

قيس وقد ارتسمت السعادة على الوجه، ابتسامة لم يبتسمُها منذ سنين ... حتى أنه استشعر عضلات في فكه لم يشعرها من قبل ثم ابتهج قائلاً: " بالتأكيد سأحضر ! انا لست متطلباً وعلى استعداد للعمل في أي مجال كان. لكن هل وصفت لي طبيعة العمل لقد اثرت فضولي؟ ".

يجيب عمرو وهو يرمقه بطرف عينه: " لا يمكنني البوح بتفاصيل الأمر هنا! سترى بنفسك الأسبوع القادم. تفضل اتصل بهذا الرقم لتعلم مكان العمل بالتحديد وهذا بريدي الإلكتروني الشخصي إن احتجت لي " بحركة من يده يمرر الرقم والبريد الإلكتروني عبر شاشة ثلاثية الأبعاد ظهرت من نظاراته الذكية.

قيس بسعادة غامرة يجيب: " شكرا جزيلاً لك ! أنا ممتن لك جداً ".

يعود قيس الى منزله... وفمُه مبتسم.. عيناه مبتسمة.. حركات جسده مبتسمة.. يمكن استشعار سعادة هذا الفتى من على بعد أميال. ينظر والده فؤاد إليه ويُدخل في قلبه السرور بلا وعي. إن السعادة بلا شك معدية، يخاطبه بصوت مبحوح: " ما سبب كل هذا الابتهاج؟ لو أني أعلم أن الجري في الماراثون له هذا التأثير لذهبت معك وأنا على كرسيي المتحرك! ".

قيس ضاحكاً: " حسناً ... يسعك القول أنّ فكرة المشاركة في الماراثون كانت ذي فائدة ".

" ماذا جرى؟ أخبرني بالتفاصيل " يُجيب فؤاد والد قيس على الفور.

قيس: " لا شيء يذكر ... فقد التقيت ببعض الأصدقاء بالمصادفة وتعرفت على أناس جدد لطفاء ".

لا أعلم لما اخفى قيس عن والده القصة الحقيقة... يبدو أنه لا يريد أن يرفع من آمال والده قبل أن يتم الأمر بالفعل ويضمن حصوله على العمل.

من الواضح أن قيس شخصية تسعى للمثاليات.. الوقت المثالي لبدء علاقة مع بيسان ...الوقت المثالي لإخبار والده...

فؤاد تأتيه نوبة سعال حادة " احم.. احم ", يتورد وجهه من شدة السعال. ثم يقول : " أشعر بالسرور لأجلك يا بني ".

تعابير وجه قيس قد تغيرت... وزالت تلك الإبتسامة بعد أن رأى والده بتلك الحال: "ابي هل انت على ما يرام؟! إن سعالك قد ازداد في الأونة الأخيرة. دعني اصطحبك الى المستشفى".

فؤاد: " لا داعي لذلك أنا على ما يرام... دعني أخذ المسكن الخاص بي وسوف اشعر بالتحسن ".

قيس: " أبي حالك لا يعجبني.. سأغير ملابسي واصحبك إلى المستشفى ".

يجيب والد قيس وقد انتفض جسده: " لا داعي لذلك يا بني. قلت لك انا على ما يرام ".

قيس لم يكترث لما قاله والده وذهب لتغيير ملابسه استعداداً للذهاب.

يدفع والد قيس بكرسيه المتحرك ليلحق بقيس. ثم يصرخ قائلاً: " قلت لك لا أريد الذهاب الى المستشفى ! ".

قدما قيس تجمدت في موضعها ! لما ردة الفعل المبالغة هذه من والده ! يتلفت قيس الى فؤاد ثم يقول بنبرة استغراب: " ما الذي تخفيه عني! هل هناك مكروه ما لا أعلم به؟ ".

والد قيس متلعثماً في كلامه: " لا لا .. ليس كذلك ... أنا فقط أشعر أنني لست بحاجة للذهاب الى المستشفى ".

يتقدم قيس للأمام ويجثو على ركبتيه ... يضع يديه على ساقي والده العاجزتين ثم يقول : " والدي أرجوك صارحني ما الذي تخفيه عني ؟ ".

عينا والد قيس تفيض بالدمع... ينظر بعيداً متجنباً النظر مباشرة في عينا قيس ثم يقول : " لم انوي البوح بذلك الآن ... لكنك لم تدع لي خيار آخر. نوبة السعال هذه ترافقني منذ ثلاث شهور وحالتها تزداد سوءً مما دفعني بالتفكير للذهاب للمستشفى وريثما كنت انت في أحد الأعمال التطوعية، طلبت من جارنا اصطحابي إلى أقرب مستشفى. بالفعل كان ودوداً ولم يتردد في ذلك. لحظة وصولنا المستشفى طلبوا مني إجراء عدة تحاليل ووصف لي الطبيب عدة ادوية. أخبرني بالعودة إليه بعد بضعة أيام ريثما تصل نتائج التحاليل. بدأت بالتحسن قليلاً بفضل الأدوية التي وصفها لي واعتقدت أن كل شيء سيكون على ما يرام. ذهبت برفقة جارنا مجدداً إلى المستشفى للتأكد من نتائج التحاليل. وعندما قابلت الطبيب المختص بدأ كلامه بسؤال غريب قائلاً : " هل يرافقك أحد أقاربك من الدرجة الأولى الآن؟ ".

أجبت ب : " لا ! ... لقد جئت برفقة جاري فقط ".

يخبرني الطبيب وهو يصارع عيناه التي وقعت على جميع أرجاء الغرفة ولم تقع على عيناي ... لكنه تمكن أخيرا من تثبيت نظره تجاهي وإخباري: " حسناً... لدي أخبار سيئة لكن اريد منك سماعي حتى النهاية، أظهرت الفحوصات إصابتك بسرطان المعدة وهو في مرحلة متقدمة، لكن لا تقلق فالعلم تطور وزادت نسبة نجاح العلاج في الحالات المتقدمة إلى 50% ".

وقفت في صدمة محاولاً استيعاب ما يجري. على الرغم من توقعي بأني مصاب بخطب ما حيث في الآونة الأخيرة كنت أرى بعض الدم في القيء مما أثار قلقي وكنت أشعر مؤخراً

بحرقة في المعدة بعد تناول الطعام، لكن كنت أتجنب التفكير بخطورة الموقف ونكران ما يحدث ".

نظرت الى الطبيب مجدداً وقلت: " ما هي تكلفة العلاج المتوقعة؟ ".

أجابني الطبيب: " لا يمكنني تخمين رقم دقيق لكن قرابة ال 600 الف دولار في حالتك. اعلم انه مبلغ كبير إن لم يكن بحوزتك هذا المبلغ هناك بعض البنوك تقرض مبلغ كهذا بأقساط مريحة ". غلبت لحظات من الصمت على الموقف ... ثم استمر الطبيب قائلاً: " سيد فؤاد أود منك أن تستشير اقاربك بهذا الأمر ولا تدع هذا العبئ عليك وحدك وأنصحك باتخاذ إجراءات سريعة، لا يمكننا إضاعة المزيد من الوقت في حالتك هذه ".

أجبت: " أشكرك جزيل الشكر... هل يسعني الانصراف الآن؟ "

الطبيب: " اجل ... انتظر منك قدومك مجدداً للبدء بالعلاج ".

....

يجيب قيس بعد سماع القصة من أبيه بنبرة صوت مرتفعة: " ابي !... بعد كل ما حصل لم تخبرني بشيء حتى الآن! لماذا؟ هل تنتظر الموت حتى تخبرني! ".

فؤاد يجيب بنبرة صوت فاقتها علواً: " لقد فعلت ذلك من أجلك.. لا تخبرني بأنك سوف تقترض ذلك المبلغ الطائل الذي ليس باستطاعتك الوفاء به حتى لو عملت ل ثلاثمئة عام فما بالك إن كنت لا تعمل ".

قيس : " إنها حياتي وأنا حر بها حتى لو أجبرت للعمل طيلة حياتي أو سجنت من أجل ذلك ".

يقف فؤاد جامداً عاجزاً عن الرد والتعبير. جسده يرتعش ويرجف.

أعينه تمتلئ بالدمع ... الدمع الذي يأبى أن ينهمر مثل كأس ماء ممتلئ كلياً. قطرة دمع آخرى فقط وتبدأ تلك الكأس بسكب الماء لعدم قدرتها إحتواء المزيد. قطرة دمع آخرى وستبدأ تلك الأعين بسكب الدموع، قطرة واحدة فقط تبعدنا عن انهيار السد.

يشعر قيس أنه قسى على والده ... يتقدم نحوه. يجثو على ركبتيه أمام كرسي والده المتحرك واضعاً يده فوق يدي والده وبنبرة منخفضة:" اعتذر عن انفعالي الشديد ... سنتجاوز هذه المرحلة سوياً يا أبي ".

ها هي القطرة التي تلاها طوفان الدموع.

في صباح اليوم التالي ... يستيقظان قيس ووالده فؤاد مبكراً. يغلب الظن أنهما لم يستطيعا النوم.

فؤاد يرى ابنه قيس يرتدي ملابسه ويهم بالذهاب يخاطبه : " إلى أين أنت ذاهب يا بني ؟ ".

يجيب قيس : " الى بعض البنوك لتفقد إمكانية اخذ قرض منهم ".

تتغير تعابير فؤاد ويصحو صوته قائلاً : " هل جننت ! أعتقدت أنني كنت بمنتهى الوضوح بالأمس عندما تحدثنا بخصوص هذا الأمر، لا يمكنك تحمل هذا العبء من المال ".

قيس : " أبي لا يمكنني البقاء مكتوف الأيدي ومشاهدتك تموت أمامي ! ".

فؤاد : " أرجوك يا بني أنا في مرحلة متأخرة من المرض .. ما تفعله لا طائل منه، كل ما أريده هو البقاء بجانبك فيما تبقى لي من أيام بسلام ".

قيس : " أنا ذاهب ! لا يمكنك إجباري بالعدول عن هذا الأمر. **إنه قراري وحدي وأنا مسؤول عنه**، وإن كلفني الأمر العيش باقي حياتي في السجن ".

يشتاط فؤاد غضباً ويقول : " دعك من هذا الهراء و عد الى هنا ".

يغادر قيس المنزل غير ملتفت لما يأمره والده به... يبدأ رحلته بالبحث عن بنك يقرضه مبلغاً كافياً من المال للبدء العلاج. يدخل من الأبواب بتفائل ويغادر منها بإحباط الرفض. يستمر بالبحث ... لكن الرفض كان النتيجة المستمرة الملازمة له. يقرر قيس الذهاب للجمعيات الخيرية على أمل أن يلقى من يتكفل بعلاجه, تجيبه الفتاة في قسم استقبال الطلبات الخاص بالجمعية : " حسنا سيد قيس لقد ملئنا بياناتك جميعها وسنتواصل معك فور وصول اقرب متبرع ". في أثناء مغادرته المركز تخاطبه فتاة أخرى قائلة : " أن كان الشخص الذي تريد معالجته مهم لك فلا تنتظر الرد من الجمعيات الخيرية, النظام هنا يفضل علاج أشخاص عدة تكلفة علاجهم قليلة على علاج شخص واحد يتطلب علاجه تكلفة كبيرة وإحتمالية نجاته أقل, خلال السنوات العشر التي عملت بها هنا لم يتم التبرع بربع المبلغ الذي تطلبه لفرد واحد فقط ".

لقد أزالت بقولها هذا الأمل البسيط المتشبث داخل قيس.

يعود قيس للمنزل خائب الظن... يدخل المنزل ليرى والده بإنتظاره: " ماذا حدث؟ " يتساءل فؤاد والد قيس.

قيس بعد تأفف وزفير يقول: " لم أستطيع إيجاد بنك يقرضني المال جميعهم يشترطوا وجود عمل ثابت ".

فؤاد : " حمداً لله لقد دعيت ربي بذلك. قلت لك دعك من ذلك الأمر، هذا قدري وأنا راضي به ".

قيس : " أبي ما تفعله جنون لن اقبل به. سوف اذهب غداً ...عسى أن أجد من يلفق لي اثبات عمل وإن لم يفلح ذلك قد أذهب إلى السوق السوداء لاقتراض المال ".

فؤاد يشتاط غضباً مما مجيباً عليه بعد ازمة سُعال حادة قائلاً : " ما هذا الهراء ! انزع تلك الأفكار من رأسك أو سأجبرك على ذلك ".

قيس يُدير رأسه متجنباً النظر مباشرة في أعين والده ثم يقول : " حسناً حسناً ! ".

في اليوم التالي... قيس يغادر مبكراً مجدداً ... يبدو أنه يريد اقتراض ذلك المال بأي ثمن غير مبالي برأي والده.

يستيقظ فؤاد ليجد أن قيس قد غادر المنزل. " ماذا فعلت بذلك الفتى ! " يردد في ذهنه. يضع كفه على عينيه ويشرع بالبكاء لما اضحى الحال عليه. لا يعلم ما عليه فعله ليمنع ابنه من اقتراض ذلك المال الهائل من أجل محاولة إنقاذ حياته. ...بضعة دقائق تمضي... يتوقف فؤاد عن البكاء فجأة. يدير عجلات كرسيه المتحرك متجهاً لغرفة نومه. يمُد يده لالتقاط قلم. أخيراً ينجح بالتقاطه. يشرع بالبحث عن ورقة بيضاء ! ها قد وجد واحدة بين تلك الأوراق المبعثرة في الدرج.

يعود الى غرفة الجلوس وعلى المنضدة يبدأ بالكتابة ... عجباً ما الذي يكتبه ! استغرق وقتاً طويلاً لإنهاء ما كتبه لكن يبدو أن الكتابة ليست مطولة فلما استغرق ذلك الوقت كله ! يترك تلك الورقة على الطاولة. أنفاس عميقة تدخل وتخرج من رئتي فؤاد إن تواجد أحد في ذات الغرفة لسمع تلك الأنفاس بكل وضوح ... ما الذي يشغل بال فؤاد ! يحرك عجلات كرسيه بمنتهى البطء ... لا صوت لاحتكاك تلك العجلات اثناء الحركة، قام بالالتفاف حول نفسه متأملاً أرجاء الغرفة. أنفاس فؤاد لم تعد تسمع الآن. يتجه صوب باب الشرفة. ليقف مباشرة أمام سياج الشرفة. متأملاً بالمارة... بالسيارات البعيدة وصوت أبواقها الذي يصدُ من بعيد. منزلهم على علو شاهق. ثماني عشر طابقاً فوق الأرض إنه مرتفع بالفعل ! يرفع رأسه صوب السماء سارحاً بها وبأشكال غيماتها. السماء غائمة نصفياً مع وجود أشعة الشمس. " كم اعشق هذا الطقس. يعم اللون الأزرق جميع مكونات السماء " ذلك ما ردده عينًا فؤاد... يُميل جسده إلى الأمام لكنه لم يعد ينظر مجدداً لأسفل. يمد يده صوب السياج محاولاً الوقوف مستنداً عليه. بعد عدة محاولات ... ها هو استطاع النهوض والإستناد على سياج الشرفة. يميل بجسمه للأمام يخرج رأسه خارج حدود السياج وبحركة دفع بيده مع الإلتفاف بجسده يرمي بنفسه خارج الشرفة !

يعود قيس بضع ساعات لاحقة ليجد الشرطة محيطة بالمكان ... يرى الناس متجمهرة حول تلك الأشرطة والحدود التي وضعتها الشرطة. الجميع متجمع حول نقطة ما. لكن الازدحام يمنعه من الرؤية ! يخاطب قيس أحد الناس المتجمهرين قائلاً : " ما سبب كل هذه جلبَة ؟ ".

يجب الرجل : " لقد انتحر أحدهم في هذا الصباح رامياً بنفسه من الشرفة و الشرطة أحاطت مكان الحادثة وما زالت تجري بعض التحقيقات مع الشهود ".

قيس : " يا إلهي ! عجباً ما خطب الناس هذه الأيام ! ".

يهم بالرحيل متجها الى منزله في الأعلى. أثناء صعوده عناصر الشرطة تزداد كلما اقترب لمنزله ! أنهم يملئُوا الدور ذاته الذي يقطن به ! .... يتقدم بخطوات بطيئة ... يستدرك أن باب منزله مفتوح ويعج بالشرطة. يهرع الى منزله منادياً : " أبي... أبي أين أنت ؟ " يصطدم جسده بأحد رجال الشرطة ... يسأله متلعثماً : " أأأ.... أأين أبي .. أين أبي ؟ " يكرر ذلك مراراً وتكرراً وقبل أن يجيبه الشرطي ... يسقط قيس أرضاً ويشرع بالبكاء قبل سماع رد الشرطي. إن الجواب واضح لكنه طرح ذلك السؤال متعلقاً بذلك الأمل الضئيل رغم أن كل التفسيرات المنطقية تشير الى وفاة والده.

الظاهرة ليست بغريبة ... تقابلنا في حياتنا مواقف نسأل أنفسنا أو الأناس من حولنا أسئلة نعلم يقيناً في أعماقنا جوابها. ليس للتأكد من الأمر دائماً. أحياناً هي محاولة يائسة أخيرة للتعلق بشيء عقولنا أدركت أننا فقدانه لكن أرواحنا تأبى التصديق والاعتراف بذلك.

يحاول رجال الشرطة تهدئة من روع قيس ... يتقدم أحدهم حاملاً بيده تلك الورقة التي تركها والده، ثم يقول: " اسف على خسارتك ... تفضل هذه الرسالة قد تركها والدك قبل أن يشرع بالانتحار ". قطرات الدموع تتساقط على الرسالة تاركة بقع مبللة عليها. يحاول قيس فتح الرسالة بيديه التي ترتجف...

محتوى الرسالة :

" أبني العزيز قيس .. اعتذر لهذه الصدمة التي سوف اخلفها لك بإنتحاري. **إنه قراري وحدي وأنا مسؤول عنه،** لم أجد حلاً آخر يمنعك من اقتراض المال من أجل إنقاذ حياتي الميؤوس

منها. لطالما احببتك جداً وكنت اتمنى أن اتركك بحال أفضل مما انت عليه. لذا لن ادعك تشاهد موتي ببطئ ولن اترك لك هذه الدنيا بدين لن تستطيع الوفاء به.

كن قويا يا ولدي... أحبك "

....

بعد مرور أيام من تاريخ الحادثة... قيس يعيش في أيام اكتئاب شديدة... حالة صدمة تعزله عن العالم. الجميع من حوله يعزونه ويحاولون مساعدته لكن قيس في عالم آخر. هو يجيب ويجامل، لكن قيس الداخلي في عزلة تامة، يجلس في الركن منكمش على نفسه، يضم ساقيه بيديه ويشُد عليها. يتمنى الضوضاء أن تزول. لا يريد أن يسمع شيء ولا يريد أن يرى شيء. هو ليس بحاجة كلمات تشد من أزره وتعزيه .

هو فقط بحاجة الى السكون !

....

اليوم هو اليوم الموعود... إنه موعد مقابلة العمل في المنظمة ! نظاراته الذكية تبدأ بإصدار صوت منبه قد وضعه منذُ إسبوع مضى. قيس في السرير لا يريد الحراك، لكن المنبه لا يأبى عن التوقف. يعزم النهوض ويقوم بإطفائه. يعود للسرير مرة آخرى مغلقاً عيناه غير مكترث بالتنبيه. لكن كلمات الرسالة التي خلفها والده قبل وفاته تراوده من جديد. " كن قوياً " تتردد صدى تلك الجملة في دهاليز ذهن قيس مراراً وتكراراً. ينهض بقفزة واحدة ... ويشرع بإرتداء ملابسه ويتجه صوب المقر.

عرض على قيس الانضمام للمنظمة وهو في أشد مراحل اليأس في حياته. مليئ بالكراهية تجاه من يعمل بسبب واسطة أو معارف لا بسبب كفائته. مليئ بالحقد بسبب الطعام الرخيص المشبع بالمواد الكيماوية الذي توفره الدولة لمن لا يستطيع تحمل نفقة الطعام الطازج غالي الثمن. تلك الأطعمة الكيميائية غالباً ما كانت سبب مرض والده. انتابه شعور إن لم يقتل فسوف يُقتل وينتهي به المطاف كحال والده. يردد في ذهنه : " أنا أستحق العيش ... أريد أن أعيش ". قيس في وضع لا يُحسد عليه، قد سقط في اقصى قيعان اليأس. مراحل اليأس كثيرة لكن القاع بارد جداً ... بارد بما فيه الكفاية ليخدر أحاسيسك، مبادئك التي اعتدت عليها. وفي زمن بدأت الناس التخلي عن مبادئها وكان همها الوحيد البقاء على قيد الحياة. أراد قيس تغيير ذلك. في مفهومه أن تلك الحياة ليست بحياة فإما أن يعيش حياة سليمة صحية أو لا. البقاء للأفضل وليشمل ذلك الجميع... لقد اقتنع بفكرة المنظمة !

في زمن خُير فيه أن يكون القاتل أو الضحية. سلكت غريزته درب البقاء الزاخر بالدم.

الجريمة الأولى ... كل ما هو جديد بدايته صعبة وقاسية. فما بالك بالجريمة الأولى! قيس استجمع قواه وكبح مشاعره المتناقضة. مقنعاً نفسه أن ما يفعله ينقذ البشرية وأن المستهدف الأول الذي جاء اسمه لديه يستحق الموت.

المستهدف بانتظار المصعد ... قيس يرافقه ويضغط الصعود طابقين فوق الطابق الذي طلبه المستهدف... وعند مغادرة الضحية المصعد يصوب قيس المسدس الذي يحوي جرعة السم المميتة تجاه المستهدف. المسدس يطلق رصاصة متناهية الصغر تلسع الجلد كقرصة

البعوض. يلتفت المستهدف إلى الخلف. قيس بحركة خاطفة يُخبئ المسدس ويصفق بيده كأنه قتله حشرة ما. قيس يقوم بنفض يديه ثم يقول : " إنها بعوض لقد قضيت عليها ! ". المستهدف ينظر إلى قيس بغرابة فهو لم يشعر بشيئ يذكر! يُمئ رأسه قليلاً ويستمر بالسير.

في بادئ الأمر قيس لم يشعر بأي ذنب يكن في الحقيقة راوده شعور الفرح لإتمام المهمة لكن ذلك سرعان ما زال عندما بدء بالتفكير أن ذلك الشخص لن يُتم يومه وسيكون في عداد الأموات في الليل ! " لقد قتلت إنسان للتو ! " يردد قيس ذلك في ذهنه.

بدأ الصراع النفسي بين ضميره الذي استفاق لوهلة وبين فكرة المنظمة التي تم زرعها في عقله طوال مدة تدريبه.

" هل ما فعلته كان الصواب أم أني ارتكبت خطأً فادحاً؟ " السؤال الذي لم يستطع قيس الإجابة عنه.

يعيد التفكير مئات المرات متأرجح بين كلتا الجانبين. يتخيل مقدار الحزن والأسى. الذي سوف يتسبب به لأقرباء وأصحاب الضحية. في تلك الليلة قيس لم يستطع النوم.

في نهاية الأمر ... تغلب الفكر المبرمج الذي تعرض له على ضميره... مقنعاً نفسه أن ما فعله ليس خطأً فادحاً وذنب كبير كما يؤل له بل هو شر لابد منه في سبيل تجنب أسى وألم أشد في المستقبل.

تدريجياً قيس أصبح أحد أبرع القتلة في المنظمة ... بل اشتهر بخفة يده. بارع في التصويب والإصابة في المكان المناسب من غير إثارة أي جلبة. المنظمة أُبهرت به وبدأوا توكيله بمهمات القتل الصعبة.

وضع قيس المادي بدأ بالانتعاش .... أخيراً أقدم على الخطوة الجريئة التي لم يكن يجرؤ على اقترافها من قبل. مصارحة بيسان بإعجابه بها! وبالفعل كانت تبادله الإعجاب. بدأت علاقتهم تتوطد من جديد وسرعان ما بدأت الألفة تسود بينهما. فكلاهما كانا يكتمان الإعجاب المسبق ببعض. المحادثات بينهم لا تنتهي، هناك دوماً شي جديد للتحدث به، كأنهما كانا يُخبئان المواضيع والأحداث منذ سنين عدة ومع نمو البراعم الأولى من علاقتهم بدأت تلك الأحاديث بالظهور. أحاديث كثيرة المهم منها والمبتذل.. وضحكة بيسان الرائعة تتوسطها.

مرحلة الإعجاب بدأت بالزوال ليحل مكانه عشق من نوع آخر. قيس لطالما أعجب بـ بيسان فمن ناحية المظهر هي ذو شعر أسود منسدل على كتفيها يغيظ كل من ينظر إليه بسعادة حظه للقرب منها. أما عيناها الزرقاء غامقة اللون ففيها خداع بصري بديع تحسبها عينان سوداوتان واسعة في الإضاءة الخافتة وتسحرك تدرجات اللون الأزرق في وضح النهار. لدى بيسان خدود ممتلئة قليلاً أسفل عيناها. أما شفتيها فهي واضحة المعالم منتفختان قليلاً تحسبُها مستعدتان دائماً للتقبيل. إن تكلمت أيقظك لحن صوتها من السرحان في بحر عينيها. لا عجب أن قيس لا يريد التوقف عن الكلام معها. أما عن شخصيتها فهي راكزة متزنة أمام الناس، مجنونة عفوية عندما تكون معه. ذكية ولديها طموحاتها الخاصة بها. تُجيد الاستمتاع بأقل التفاصيل في الحياة ... طقس جميل، المرور بقط لطيف، سماع أغنية تُعجبها... يشع منها طاقة إيجابية باستمرار.

لدى بيسان كلب تُلقبه بذهبي ... كلب ودود وقد بدأ بالتكيف على وجود قيس بجواره، حتى أن قيس كان في العديد من المرات يأخذ الكلب للتنزه، بيسان تكاد فرحتها لا توصف عندما ترى قيس وذهبي يلهوان سوياً.

في ضمن هذه البيئة المليئة بالحب ... قيس لا يزال يعيش في تناقضات تشغل أفكاره. فهو يقوم بتصفية الناس في النهار وإظهار الحب ومشاعره في اليوم ذاته. في معادلة الحياة الحب والقتل لا يجتمعان في كفة ميزان واحد !

يسرح في أحيان كثيرة ... لتسأله بيسان: " ما بك ؟ هل يوجد خطب ما ؟ ". ويجيبها: " لا شيء لا تقلقي ... مجرد إرهاق".

لاحقاً في أحد الأيام من ذات الشهر... يدعو البروفيسور عمرو الشاب قيس الى مكتبه في أحد مقرات المنظمة. على الرغم من أن عمرو دقيق جداً في تعامله مع أعضاء المنظمة لحساسية موقعه كقائد للمنظمة. حيث إن القتلى غير مصرح لهم مقابلة من هم أعلى فئة منهم إلا أنه قد شعر بالارتياح لهذا الفتى. من الممكن أنه شَعر بالأسى عليه بعد أن علمه بوفاة والده.

يقرع قيس الباب ... ليجيب البروفيسور عمرو: " تفضل ".

يدخل قيس المكتب ويصافح عمرو بحرارة ويقول: " كيف حالك بروفيسور عمرو؟ يا إلهي لقد مررت بتفتيشات عدة حتى وصلت إلى هنا! ما هو منصبك يا رجل هل أنت رئيس المنظمة !؟ ". قالها كدعابة وضحك ضحكة خفيفة.

عمرو يبتسم ابتسامة خفيفة : " اممم يسعك قول هذا أنا من فئة القادة س "... ويتحفظ عن قول أنه قائد المنظمة.

تتوسع عينا قيس : " يا إلهي لم أكن أعلم بذلك ! ".

عمرو محاولاً تغير الموضوع : " كيف ترى العمل في المنظمة إلى حد الآن ؟ ".

قيس : " لأكون صريحاً معك الأمر لم يكن سهلاً في البداية .. لكن سرعان ما تأقلمت على الأمر ".

يجيب عمرو: " أنا سعيد بسماع ذلك ". تمر دقائق من الصمت ... ثم يضيف عمرو قائلاً : " أتُجيد لعب الشطرنج ؟ ".

قيس : " لست بارعاً فيها لكن أجل ".

يبدأن اللعب... ساعة مضت... خسر قيس في ذلك اليوم ولم يفز في أي مرة... تكررت زيارات قيس إلى مكتب عمرو حتى أصبحا أصدقاء. في الزيارة الرابعة... عينا قيس وقعت على صورة فتاة جميلة موضوعة على طاولة عمرو الكبيرة. لقد استدعت انتباه منذ المرة الأولى لكن تجنب السؤال عن ذلك. الفضول غلب على قيس هذه المرة دافعاً إياه السؤال: " من تكن صاحبة هذه الصورة ؟ ". عمرو كان يهم بتحريك أحد حجار الشطرنج لكنه أعاده مكانه. وتوقف للحظات من الصمت... ثم قال: " سأخبرك من تكن إن استطعت الفوز على باللعبة ". ورمق قيس بنظرة تحدي، كان يغلب عليه الثقة العمياء.

يجيب قيس: " حسناً ... قد لا أفوز في هذه المرة ... قد لا أفوز اليوم ... لكن هل سيبقى الرهان قائماً؟ ".

عمرو بابتسامة خفيفة: " لك ذلك ".

مستوى قيس بدأ بالتحسن. لكن عمرو ليس خصماً سهلاً يمكنه رؤية بعض الجوائز والميداليات الخاصة بلعبة الشطرنج معلقة في الجدار الخاص بالجوائز في مكتب عمرو. لكنه استمر باللعب على كل حال. وفي الزيارة الثامنة استطاع الفوز أخيراً للمرة الأولى. لا عجب في ذلك فإن قيس فتى ذكي وفطن للغاية.

قيس : " أخيراً استطعت الفوز عليك !. أرهقتني يا رجل ! ".

عمرو : " صحيح... في الواقع لم أكن أعتقد أنك ستتمكن من الفوز في أي وقت قريب. لقد ابهرتني ! ".

قيس : " كف عنك العجرفة ".

يجيب عمرو ضاحكاً : " الجيد في الأمر أن اللعبة لن تصبح مملة بعد الآن ".

يصمت قيس قليلاً ثم يقول : " هل أخبرتني من تكن صاحبة تلك الصورة الآن ؟ ".

عمرو بصوت هادئ : " الأمر ليس بسر كبير... إنها محبوبتي ".

قيس : " جميل جداً أتمنى لكم حياة سعيدة... هل لديكم أي أطفال ؟ ".

عمرو : " لا... ولا يمكن حدوث ذلك ".

يسأل قيس بتردد... : " هل يمكنني السؤال لماذا ؟ ".

عمرو بذات الصوت الهادئ : " لأنها متوفاة ! ".

دقائق من الصمت الحرج....

قيس : " آسف جداً لسماع ذلك ".

عمرو : "لا بأس بذلك... لنلعب من جديد إن استطعت الفوز مجدداً سأخبرك بمنصبي الفعلي في المنظمة !".

الفصل الثالث:

قامت المنظمة بتنفيذ عدد هائل من التصفيات في الآونة الأخيرة ....

الهلع ينتشر أوساط الناس ...الدولة على دراية تامة أن حالات الوفاة بسبب سُم بطيئ من نوع جديد. لكنها لم تعلن ذلك للعامة. تم تلفيق مرض لقب بالتشنج المميت وتم تسليط الضوء عليه على أنه المسبب للوفيات تلك. نُسب مسببات المرض إلى فساد بعض أنواع لحوم الغنم وهو كلام مفبرك جملةً وتفصيلاً. لكن كان لابد من الدولة إعطاء القليل من المعلومات لتخفيف الهلع الناتج في الشوارع. في أثناء ذلك تم تأسيس لجنة قائمة على البحث في ظاهرة الموت تلك المنتشرة في الآونة الأخيرة. اللجنة تعمل في سرية تامة لدى الدولة.

بدأت اللجنة بإجراء الكثير من الأبحاث حول هذه القضية لكن من دون جدوى. واستمر الحال على ما هو عليه.

في يوم من الأيام ... جاءت مهمة لفرد من القتلى التابعين للمنظمة بتصفية أحد الذين استنزفوا نقاطهم الخمسين كاملة. ينتظر القاتل في أحد الشوارع الضيقة مجيء المستهدف متظاهراً إجراء مكالمة صوتية عبر نظارتِه الذكية. ولحظة قدوم المستهدف يهم بالسير خلفه ببطئ ... يسحب المسدس من أسفل معطفه ويُطلق على الضحية. على الرغم من عدم إحساسه بلسعة السُم إلا أنه استشعر بلحاق أحدهم به. يستدير المستهدف المراد تصفيته... ليلمح القاتل وهو يحاول إعادة المسدس إلى جيب معطفه. المستهدف اصابه الهلع وارتاب في أمره... لماذا يحمل ذلك الفتى مسدس غريب الشكل ! يصرخ بأعلى صوته : " اتصلوا بالشرطة ! ". يشرع القاتل بالجري هارباً ويهم المستهدف بالجري خلفه فقد زادت شكوكه الأن. وبمساعدة بعض الفتية وضيق الشوارع في ذلك الحي تم القبض على القاتل التابع للمنظمة وتسليمه للشرطة.

في قسم الشرطة... تم إيقاف القاتل حتى يتم فحص المسدس وما في داخله. من ثم تم إطلاق سراح المُدعي (المستهدف المراد تصفيته) بعد الأخذ بشهادته. بقي القاتل التابع للمنظمة قيد الحجز. الأمور بقيت مبهمة غير واضحة.

في مساء ذلك اليوم... يُخاطب ضابط الشرطة زميله: " انظر إلى هذا المسدس ! انه غريب الشكل ! ".

ليجيبه زميله : " ذلك صحيح لعله لعبة جديدة ثلاثية الأبعاد ... لا أعتقد أنه أمر مهم كما قال الشاهد ".

لحظة انتهائه من قول تلك الجملة تأتي مكالمة صوتية الى قسم الشرطة... والصدمة كانت وفاة الشاهد الذي قام بالادعاء !

أحيلت تلك القضية لأعلى المستويات... سرعان ما تم اكتشاف السُم وربطه بحالات الوفيات الحاصلة. وإخبار اللجنة المؤسسة الموكلة مؤخراً بهذه الظاهرة الغريبة. ترسل طاقماً من أعضائها فور تلقي خبر القبض على المشتبه به وارتباطه بظاهرة السم المتفشي.

يقول أحد السادة من أعضاء اللجنة مخاطباً مدير قسم الشرطة بحماس واضح: "نريد أن نرى المشتبه به !".

مدير قسم الشرطة : " إنه محتجز في القسم ... سوف نستدعيه حالاً ".

الرجل من اللجنة : "هل هناك أي تطورات في السم الذي تم اكتشافه في المسدس الخاص به ؟".

مدير قسم الشرطة : " مازالت التحليلات قيد البحث ".

أحد العاملين من قسم الشرطة يقرع الباب بقوة ... يتقدم بالدخول و يشرع الكلام لاهثاً : "سيدي.... سيدي!".

مدير قسم الشرطة : " ماذا هناك ؟ ما كل هذه الضوضاء؟ ما الخطب؟ ".

الشرطي : " المشتبه به ! وجدناه ميتاً ! ".

أوردة مدير قسم الشرطة بدأت بالظهور على جبينه من شدة الغضب: " كيف حدث ذلك !؟ استدعي عربة الإسعاف حالاً ".

في اليوم التالي... تم عقد اجتماع على مستوى عالي في الدولة.

رئيس مجلس الوزراء يفتتح المجلس ويقول: " إن السبب الرئيسي من اجتماعنا اليوم هو ظاهرة الموت المنتشرة مؤخراً بسبب سُم جديد مجهول المصدر. في الأمس تمكنا من اكتشاف أحد القتلة المسؤولين وحيازته على ذات السُم. نحن في مواجهة عدو جديد لا نعلم بالتحديد مستواه وحجمه لكن المؤشرات والأرقام تدل على تورط العديد خلف هذا الأمر. يسعني القول من نسبة الضحايا في الفترة الأخيرة أن عدونا لا يستهان به، سيتطلب منا رفع الحيطة وأخذ كل الحذر في مواجهته ".

أرتسمت الكثير من علامات الإستفهام في القاعة وبدأت المحادثات الخافتة بصوت منخفض تنتشر في القاعة.

رئيس مجلس الوزراء: " أعلم أن هناك الكثير من الأسئلة تدور في أذهانكم ... نحن ايضاً لم نجد اجوبة عنها بعد. سوف نعين المحقق نجدت رئيساً على لجنة التحقيق المسؤولة عن هذه القضية ونريد التعاون معهم من قبل كافات قطاعات ومؤسسات الدولة ومد يد المساعدة لهم ".

أحد القادة في قسم المباحث متعجباً: " نجدت أهم المحققين لدينا!... هل الأمر بهذه الخطورة! ".

يضيف رئيس مجلس الوزراء: "إن قضية القتل المنظمة هي مسألة تهدد الأمن القومي وهي من أهم أولوياتنا الآن".

القائد في قسم المباحث يقوم بإيماءة برأسه كعلامة على موافقته القول واستدراك ما قاله.

ينتهي الإجتماع وينصرف الجميع ...

تم تخصيص بعض الطوابق في برج عالي تابع للدولة للجنة القائمة على البحث بقضية القتل بالسُم. تم فرز أيضا الكثير من العمال والمساعدين ليقوموا بمساعدة المحققين.

ها هو المحقق نجدت يأتي إلى المركز... إن شخصية نجدت تكاد تكون رواية بذاتها! ذو ملامح وجه يسهل تذكرها. طويل القامة، ضخم الجثة، أصلع وما تبقى من شعره القليل فهو رمادي. كبير بالسن فهو في أواخر السبعين من العمر. وبسبب كِبر سنه ثقلت حركته وأصبح

يستعين بعكاز أثناء سيره. لديه من الذكاء والعلم الكثير مما جعل له هالة من الوقار محيطة به. حتى إن كنت لا تعلم عنه شيء البتة، لحظة رؤيتك إياه ستشعر بتلك الهالة. يصل الى مقر اللجنة... العديد من الرجال يحيطون به من حوله يسألونه أسئلة في أمور عدة وهو يجيبهم بما قل ودل.

على الرغم من الوقار المحيط به... فإن لنجدت طباع خاصة وأطوار غريبة نوعاً ما. هو مدمن وبشدة على شرب الشاي، تكاد لا ترى يده من دون حافظة الشاي الخاصة به. كثير السرحان ومحادثة نفسه وتغيظه العشوائية بشدة.

نجدت لديه تاريخ قديم في حل القضايا الشائكة. وهو ما رجحه ليكون المرشح الأول لاستلام هذه القضية.

في أول يوم له في هذه القضية .... يأمر باجتماع أعضاء لجنة التحقيق المسؤولة عن القضية.

نجدت يجلس على الكرسي الرئيسي وأمامه طاولة مستديرة كبيرة و أربعة من أفضل المحققين الذين تم اختيارهم ليكونوا في لجنة التحقيق (سليم , حلا , حازم , صالح). يرى أمامه الكثير من الأوراق والملفات. يدفعها بيد واحدة بحركة نصف دائرية رامياً بكل الأوراق على الأرض! قائلاً بصوته الجهوري وابتسامة خفيفة ظهر فيها شاربه الأبيض بوضوح: " اعتذر لذلك. **أنا بحاجة لطاولة نظيفة قبل البدء بالعمل!** اعزائي الزملاء لا اعتقد انه هناك داعي للمقدمات والتعارف جميعنا لدينا ملف يحتوي معلومات دقيقة عن أعضاء لجنة التحقيق هذه ".

هو بالفعل غريب الأطوار بعض الشيء! يستمر نجدت حديثه ويقول: " أولاً اريد من الجميع إغلاق نظاراتهم الذكية ووضعها في هذا الصندوق الحاجب لإشارات الاتصال. ثانياً لدي خبر جيد أود إطلاعكم إياه لكن في بادء الأمر فضلاً نقوم بإطفاء اجهزتنا الذكية الخاصة بنا ".

يقوم الجميع بالتنفيذ وعلى وجوههم أرتسمت الكثير من علامات الأستفهام.

يستمر خطاب نجدت مع باقي المحققين : " جميعنا لديه خبر القبض على أول قاتل مرتبط بقضية السُم المنتشرة. لكن لسوء الحال القاتل قام بالانتحار بعد القبض عليه. التحليل الجنائي أثبت وجود سم سريع المفعول قد زُرع في ضرسه. لقد استخدمه للانتحار. يبدو أن العصابة المسؤولة عن هذا الأمر ليست بالأمر الهين. أخيراً الخبر الجيد أننا قبضنا على أحد القتلة الجدد للمرة الثانية لكن هذه المرة تم السيطرة على الأمر ومنعه من الأنتحار".

" هذا خبر عظيم ! " يضيف حازم أحد المحققين في اللجنة وقد لمعت عينيه فرحاً لسماع هذا الخبر. " الآن لدينا شيء للبدء به، إنها فرصة لإثبات أنفسنا "ردد حازم ذلك سراً في نفسه.

" ألا يجب علينا الذهاب والتحقيق مع القاتل " قالها أحد المحققين بنبرة حماس وشغف، إنه سالم المساعد الأول للمحقق نجدت.

نجدت بصوت هادئ بعد أن وقعت عيناه على الحضور جميعاً بتأمل: " بلى يا سالم ... لكن هناك شيء مهم أُريد اطلاعكم عليه أولاً. أريد أن نقوم بالتحقيق بطريقة خاصة، سوف يقوم كل فرد منا بالتحقيق منفرداً مع القاتل وله حرية التصرف معه. سوف احرص على عدم وجود أي أحد في الغرفة المشرفة على غرفة التحقيقات ولنرى من منكم سيتحصل على معلومات مفيدة منه إن أمكن. هناك شيء آخر بعد وجب عليّ إخباركم به، تم منع القاتل من الأنتحار بوضع قناع حديدي مقفل لمنعه من عض لسانه أو تفعيل السم في ضرسه كما فعل القاتل الأول الذي قبضنا عليه فحافظوا على بقاء القناع على وجه ".

يتوقف عن الكلام قليلاً ... يحتسي بضعاً من الشاي ثم يستمر قائلاً: " بالإضافة أن جهاز كشف الكذب لن يكون متوفراً للأستخدم الآن. كون تعابير وجهه غير ظاهرة بسبب القناع وهي جزء مهم لإعطاء تحليل أدق. سنلجأ للأسلوب القديم في التحقيق ريثما يأتي الأطباء المختصون لخلع ضرسه الذي يحوي السُم. أعتقد أن تلك الطريقة هي الأفضل لبدأ التعرف على بعضنا فنحن أناس عمليون ألا توافقوني الرأي؟ ".

" أجل، أجل ... الجميع يجيب وإبتسامة النصر المبكرة سطعت على وجوههم.

في أثناء التحقيقات ... بدأ المحقق سليم، اليد اليمنى للمحقق نجدت بالتحقيق منفرداً، وقد حرص المحقق نجدت على جعل الجميع يرى أن الغرفة المقابلة خالية وأن كاميرات المراقبة في غرفة التحقيقات تم إغلاقها. ليعطي الشعور بالأمان لباقي المحققين أثناء التحقيقات وجعل الأولوية استخلاص المعلومات بأي ثمن حتى لو تم مخالفة القانون باستخدام العنف.

يقول المحقق نجدت لباقي المحققين بصوت منخفض هامساً: "إني لا أثق بباقي الجهات الحكومية لذا أريد إبقاء المعلومات التي نستنتجها في دائرة المحققين فقط. قد تعتقدون أن أسلوبي مختلف وغير قانوني كلياً ولكن الأهم بالنسبة لي هي النتائج النهائية ولا اكترث بالأسلوب المتبع، أريد إعطاء فريقي الحرية في التحقيق ".

المحققة حلا لم يعجبها هذا الأسلوب وقد ظهر ذلك جلياً على ملامح وجهها لكنها قررت الأكتفاء بالصمت الآن. بدأ المحققون بالدخول لغرفة التحقيق تتابعاً الواحد تلوى الأخر. في نهاية المطاف... عند انتهاء الجميع من التحقيق وخروج المحقق نجدت كأخر محقق.

يقول المحقق نجدت مخاطباً باقي المحققين: " سوف نعود الى مركزنا الرئيسي للتشاور بالنتائج المكتسبة ".

في مقر التحقيقات ...

المحقق نجدت : " اتمنى أن نكون قد استفدنا من يومنا هذا ... هل استطاع أحدكم استخراج معلومة مهمة من القاتل المتهم بقضية التسمم ؟ ".

لحظات من الصمت سادت الموقف... لم يُجيب أحد...

المحقق صالح يكسر الصمت قائلاً :" إن المتهم كان في تكتم تام وقد تشبث بقوله على أنه لا يعلم شيء ".

المحقق نجدت يجيب : " هذا صحيح فهو لا يعلم شيء ! ".

المحققون أصابهم حالة صدمة ! كأن أحداً قد صفعهم على وجههم.

" ماذا تقصد بقولك هذا ؟ " المحققة حلا بنرة مرتفعة نسبياً مخاطبة المحقق نجدت.

المحقق نجدت : " إن الشخص الذي قمتم بالتحقيق معه ليس أحد المشتبهين به وهو بالفعل لا يعلم شيء. إنه مجرم محكوم عليه بالإعدام قام بقتل اثنين من أجل سرقة منزلهم ولديه جرائم عديدة سابقة. وافق على التعاون مع الشرطة في هذه التمثيلية مقابل تخفيض عقوبته الى السجن المؤبد. لذا هو ليس له صلة بسلسلة القتل بالسم ".

بدأ القلق والتوتر يسود الموقف... المحققون لم يشعروا بالرضى بعد، فما زالت الصورة غير مكتملة. يحدقون بالمحقق نجدت منتظرين أن يُتم الشرح.

المحقق نجدت يأخذ رشفة من فنجان الشاي الخاص به ويستمر قائلاً : " الهدف الرئيسي من التحقيق هو التأكد من خلو أي جاسوس بيننا يعمل لمصلحة العدو. المدهش في الأمر أنه بالفعل تم إكتشاف أحدهم ! " الجميع بدأوا تبادل نظرات الإتهام فيما بينهم. يلتفت نجدت لأحد المحققين المدعى صالح مخاطباً إياه بنبرة حادة : "أيها المحقق صالح أنت قيد الاعتقال بتهمة التجسس و العمل لصالح العدو. أنصحك بالحفاظ على رباطة جأشك وعدم التصرف بأي عمل طائش".

يدخل في هذه الأثناء اثنان من قوات الشرطة لسحب المحقق صالح للحجز.

المحقق صالح يتلعثم في كلماته : "كككك ... كيف ! ولماذا ؟ ماذا فعلت ؟ هل من دليل ضدي ؟".

يجيب المحقق نجدت : " أجل بالتأكيد ! لقد تم تسجيل محاولتك لإعطاء دواء سام للمشتبه به الذي حققنا معه ظناً منك أنه تابع للعصابة التي يبدو أنك تعمل لصالحها! الفيديو المسجل يكشف محاولتك وضع السم في فمه وإجباره على بلعه معتقداً في ذلك التخلص من عثرة كانت قد تشكل خطراً على عصابتك. ظننت بفعلتك تلك ستمنعه من أن يسرب أي معلومات تخص من تعمل لديهم. المتطوع في حالة حرجة الآن وقد اجريت له عملية غسيل معدة. نحن في انتظار تقرير الأطباء المختصين حول السم الذي أعطيته إياه ". ويتم سحب المحقق صالح الى الحجز.

ها هي الصورة قد اكتملت لباقي المحققين! المحقق يستريح قليلاً بعد أخذ رشفة من حافظة الشاي الخاصة به ثم يقول: " أعتذر لباقي المحققين لبدء تعارفنا بهذا الأسلوب ... لقد تم إعادة تفعيل الكاميرات في غرفة التحقيقات لحظة خروجنا منها أول مرة. كما قلت مسبقاً... **انا بحاجة لطاولة نظيفة قبل البدء بالعمل** وكان لابد من تأمين أفراد بيئة التحقيق والحرص من خلوها من أي جاسوس. فعدونا الذي نواجه منتشر بشكل واسع بحسب ما تشيره أرقام الضحايا ونجهل من ينتمي إليهم لكنهم عدد لا يستهان به! يمكنني صدقاً القول الآن أنه تم القبض على أحد أفراد تلك الجماعة المتورطة بجرائم القتل لكن في هذه المرة كان أحد المحققين ومن الشخصيات العاملة في الدولة! إن هذه الجماعة متغلغلة وبعمق في قطاعات الحكومة ويجب علينا الحرص واخذ الحيطة ".

لحظات من الصمت استنفذها باقي المحققون في استدراك الأمر... تضيف المحققة حلا وقد استعادت ثقتها قليلاً بالمحقق نجدت: " صحيح بالفعل ... إحصائيات الموت بسبب السم البطيئ تشير على كبر ما وصلت عليه تلك الجماعات وأنهم متقدمين علينا بأشواط عدة ".

الحماس بدأ يعود إلى باقي المحققين ... يشارك سليم الحديث قائلاً: " فلنبدأ بطرح ما لدينا من معلومات أولية الآن. تلك الجماعات مسؤولة عن مقتل أكثر من مئة ألف شخص خلال العام الفائت ومازال الرقم بتزايد مستمر، يتبعون وسيلة التسميم بسُم من نوع خاص لم يستخدم من قبل. من أعراضه أنه يسبب التشنج المستهدف في بادئ الأمر وينتهي بالقضاء عليه بأزمة قلبية بعد مضي قرابة عشر ساعة. ظهور ازرقاق في الجسم نصف ساعة قبل الوفاة من إحدى العلامات الفارقة ".

يتابع المحقق حازم ويقول: " بالإضافة أن السلاح الوحيد المكتشف كان مسدس رصاصاته تحتوي على السم وتكاد طلقاته المتناهية في الصغير تكون غير محسوسة ".

ينظر المحقق نجدت سعيداً بعودة الحماس إلى المحققين وتفاعلهم... تبسم شاربه الأبيض الكثيف ثم قال: " لا نعلم ما هي دوافع القتل وهي أكبر علامات الاستفهام عندي ! لكن من

المرجح أن القتل ليس عشوائي، فلو كان هدف هؤلاء الإرهابين القتل العشوائي لقاموا باستهداف التجمعات وليس اشخاص محددين ".

المشتبه به الأول الذي قامت الشرطة بالقبض عليه وانتهى به المطاف بالانتحار. تلك كانت خسارتنا الأولى أمام تلك الجماعات الإرهابية. الجانب الإيجابي من الأمر، استطعنا من خلال ذلك إدراك أن هؤلاء القتلة مزروع في أحد أسنانهم سُم يتم تفعيله في حالة القبض عليهم عن طريق العض والنقر على السن بعدد نقرات محددة و بزمن متسلسل أشبه بالكود وما أن يتم ذلك حتى تُفتح الحشوة التي تحتوي السُم ! لقد أُبهرت بتلك التقنية المتطورة واعترف أن من وراء تلك الفكرة شخص عبقري وبسبب تلك التقنية لقد خسرنا القاتل الذي تم القبض عليه مؤخراً ".

يدخل أحد عناصر الأمن مقاطعاً المحقق ويقول: " عذراً سيادة المحقق نجدت ... لقد تم فحص فم المحقق صالح، لا يوجد سُم في أي من أسنانه. أما عن السجين الذي قام بالتمثيلية فهو في حالة مستقرة الآن ..

المحقق نجدت: " إنه خبر جيد... أبقي صالح في الحجز وشدد المراقبة عليه ".

المحققة حلا: " هل ممكن أنَ المحقق صالح بريئ؟ ".

المحقق نجدت: " لا فقد تم إثبات تورطه بمحاولة قتل المشتبه به (الطُعم). لكن من الممكن أنه لا يوجد سم في أسنان جميع أعضاء العصابة. أظن أنه الفئة المعرضة للقبض عليها أمثال القتلة هي فقط من يتم زراعة السُم في اضراسهم ".

لحظات من التفكير... يبدأ بالهمس والتحدث مع نفسه بغرابه ... ثم يلتفت مجدداً نجدت لباقي المحققين ويقول: "كما أشرت سابقاً ما لدينا من المعلومات لا يكفي لكنها جيدة في البداية. هدفنا الرئيسي الآن معرفة كيفية عمل تلك الجماعة الإرهابية ومعرفة الهدف من سلسلة القتل. أقترح دراسة بيانات الذين ماتوا مؤخراً بسبب ذلك السُم او مرض التشنج المميت كما هو متعارف عليه بين العامة ولنتفقد تلك الدراسات عسى أن تشير لوجود قاسم مشترك بينهم".

يأمر المحقق نجدت بجلب المعلومات اللازمة وتحليلها لمناقشة ذلك في الاجتماع المقبل.

المحقق حازم : "لك ذلك سيدي المحقق... امـمم لكن ماذا سيحدث للمحقق صالح ؟ ".

نجدت: " أمّا فيما يتعلق بالمحقق صالح سأشرف على التحقيق معه بنفسي لكن علي إنتظار قدوم محاميه ".

تبتسم حلا ابتسامة عفوية... يبدو أن المحقق نجدت ليس همجياً وبلا رحمة كما كانت تعتقد للوهلة الأولى. نظر حازم إليها و قال في نفسه: " إن المحققة حلا لديها أبتسامة جميلة ... هي جميلة بذاتها بالفعل ناهيك عن ابتسامتها! بالرغم من عدم وضعها الكثير من مساحيق التجميل إلا أنها لا تزال جذابة. بالإضافة لكونها ذكية فقد لفت انتباهي ملفها وكونها خريجة من جامعة هارفرد بمعدل مرتفع جداً والشهادات التي حازت عليها. لا عجب أنها هنا رغم صغر سِنها! ".

تقاطع حلا سرحان المحقق حازم وتقول له: " أيها المحقق !!... ما بك مشتت الذهن الجميع قد غادر القاعة ! لقد أنهى المحقق نجدت الإجتماع! ".

يجيب حازم متلبكاً : " حسناً... حسناً... سأغادر أيضاً ". ويشرع بلم أوراقه وحقيبته.

تجيب المحققة وهي تغادر: " يا إلهي لقد وقعت بين محققين غريبي الأطوار ".

لقد استفزت حازم بقولها هذا لكنها زادت من إعجابه بها. " يا لها من شخصية قوية ". ردد حازم بنفسه.

في مثل هذه الأثناء... تم تسريب معلومة القبض على المحقق صالح للمنظمة من قبل بعض العاملين في مبنى التحقيقات الذين هم أعضاء للمنظمة لكنهم يعملون في القطاعات الحكومية في العلن. يبدو أن المحقق صالح ليس الجاسوس الوحيد في المبنى!

....

الفصل الرابع:

في الطرف الآخر من القصة...

يتم استدعاء القادة فئة س وعلى رأسهم الدكتور عمرو لمناقشة المستجدات التي حصلت وأمر القبض على المحقق صالح الذي كان من المفترض أن يكون الجاسوس المزروع في لجنة التحقيقات.

يُدعون القادة لإجتماع في المنظمة ...بعد حضور قادة المنظمة جميعاً في قاعة الاجتماعات المستديرة من ضمنهم كبار الشخصيات في الدولة. القاعة أشبه بقاعة النواب الدائرية ومدرجاتها وفي منتصفها جهاز عرض ثلاثي الأبعاد. تم طرح موضوع إعتقال المحقق صالح أحد أعضاء المنظمة والحلول المقترحة. الموقف حرج وشائك للغاية فهي المرة الأولى التي يتم فيها القبض على أحد أعضاء المنظمة حياً ...ولإخراجه من تلك الأزمة تم طرح حلين لا ثالث لهم. إما قتله! ...أو إعطائه جرعة قوية من دواء محي ذاكرة! (للتنويه جرعة إبطال الذاكرة مخصصة لفترات قصيرة لا تتجاوز مدتها الشهر فما إن أُعطيت بجرعة زائدة من الدواء فذلك سيؤثر على سلامة المخ ويسبب تلف في بعض خلاياه لا محالة). ذلك خطر لكونها المرة الثانية فجميع أعضاء المنظمة تم إعطائهم جرعة خفيفة من قبل في مرحلة ضم المرشحين. يا لها من نهاية مأساوية كلا الحلين قاسيين إما الموت أو العيش كالمجانين.

يتقدم الدكتور عمرو بفتح عملية التصويت ويطلب من الجميع إبداء رأيهم... إنتهى التصويت... وكانت النتيجة متأرجحة بين الكفتين. لم يكن هناك أغلبية ساحقة، لكن الخيار الأولى ألا وهو تصفيته وقتله حاز على الأغلبية! الجديد في الأمر، كون هذه المرة الأولى التي يتم فيها التصويت لقتل شخص غير مصنف كغير كُفوء للعيش (استهلك نقاطه جميعها). إن اعتبرنا أن القاتل التابع للمنظمة الذي أقدم على الإنتحار قبل بضعة أيام إنتحر بمِلء إرادته. واقِع هذه الحادثة مؤلم على البروفيسور عمرو. ينظر الى نتيجة التصويت وهو يشعر بالأسى حيث ما يحدث ينافي معتقداته وذلك الشخص بريء يستحق العيش بحسب قوانيه لكن ليس باليد حيلة ... الحفاظ على سرية المنظمة هي الأولوية.

وبملامح جامدة يقول عمرو: " وفقاً لقرار الأغلبية ... سيتم إصدار أمر بقتل المحقق صالح ".

عودة إلى لبمبنى الذي يجري به التحقيقات...

أحد أعضاء الشرطة حاملاً بيديه وجبة الطعام متجهاً بها إلى زنزانة الحجز حيث يتواجد المحقق صالح... ينحني قليلاً بإتجاه النافذة المخصصة لتسليم الطعام من خلالها. أثناء تسليمه الطعام، يخاطبه الشرطي قائلاً له: " انظُر في أسفل كوب الماء بعد مغادرتي وأنت تعلم ما عليك فعله! ".

يُغادر الشرطي السجن... ثم يغادر المبنى كليلاً فيما بعد... يتفقد المحقق صالح أسفل الكوب. "قرص دواء!" قالها في نفسه. أدرك في لحظتها إنه ليس بدواء مسكن! ولا علاج لصداع الرأس! إنه سُم تم إرساله من قبل المنظمة. تمنى ولو لواحد بالمئة أن يكون مخطئاً في تحليله. وأن ذلك القرص هو خلاصه من هذه الأزمة. " هل هناك حل أخر؟ " سؤال يتردد في ذهن صالح. يدرك تماماً أنه إن لم يتناول القرص بنفسه، المنظمة ستجد طريقة ما لإجباره على

ذلك. فما أصغر من تلك الرصاصة التي تحتوي على السم الخاص بالمنظمة. " في نهاية المطاف... قد تكون أفضل من التعذيب الذي سيطولني في التحقيقات " أجاب صالح نفسه.

عزم على بلع القرص وبحركة خاطفة يبتلعه بالتوافق مع شربه الماء... لم يدع لنفسه مجالاً للتفكير، أدرك أنه لو فكر لوهلة لن يجرؤ على فعل ذلك... لقد تخلى عن كل شيء في تلك الرشفة. هل سيكون الموت مؤلماً أم لا؟ كم من الوقت سيحتاج ليبدأ مفعول الدواء بالظهور؟ هل سأموت فعلاً!؟ أسئلة كثيرة كانت تدور في ذهن صالح لكنه لا يملك الإجابة عليها.

في مجمل حالات الإنتحار يختار المنتحر الطريق التي تناسبه وهو على تصور مسبق بما قد يواجه. أما في هذه الحالة كان انتحاراً بالمجهول. سُلب منه شيء ثمين بالإضافة إلى حياته ألا وهو حق الأختيار. بدأت أعين صالح تفيض بالدموع، عيناه ذرفت الدموع بغزارة فاقت ما تبقى بالكأس من ماء. بكى وبكى حتى بدأت ذرات الدموع تتجمع في عينيه تأبى السقوط. كأنما انتابها شعور بأنها مودعةً هذا الجسد للأبد. إنه العناق الأخير.

في ظرف ساعة... تعرض المحقق صالح لتشنجات إنتهت بسكتة قلبية. يبدو أن القرص كان يحتوي على جرعة قوية من السم الذي اعتادوا اعطائه للضحايا المراد تصفيتهم.

اعتقد المحققون أنهم أحرزوا تقدماً ملحوظاً في القضية عندما تم القبض على صالح. لكن سرعان ما تداركت المنظمة الموقف، متقدمة بذلك بخطوة أخرى على لجنة التحقيق.

في الإجتماع الثاني للمحققين... تم عقده بعد حادثة إنتحار صالح ... الجميع بحالة صدمة لفقدانهم دليل قوي ومهم. السكون يسود أرجاء الغرفة ... لا تكاد تسمع فيها أي صدى. ها هي صوت رشفات احتساء المحقق نجدت لكوب الشاي تكسر الصمت المدقع ... ثم يفتتح الاجتماع قائلاً: " سادتي المحققين أرجو منكم عدم التشاؤم لما حصل في الأحداث الأخيرة. فهذا يثبت لنا أن الحرب التي بيننا وبين تلك الجماعات ليست دموية بقدر ما هي استخباراتية ومعلوماتية وأن تسريب المعلومات لديهم يشكل خطراً كبيراً مما أدى إلى تصفية وقتل أحد اعضائها ".

يمرر إبهامه وسبابته عبر شاربه الأبيض ثم يستمر في القول: "هلاّ عرضتم عليّ ما حصلتوا عليه من المعلومات عن الضحايا الذين توفوا بسبب السُم في السنة الأخيرة؟ ". تجيب المحققة حلا إحدى المحققين الحاضرين بعد أن تقوم ببحة خفيفة لتهيئة حنجرتها: " لقد قمنا ببحوثات عدة وعلى أساسها تم إنشاء بعض الفرضيات لأسباب سلسلة القتل... منها أولا فرضية كون الضحايا أعداء ينتمون لعصابة معادية للعصابة التي تقوم بالقتل، الفرضية الثانية كون الضحايا منافسين تجارين يعملون في قطاعات منافسة لما لدى العصابة من شركات (التي افترضنا وجودها لكبر المنظمة وانتشارها). المربك في الأمر، جميع البيانات التي لدينا لا تؤكد تلك الفرضيتين تماماً. سيبهرك تنوع الضحايا والبيئات القادمة منها فهم يعملون في جميع القطاعات بنسب متقاربة جداً. وتكاد الصلة بين المتوفين تكون معدومة.

في الجانب المبهر من الأمر. لقد وجدنا معلومة لا أعلم إن كانت ستكون ذات اهمية ولكن نسبة 87% من الضحايا كانوا من الفئة العاملة لم يكونوا عاطلين عن العمل. وفي ضمن نسبة البطالة المرتفعة جداً قرابة نصف التعداد السكاني باتو بدون عمل. نسبة 87% هي مرتفعة في وضعنا الاقتصادي الحالي ".

يُضيف سليم بعد إنتهاء حلا من الكلام ويقول: " وردتني معلومة مهمة أثارت اعجابي! بالتعاون مع نظام المرور في الدولة تم إنشاء دراسة تفيد تأخر بعض مرتكبي المخالفات الكبيرة كقطع الإشارة الحمراء والقيادة عكس اتجاه السير عن دفع الغرامات التي عليهم. وبالتدقيق في ذلك وجدنا أن السبب السائد وراء التأخير في الدفع كان وفاتهم في ذات الشهر!

ومع مراجعة سجلات الوفاة وجدنا أن أسباب الوفاة الإصابة بمرض التشنجات المميت أي بسبب السُم الخاص بالعصابة! ".

المحقق نجدت بصوته الغليظ : " امممم... تلك نتائج مبهرة التي قمتم بالوصول إليها أيها المحققان حلا و سليم! لا عجب من ترشيحكما للعمل على هذه القضية. لنشكل فرضية بدائية من تلك المعلومات التي تم جمعها ... المنظمة تصفي من يرتكب الأخطاء المرورية خاصة ولا نعلم إن كان هناك معيار آخر بعد ...وتتركز على الفئة العاملة من الناس ".

المحقق حازم متسائلاً : " تلك الجملة مازالت تحوي الكثير من الغموض. ما الفائدة من تصفية من يرتكب اخطاء مثل المخالفات المرورية الكبيرة، ولماذا العاملون منهم بالتحديد! هل لكي يتم إحلال احد من افراد المنظمة في تلك الأعمال ؟ ".

المحقق نجدت : " امممم... تراودني تلك التساؤلات ايضاً. لكن لست أنا من لديه الإجابة عليها بل أفراد المنظمة. وهنا يأتي دور الخطوة الثانية!

الخطة هي كالآتي.... أولاً، نُرسل أحد اتباعنا ممن لديهم عمل ثابت لارتكاب خطأ مروري كبير مع الحرص على عدم إصابة أحد من المشاة أو السيارات بأذى. ثانياً، نضع المتطوع للعملية تحت المراقبة التامة بانتظار قدوم أحد القتلة لتصفيته وعند حدوث ذلك سيجد الكمين المنتظر للقبض عليه! ".

في اليوم التالي... تم البدء بالخطوات الأولى لتنفيذ الخطة وتخصيص أحد المتطوعين ليقوم بهذه المهمة مع الإيضاح له خطورة الموقف وانه قد يتعرض للقتل! مع طمأنته بالمقابل أنه سيتم تنفيذ الإجراءات اللازمة للحرص على سلامته. وذكر أهمية المهمة في المساهمة في إجراءات التحقيقات... لم يستغرق الأمر زمناً طويلاً حتى يجدوا ذلك المتطوع الشجاع. أمر المحقق نجدت بتغطية رقبة المتطوع بقميص ذو ياقة طويلة. وأن يدع يديه ووجهه مكشوفة فقط.

المخالفة المرورية أُرتكبت وتمت بنجاح... الآن ليس عليهم سوى إنتظار قدوم القاتل والقبض عليه متلبساً. مرَ يوماً، إثنان، أسبوع! لم يحدث شيء! إن مخالفة قطع الإشارة الحمراء تُزيل 25 نقطة فقط ولا تستنزف ال 50 نقطة كاملة التي يمتلكها الفرد... لكن لجنة التحقيق لا علم لها بذلك.

في خلال الاجتماع الذي تم عقده بين أفراد لجنة التحقيق. تم طرح تلك المشكلة لمناقشتها.

المحقق حازم متسائلاً: " هل ارتكبنا خطأ ما في الخطة؟ هل من المحتمل أن المنظمة على دراية بما نخطط له؟ ".

المحقق نجدت بعد أخذ نفس عميق: "من الوارد ذلك لكني لا أرجح ذلك الاحتمال. فقد حرصنا على عدم إفشاء تلك العملية للجميع وكل العناصر العاملين على الكمين موثوق بهم ويعملون في خفية تامة اثناء المهمة ". يسود الصمت من جديد ... المحقق نجدت يحدث نفسه بصوت هامس مسموع! تلك الطريقة التي يفكر بها. الجميع يحدق به في استغراب .... يحتسي رشفة من فنجان الشاي خاصته ثم يقول: "حسناً ... لنقم بمحاولة آخرى لكن في هذه المرة ليقم الفتى المتطوع بارتكاب أكثر من مخالفة كبيرة وفي أحياء رئيسية أمام العلن ".

استنزف الفتى المتطوع نقاطه كاملة الآن! ووفقاً لقوانين المنظمة استحق الموت!

بالفعل تم ارسال البيانات لأحد القتلة الذي كان على مقربة من الفتى أو ما يسمى "المستهدف" بلغة المنظمة. كاميرات المراقبة ترصد جميع ممن يقترب من المتطوع. ها هو القاتل يتقدم نحو المتسهدف من الخلف مما أثار الشبهات وأصبح الجميع على أتم الأستعداد. وعند قدوم

القاتل والاقتراب منه. القاتل يظهر مسدسه من أسفل سترته. الوضع أصبح مريباً جداً. الجميع يستنفر ويؤمر بالقبض على القاتل بصعقة كهربائية افقدته وعيه. هل ضغط على زناد المسدس؟ الجميع يتساءل... يأمر رئيس العملية بإسعاف المتطوع للمستشفى للتأكد... لكن الوقت قصير. وإن صح الأمر فإن السم سوف يتغلل في أنحاء جسده.

يخبر الطبيب المسعف مخاطباً المتطوع أثناء نقله بسيارة الإسعاف: " لابد من قطع يدك تحسباً إن تم إصابتك بالسُم. لا يمكننا الجزم ان القاتل ضغط على الزناد أم لا... القرار يعود لك ".

ينظر إليه المتطوع بوجهه المتعرق ... يزم شفاهه ويقول: " افعلها! ".

لعدم توفر الترياق المضاد للسم لم يكون هناك حل أخر سوى بتر يده قبل انتشاره بجسده! ذلك المتطوع الشجاع هو أول حالة تتعرض للسم ويبقى على قيد الحياة.

فيما يتعلق بالقاتل الذي تم القبض عليه... يستيقظ ليجد أن ضرسه الذي يحتوي على السُم قد خُلع! حركة بديهية من اللجنة لعدم إتاحة المجال له بالانتحار. تم نزع نظام التتبع بنظاراته الذكية أيضاً. سرعان ما كشفت المنظمة الأمر وأتلفت النظارات الخاصة به عن بُعد كخطوة احترازية.

القبض على قاتل بالجرم المشهود! لا مجال له للإنتحار الآن وتكرار الأخطاء مجدداً... يا له من صيد ثمين أشبه باصطياد سمكة ضخمة بعد ساعات من الانتظار. في ذلك العصر كانت التقنية متقدمة في مجال كشف الكذب كما تم ذكره سلفاً. استطاع المحققون استخراج كل ما يعلمه القاتل من معلومات أساسية عن المنظمة. من أهدافها إلى طريقة عملها ونظام الخمسين نقطة في تصفية مرتكبي الأخطاء. تم نشر تلك المعلومات لباقي هيئات وقطاعات الحكومة المعنية. كانت صدمة للمحققين والعاملين على هذه القضية لكنه تقدم كبير في صالحهم. تم تسمية تلك الجماعات الإرهابية بمنظمة التصفية بالنقاط وسيُشار إليها ب " المنظمة " كاختصار عند ذكرها من الآن فصاعداً وعُمم الأمر لباقي القطاعات التي لها صِلة بالأمر.

يسعنا القول الآن أن اللعبة أصبحت عادلة وأكثر إنصافاً الآن... الأوراق أصبحت واضحة على الطاولة لكلا الطرفين ...

الفصل الخامس:

الرجوع بالزمن حيث كانت بذور تأسيس الفكرة...

قبل عشر سنوات من تأسيس المنظمة... وفي سنة 2110 بالتحديد... كانت اولى ايام عمرو في هذه المدينة المكتظة. المدهش في الأمر أن تلك المدينة كانت مزدحمة منذ القِدم. بالرغم من ذلك كانت أكثر المدن استعداداً لهذا التضخم في التعداد السكاني حيث أنها كانت تولي أهمية لهذا الأمر وتُقيم المشاريع وفقاً لدراسات مسبقة. قدم عمرو لإتمام دراسته العليا فيها.

في خلال أيامه الأولى ... كان عليه البحث عن شقة ليقيم بها خلال فترة دراسته. كان لديه صديق يدعى بلال. يعمل صديقه في مجال تزيين المباني عبر الإضاءة وبرمجتها. حيث أصبحت هي الطابع المعماري الرائج مع تقدم التقنية وتوفير الطاقة البديلة. ولكون بلال يعمل في هذه المدينة منذ سنين رافقه أثناء بحثه عن شقة للإيجار. وفي أحد مكاتب الإيجار قام بلال بالتحدث مع العاملة في المكتب بما أن عمرو لا يجيد اللغة المتحدث بها في هذه البلد بعد. بسام موضحاً لها رغبتهم باستئجار شقة بالمواصفات التي يبحث عنها عمرو، لتجيبه قائلة: "نعم يوجد لدينا شقة واحدة بتلك المواصفات دعني استدعي سيارة الاجرة لتأخذنا لمكان الشقة".

بلال يجيب السيدة التي بمكتب الايجار ويقول: "لدينا سيارتنا الخاصة!... لا داعي لطلب سيارة الاجرة".

السيدة العاملة بمكتب الإيجار: " لا داعي لذلك.. سيارة الاجرة تعمل لدى المكتب وستأتي بالحال ".

وبعد انتظار دام خمس عشر دقيقة... قدمت السيارة ليذهبوا لرؤية الشقة المعروضة للإيجار... عند وصلهم اكتشفوا من إدارة المجمع أن صاحب المبنى لا يؤجر للغرباء أو بمعنى آخر مَن هم من غير جنسية هذه البلدة. بغض النظر عن فِكر صاحب المبنى، هو منزله ولديه حرية تأجيره لمن يريد. العاملة كانت لديها خلفية عن تحفظ صاحب المبنى لكنها نسيت ذلك الأمر.

العاملة لدى المكتب مخاطبة بلال وعمرو: " اعتذر لسوء الفهم " وعادت ماشية على أقدامها إلى المكتب غير مبالية ببلال وعمرو. فهم ليسوا عملاء ذو فائدة بعد الآن بعد ذهاب فرصة إيجاد المنزل لهم!

يُخاطب بلال عمرو وقد اشتاط غضباً من تلك الفعلة قائلاً: " ما هذا التصرف المفعم بالغباء! لقد اضاعت وقتنا وعلاوة على ذلك تركتنا بعيدين عن السيارة لنعود مشياً على الأقدام! ماذا لو كنا لا نعلم طريق العودة!؟ ".

يستمر بلال وقد أحمر وجهه: " أنا لا أريد أن أكون سادياً لكن أشخاص بمثل ذلك الغباء وقلة الاحترام يجب تصفيتهم بنظام تصفية ما ! ".

مازال عمرو محافظاً على برودة أعصابه ليجيب: " بالفعل!... لكن ليكون ذلك النظام منصفاً يجب أن يتبع نظاماً محدداً، كاستهلاك النقاط مثلاً! ".

يجيب بسام بابتسامة توسطت غضبه: " تلك البلهاء استهلكت جميع نقاطها بذلك التصرف الشنيع! ".

ما قاله بسام كان لحظة غضب لم يُرد موتها الفعلي آنذاك. لكنه لم يعلم أنه بتلك الجملة زرع البذرة الأولى لفكرة المنظمة في ذهن عمرو. وعلى الرغم أن عمرو لم يأخذ الموضوع بشكل جَدِي فهو في تلك الفترة كان مسالماً للغاية بالكاد استاء من السيدة مقارنة بصديقه بلال الذي استشاط غضباً.

مرت الايام... استطاع عمرو فيها من إيجاد شقة للإيجار.. كان عليه الذهاب لجلب معاملة من إحدى المؤسسات الحكومية وعلى الرغم من التطور آنذاك. تلك المعاملة تتطلب وجوده الشخصي، لسخرية القدر لا يمكن إجرائها إلكترونياً في ضمن التقدم التقني! بعد مرور أربع ساعات من الانتظار ... يعود ذلك لكثافة الملفات الهائلة المقدمة. ها قد حان وقت عمرو ليتجه الى الشباك الظاهر رقمه على الشاشة. يقابل موظف عبوس الوجه!... يُقدم الدكتور عمرو أوراقه المطلوبة إلى ذلك الموظف ويقول: " تفضل " باللغة المتحدثة بذلك البلد. أجابه الموظف بكلمات لم يستطع فهمها عمرو فمازال لا يتقن اللغة بعد ولا يجيد سوى بضع الكلمات. يظهر عمرو نظاراته من جيبه ليضعها ويستفيد منها في الترجمة. عمرو يشير إلى النظارات ويقول " مترجم ... مترجم " بلغة يفهما الموظف... يشتاط الموظف غضباً ويرفض ذلك! يجيب ببضع كلمات قالها بفظاظة. لم يفهمها عمرو لكن أدرك عمرو النظارات الذكية قد تكون ممنوعة هنا. لذلك طلب من الموظف كتابة ما يريد مشيراً الى الورقة البيضاء والقلم لكي يعلم ما عليه جلبه في المرة القادمة لكنه رفض مجدداً وطلب من عمرو المغادرة بطريقة وقحة.

في اليوم التالي ... قدم عمرو مجدداً لكن في هذه المرة ذهب لمخاطبة موظفة أُخرى. تم إنجاز ما جاء من أجله من دون أي عرقلة! هنا أدرك عمرو أن أوراقه كانت مكتملة ومهما كان يريد الموظف السابق من بيانات أو معلومات كانت بحوزته لكن لم يتح له الفرصة لإستيعاب الأمر أو مساعدته.

في تلك اللحظة... تعود إليه فكرة التصفية بنظام النقاط من جديد... يدور في ذهنه أنه لو كان نظام النقاط قائماً لخسر ذلك الموظف بأسلوبه الجَلف الكثير من النقاط. بالطبع لم يشأ له الموت آنذاك لكن الفكرة راودته لوهلة للمرة الثانية. نمت قليلاً من جذور الأرض مكونة أول غصن وورقة لها وعادت للسُبات بعقل عمرو الباطن.

بعد مرور خمس سنين...

حاز عمرو على درجة الماجستير وتجاوز شوطاً كبيراً في هدفه بحيازة شهادة الدكتوراة بالعلوم السياسية. في ضمن الضغوطات التي كان يتعرض لها وصراعه مع الزمن على إنجاز البحث المتعلق برسالة الدكتوراة في الوقت المناسب. أراد عمرو أخذ استراحة محارب والذهاب لاحتساء كوب من القهوة. يغادر مكتبة الجامعة التي تكاد تفاصيلها تكون راسخة بذهنه أكثر من تفاصيل شقته التي يسكنها فهو يقضي فيها معظم وقته في الأونة الأخيرة. وفي طريقه للذهاب لشراء كوب القهوة. يلمح فتاة ذو شعر ذهبي مموج، يتساءل في نفسه: "يا إلهي... هل هذه كارمن! لم أرها منذُ مدة".

كارمن تقف باتزان في انتظار أن يجهز طلبُها تُحدق بتمعن شديد بكيفية عمل كوب القهوة خاصتها... العين البشرية لديها مجال رؤية للأمام خمس وتسعون درجة بشكل واضح لكن كل ما تراه كارمن الآن هو خمس عشر درجة فقط متمركزة على كوب القهوة ذاك ولا شيء

سواه. عمرو على بعد بضع خطوات منها، يتقدم ببطئ خطوتين للأمام ويعود للخلف خطوة أخرى. يردد في ذهنه: "هيا تقدم وتحدث إليها كُف عنك إرتباك المراهقين هذا".

عمرو يخاطب الفتاة بعد أن استجمع رُباطة جأشه: " لا شيء أفضل من كوب قهوة أثناء الدراسة فهو أشبه بالوقود لخلايا الدماغ أليس كذلك يا كارمن ؟ ".

عمرو يجيب في حديث يدور في ذهنه: " وقود لخلايا الدماغ ! ما هذه الجملة المبتذلة ".

كارمن: " عمرو !!... مضى وقت طويل! كيف حالك؟ " (ترتسم ضحكة رقيقة على وجنتيها قبل بدأ جُملتها التالية).." أوافقك الرأي ... لكن هذا الكوب بمثابة مكافأة لساعات العمل الطويلة التي قمت بها قبل المغادرة... أخبرني عنك أين توصلت في دراساتِك؟ ".

عمرو: " اعمل حالياً على إنهاء بحثي الخاص بالدكتوراة. أنا أيضاً كنت على وشك شراء كوب القهوة والمغادرة ".

بالحقيقة هو لم ينتهي بعد من العمل ! لكن قلبه هو من يستلم القيادة الآن ويتحكم بلسانه لا عقله.

كارمن: " جميل جدا !... هل تود مرافقتي السير للخارج لدي الكثير من الأسئلة والاستفسارات بخصوص بحثك القادم إن لم يكن لديك أدنى مانع؟ ".

عمرو يجيب بدون ادنى تفكير لحظة انتهائها من السؤال: " بالطبع ! ".

أحاديث كثيرة جرت بينهم... تضمنت بعض المعلومات التي أرادت كارمن السؤال عنها فيما يتعلق ببحث عمرو. تلتها بعد ذلك نبش بعض الذكريات التي وقعت خلال لقاءاتهم الأولى منذ سنين. ضحكات كارمن بدأ صداها يعلو بينما يذكر عمرو لها المواقف الطريفة التي جرت في الماضي خاصة عندما كانا جديدان كلياً في هذه المدينة ولا يعلمان شيء.... يضيف عمرو بنهاية الحديث: "اتعجب لما لم نرى بعض منذ ذلك الحين".

تجيب كارمن بإبتسامة خفيفة: "اممم... انت تعلم... مشاغل الحياة كنا في ضياع من أمرنا في تلك الفترة".

يقوم عمرو بإيماءة رأسه موافقاً الرأي: " صحيح ... ". ها قد قارب مفترق الطُرق ويجب عليهما توديع بعضهما بعضاً... لحظات من الصمت الحرج... عمرو يريد دعوتها للخروج معه مرة أخرى لكنه متردد جداً ... يعود الجدال في ذهن عمرو من جديد " يجب أن ادعُوها للخُروج معي في موعد أخر. لا لا ...اخشى أن ترفض سأبدو كلأبله إن رفضت... لكن أريد ذلك بشدة! ".

الجميع يتردد عند الوقوف أمام هذا السؤال من شخص يعجبهم. يعود السبب هنا لتدخل القلب في غرفة القيادة. ادمغتنا كانت تقود تلك الغرفة وحيدة طوال الوقت. الأدمغة تأخذ القرارات بناءاً على الاحتمالات الأقل خطورة، أما القلب فيتبع حدسه غير مبالي بتلك الاحتمالات. وفي لحظة وقوفه أمامها تدخل قلبه مُربكا غرفة القيادة غير مكتفي بدوره الأساسي فقط بضخ الدم.

العجيب في الأمر أن عقله كان متفقاً مع قلبه عمرو في تلك اللحظة ... "لا شيء لنخسره في المحاولة " ردد في ذهنه.

يستجمع عمرو قواه ويقول: " كارمن... لقد سعدت كثيراً بالحديث معك وأود رؤيتك مجدداً. يقام معرض للكتاب في الغد هل تودين الذهاب برفقتي؟ " .

كارمن تجيب مع ابتسامة رقيقة و إمالة رأسها قليلاً لليمين: " هل هو موعد غرامي ؟ ".

في هذه اللحظة يتعانقان عقل عمرو مع قلبه مغمضين اعينهم من شدة التوتر ... يضغطان سوياً على كلمة: "أجل ما رأيك بذلك ؟".

تتورد وجنتا كارمن خجلاً.. ضاغطة بكلتا يديها على حقيبة يدها التي كانت تحملها من أمامها... يبدو أن عمرو ليس الشخص الوحيد الذي يشعر بالتوتر في هذا الموقف.

تجيب بعد صمت قد أذاب جليد فؤاد عمرو قائلة: " حسنا! " .

على الرغم من أنها لم تستغرق الوقت الطويل في الإجابة كما بَدا لعمرو إلا أنه في تلك اللحظة التي سبقت الرد ... قلب عمرو توقف نبضه لوهلة. كأنما أراد الإنصات أيضاً وسماع الإجابة.

بدأت العلاقة بين عمرو وكارمن تتوطد... علاقة اتسمت بأنها مليئة بالحب والتفاهم المتبادل... وما كان يُميزهما فكان النضج من كلا الطرفين.

عندما تجد الشخص المثالي لك من يستطيع فهمك بسهولة تامة. إنسجام مخيف في طريقة التفكير، تلك هي تصافح الأدمغة. بعض الناس تجد من يستطيع فهمها بمقدار إصبع والآخرين بمقدار كف كامل. لكن الشخص المثالي لك من تتناسب اصابع تفكيره بين أصابع تفكيرك بأريحية تامة. لا يشترط أن تكون الأفكار مطابقة تماماً. لكن تغلغلها كتغلغُل اليدين يبعض هو الإنسجام المطلوب.

ذلك بالتحديد ما شعر به عمرو مع كارمن. بدأ الإحساس بأن كل العلاقات التي سبقت كانت تهيئة ودروس مسبقة للعلاقة المنتظرة مع الشخص المنتظر.

إقتراب موعد مناقشة رسالة الدكتوراة الخاصة بعمرو... كارمن في جهتها كانت مدركة للضغوطات التي يمر بها ولم تشتكي عدم تفرغه لها بشكل كلي. في الأيام التي تلت انتهاء عمرو من مناقشته بنجاح أراد عمرو تعويض كارمن عن إنشغاله عنها في الفترة السابقة... مما دفعه بتجهيز رحلة سفر يستكشفان فيها أرجاء البلدة. أرادوا زرع ذكرياتهم الخاصة في كل حي... في كل ركن من أطراف المدن التي زاروها.

ينظر عمرو إلى كارمن وهي تلاعب جرواً صغيراً قد صادفته. ناشرة بضحكاتها إشعاعات سعادة تصيب كل من حولها. أدرك تماماً أن كارمن هي التي يريد أن ترافقه صراع الحياة وهي من يتمنى أن تكون أم لأطفاله مورثة إياهم تلك الضحكة الساحرة وخصلات شعرها المجعدة الذهبية. " أريد الزواج بتلك الفتاة بشدة " ردد عمرو ذلك بذهنه.

يغلب على الرجال التردد الشديد في مرحلة التقدم للزواج... إنه ارتباط مدى الحياة! قد يكون القرار أبسط في الجانب النسائي فهم على دراية تامة إن كان الشخص مادة خام صالحة للزواج أم لا. إن لم يقوموا بالعمليات الحسابية وأخذ القرار قبل البدء بالعلاقة أساساً! أمّا عن الرجال فهي خطوة مربكة جداً لهم. يعجز عن اتخاذ قرار مماثل أثبت الرجال وأكثرهم حزماً. عمرو لم يكن متيقنا طيلة حياته بشيء تام كلياً. لطالما كان يفكر في الإحتمالات الأخرى والبديلة. هكذا هي طريقة تفكيره الأشبه بجذور شجرة شديدة التشعب. لكن عند اصطدامِه بكارمن توقف ذلك الفرع الخاص بالعشق عن التشعُب! يريد كارمن و لا يريد طريق يؤدي لسواها!

التخطيط للتقدم لخطبتها قد بدأ... عمرو ينتظر الوقت المناسب... أراد تأجيل تلك الخطوة بضع شهور حتى تنتهي من بحثها في الجامعة. بدأ بإعداد كل شيء، كعادته فهو رجل يعيش وفق مخططات مسبقة. قام بشراء الخاتم الذي سوف يتقدم لها به بالاستعانة مع إحدى زميلاته

ووضع لائحة بأسماء الأصدقاء الذين سوف يدعوهم للحفلة المفاجئة عقب تقدمه لها. أخيراً، تحديد المكان الذي يريد التقدم لها بالزواج فيه.

عمرو وكارمن كانت قبلتهم الأولى في حديقة على جبل مرتفع مطلة على مضيق مائي خلاب. يتوسط ذلك المضيق جسر ذو إضاءة فنية مذهلة. " ذلك هو المكان المنشود " ردد عمرو في ذهنه. داخل تلك الحديقة شجرتين مائلتين على بعضها كأنهما في عناق أبدي. أدني تلك الشجرتين كان مكان قُبلتهم الأولى. وفقاً لمخططاتِه عليه إغلاق عيناها قٌبيل أن تصل الى المكان المنشود مخبراً إياها أن هناك مفاجأة صغيرة قد أعدها لها. يغلق عمرو عيناه متخيلاً المشهد المثالي... يكاد شوقه أن يصيبه بالجنون! يريد أن تمضي الأيام القادمة كلمع البرق.

في إحدى الليالي... (خمس أيام قبل اليوم المنشود) إنتهت كارمن من بحثها ولم يعد هناك ما يشغل تفكيرها. الموعد المخطط له من قبل عمرو سيكون الموافقلليوم الثالث من الشهر الثالث. عمرو وكارمن أرادا الترفيه عن نفسهما لذلك قرروا الذهاب الى إحدى مباريات كرة القدم المحلية. عند الانتهاء من المباراة ... فريقهم المفضل قد انتصر! الهتافات وصَرخات التشجيع تملأ شوارع المدينة. تحسب أنها إحدى المظاهرات الغاضبة من كثافة المشجعين وعلو صوتهم. الوضع جنوني نوعاً ما. في أثناء طريق العودة، يقوم أحد المشجعين الطائشين بالوقوف في منتصف الشارع للهتاف للفريق الفائز. هناك سيارة قادمة تتجه نحوه! قائد تلك السيارة مُتشتت بالحديث عبر نظارته الذكية والتي يعتبر بالطبع مخالفاً لقوانين السير. يتفاجأ بالرجل الواقف في منتصف الشارع مما يقوده للانعطاف بسرعة بحركة لا إرادية مع ضغط المكابح بقوة لتجنب الاصطدام بالمشجع الطائش. تخرج السيارة عن المسار المخصص لها وتصطدم بكارمن!

يُصاب الجميع بالهلع ... كارمن مازلت واعية لكنها في حالة خوف تحاول إدراك لما حدث.

عمرو يحدث كارمن وهو في اقصى حالات الفزع: " هل انت على ما يرام ؟! هل تشعُرين بالألم؟ ".

كارمن تجيب مشيرة الى قدمها وهي ترتجف خوفاً: " رجلي تؤلمني جداً ... لا أستطيع تحريكها، أعتقد أنها قد كسرت ".

يتجه عمرو صوب قائد السيارة... ليمسك بقميصه وقد سمع صوت تمزقه من عزم قبضة عمرو قائلاً: " هل فقدت عقلك أم أنك لا تستطيع الرؤيا ! ".

قائد السيارة بصوت مرتجف: "اعتذر بشدة... لكن الخطأ يعود للمشجع الطائش الذي رمى بنفسه أمام السيارة".

عمرو ليس لديه وقت للجدال الآن فكارمن ما زالت ملقاتاً على الأرض ... يقوم بحملها واخذ سيارة اجرة مسرعاً لأقرب مستشفى.

في المستشفى... طبيب التشخيص يقوم بفحص قدم كارم ثم يشرُع بالقول مخاطباً إياها: " يجب علينا زراعة شريحة داعمة لساقك... إنها عملية جراحية بسيطة... لا داعي للقلق ".

يتم اصطحاب كارمن إلى غرفة العمليات " لا تقلقي كل شيء سيكون على ما يرام " يقولها عمرو وهو ممسك ليد كارمن يُطمئنها قبل ولوجها غرفة العمليات. بعد الإنتهاء من الجراحة ... الطبيب المختص يدخل الى الغرفة التي ترقد بها لتفقد حالتها، وبعد مُعاينة سريعة يقول: " يمكنك المغادرة الآن... لا تقومي بالسير على قدمك المصابة أو حمل أي شيء ثقيل الوزن لمدة ثلاث أشهر ". ثم قام بكتابة تشخيص سريع وغادر الغرفة.

عمرو قرر تأجيل فكرة التقدم للزواج حتى تُشفى كارمن تماماً. بعد مضي عدة أسابيع ... بدأ الألم يصيب صدر كارمن حتى وصل بها الحال لعدم القدرة على التحمل. اتصلت بعمرو تقول: " عمرو أشعر بألم شديد في صدري. اتصل بأقرب طبيب وتعال فوراً ... أكاد لا أحتمل الألم! ". قام عمرو بجلب طبيب العائلة في الحال والذهاب إليها.

عند فحص الطبيب لها فوجئ بإصابتِها بجلطة رئوية نتيجة رقودها بلا حراك خلال هذه المدة حيث أدرك من التقارير الطبية المعطى لها سابقاً أنه لم يتم وصف لها دواء مسيل للدم! لتفادى جلطة محتملة بعد إجراء عملية قدمها وعلى وجه السرعة تم نقل كارمن للمستشفى لمحاولة إدراك الجلطة التي اصُيبت بها.

في غرفة الطوارئ... بعد مضي نصف ساعة ... يخرج أحد الأطباء ليخاطب عمرو قائلاً بملامح جامدة: " لقد فعلنا ما بوسعنا... لو أنها أتت في وقت مبكر لكان من الممكن إنقاذها. البقية في حياتك! ".

" لا يمكن أن تنتهي حياتها هكذا! " جملة ترددت في ذهن عمرو... يصارع عقله الأمر الذي يرفض تصديق ما حدث. كيف ذلك وقد خطط لأن يمضي حياته معها. كيف ذلك وهو كان من المفترض أن يتقدم للزواج بها. هي المسار الوحيد الذي لم يُعد له خطة بديلة ... هي المسار الوحيد الذي اختاره بكلا عقله وقلبه ... باء ذلك المسار بنهاية مغلقة الآن. لكن الحياة ليست عادلة. عندما نحب أشخاص في حياتنا يتملكنا شعور أن هناك عقود ضمان تمنع من خسارتهم وموتهم. لكن لا يوجد شيء مماثل! بدأت الحياة تفقد وميضها بالنسبة لعمرو. بعد أن عيناه كانت ترى الألوان الزاهية وهو برفقة كارمن. بدأت تلك الألوان تتحول الى ألوان قاتمة كئيبة بلا روح.

إن المحيط لا يتغير من حولنا لكن نظرتنا إليه هي التي تتغير. الشجرة التي أمامنا هي ذاتها. لكن أحاسيسنا من توجه أعيننا لننظر سواء الى الورقة الخضراء على تلك الشجرة التي تأبى أن تذبُل أم الغصن المنكسر المليئ بالأوراق الذابلة الصفراء.

في حالات اليأس... تنجذب كل الطاقة السلبية حول الإنسان اليائس كالمغناطيس لتروي بها روحه المنهكة. هي الحالة ذاتها التي يقاسيها عمرو الآن... كم كانت هي قاسية الحياة على عمرو تكادُ تعطيه كل شيء أراده وفي لحظة تسلب منه أغلى ما يملك. وفي روحه التي تشبعت بالحزن القاتم... بدأ عمرو التفكير بمسببات تلك الحادثة والإشارة بإصبع الاتهام على جميع من كان سبباً في وفاة كارمن. مبتدءاً بالمُشجع الطائش الذي رمى بنفسه أمام السيارة. إلى قائد السيارة الذي لم يكن يقظاً كفاية أثناء القيادة. منتهياً بالإشارة بأصبع الإتهام على المجرم الأكبر بنظره ألا وهو الطبيب الذي قام بفحصها على عجالة ناسياً إعطائها وصفة الدواء المُسيل للدم.

هو مدرك تماماً أن القانون لن يقوم بالقصاص له وأن اقصى عقوبة قد تكون غرامة أو إيقاف الطبيب عن العمل. وذلك بالنسبة للبروفيسور عمرو ليس بالعدالة المنتظرة ولن يُشفي صدره الذي امتلئ بالحقد. بدأت فكرة تصفية المخطئين بالنقاط تعود إليه من جديد ... تتبلور بأشكال عدة وتفاصيل أكثر. حتى بدأ بدراستها جدياً وطريقة تطبيقها وتأسيسها. إن أراد البُلهاء تغيير العالم بأفكار جنونية فلن يسبب ذلك خطراً يُذكر، بل سرعان ما يرتكبوا الأخطاء التي ستسبب بدمارهم. لكن إن فقد العقلاء صوابهم وانحرفوا عن المسار الصحيح ..فنحن أمام تسونامي دموي من صناعة بشرية قادم!

الفكرة لم تعد بذرة بعد الآن... بل شجرة صغيرة بجذور راسخة... التخطيط لتأسيس المنظمة قد بدأ

الفصل السادس:

مازلنا في الزمن الماضي من أحداث الرواية... بعد مرور عام من وفاة كارمن وفي سنة 2116... عقد الدكتور عمرو العزم على بناء أساسات نظام التصفية بنظام النقاط لمرتكبي الأخطاء. بعد حدوث المأساة التي أدت الى خسارته محبوبته كارمن. بدء البحث في المنشورات العلمية عن أدوية أو معدات قد تفيده في خدمة تلك الفكرة. لفت انتباهه لمنشور تم إصداره من قبل دكتور يدعى أسعد يدور محتوى المنشور عن فكرة دواء يُزيل الذاكرة المكتسبة مؤخراً! وعلى الرغم أن ورقة البحث كانت متقدمة جداً إلا أنه لا مستجدات طرأت على أرض الواقع منذ تاريخ نشر الورقة العلمية التي طُرحت قبل سنتين. أدرك الدكتور عمرو أن الدولة قد تكون لها دور خلف هذا الأمر بالتكتم عن ذلك. حيث أنه وجد صعوبة في إيجاد تلك الورقة العلمية المنشورة من قبل الدكتور أسعد في بادئ الأمر.

أراد البروفيسور عمرو التعرف على الدكتور أسعد شخصياً واقناعه بفكرة المنظمة في تصفية المخطئين من البشر والحفاظ على الأكفاء منهم في ظل التضخم السكاني الهائل. لكن الأمر ليس بالهين، فمن الغير ممكن القدوم لشخص وإخباره بتلك الفكرة الجنونية بشكل مباشر*.

عمرو قام بإنشاء دراسة عن حياة الدكتور أسعد كاملة ومراقبته بالتفصيل... ما هي هواياته، كيف يمضي أوقات فراغه، حتى ما هو فريقه المفضل! أكتشف أنه يحب لعبة الشطرنج مثله بالإضافة لكرة التنس. عمرو يجيد لعبة الشطرنج ... بل هو بارع جداً بها. لكنه ليس لديه أدنى فكرة عن رياضة كرة التنس. لذلك بدأ بالتدرب تحت إشراف مدرب خاص بالكرة التنس لمدة شهرين. لم يكتفي الدكتور عمرو بذلك. بما أن أسعد يشجع فريق كرة قدم محدد ويتابع مبارياته التي تقام بحرص وبشكل دوري. بدأ عمرو يحفظ جميع لاعبي ذلك الفريق وإنجازاته في العقد الماضي. بالإضافة لأسماء مدربين ذلك الفريق في السنين الماضية وأهم الإنجازات التي حققوها.

مرحلة الاستعداد للمقابلة قد انتهت ... اخيراً حان وقت تحديد نقطة الإلتقاء... أعتاد الدكتور أسعد اصطحاب عائلته المكونة من زوجته وابنتيه الى نادي رياضي في كل نهاية اسبوع. أسعد يمضي معظم وقته في النادي ممارساً رياضة كرة التنس المفضلة لديه. أثناء ذلك تقوم زوجته بالإشراف على الفتاتين وهما تسبحان وتلهوان في حوض السباحة.

*: أريد تصفية التعداد السكاني للنصف! هل تنضم إلي؟

يتقدم أحد المشتركين في النادي تجاه أسعد ويقول: " عذراً على مقاطعة اللعبة.. أود أن أنضم للعب هنا وليس لدي شريك في اللعب فأنا مُستجد في هذا النادي. هل تمانع إن لعبنا سوياً في اللعبة القادمة ". ليجيب أسعد بابتسامة ودودة: " حسناً! لا بأس ". يقوم الرجل بالجلوس جانباً وينزع نظارته الحمراء عن وجهه إستعداداً للعب ... أجل إنه البروفيسور عمرو.

بعد مضي عدة أسابيع... أستمر عمرو بالمجيئ الى النادي ذاته واللعب سوياً... تم توطيد علاقة الصداقة بينهما بنجاح. حتى أن عمرو أصبح صديقاً مقرباً لعائلة الدكتور أسعد، اكتسب ود ابنتيه الفتاتين ديما وسيما البالغتين من العمر 5 و7 سنين. حتى أنه كان يشتري لهم الألعاب ودائماً ما كان يجلب لهما شرابهما المفضل؛ الحليب بالشوكولاتة... ما أسهل كسب ود الأطفال.

في إحدى عطلات نهاية الأسبوع ... يذهب الجميع لقضاء بعض الوقت في المجمع الرياضي. ريثما تسبحان الطفلتان يقوم عمرو ببدء حديثه عن الدواء الذي أجرى الدكتور أسعد البحوثات عنه سائلاً إياه: " هل توصلت بالفعل لتلك الجرعة التي تمحي الذاكرة المكتسبة حديثاً؟".

أسعد بعد النظر يميناً وشمالاً ... يضم شفتيه قليلاً ثم يقول: " اممم أجل... لكنها ليست مكتملة تماماً وقد اضطررت للتوقف عن الأبحاث في ذلك المشروع منذ مدة. فقد خيرتني الدولة إما العمل معهم والتكتم عن النتائج أو التوقف عن تلك الأبحاث نهائيا".

في تلك اللحظة أدرك عمرو أن أسعد قد توصل بالفعل لمرحلة مهمة في عمل ذلك الدواء. لكن راوده القليل من الشكوك وحيث أن العلماء لا يتخُلوا عن بحوثاتهم خصيصاً في المراحل المتقدمة المشرفة على النجاح. ردد عمرو في نفسه: " من المرجح أنه استمر ببحوثاتِه بتكتم بعيداً عن الأضواء ".

بعد مضي بضع دقائق... ريثما الطفلة ديما تسبح في حوض السباحة تفقد قدرتها على الطواف! تبتلع القليل من الماء وتغرق في صراع لإبقاء رأسها فوق الماء. كان عمرو أول من أنتبه ذلك، ملقياً بنفسه في المسبح منقذاً إياها. ساد الهلع الأرجاء.. وبعد الإطمئنان على سلامة الطفلة.

يقول أسعد وقلبه مازال ينبض خوفاً على ابنته: " اشكرك جزيل الشكر يا عمرو ".

عمرو يجيب وقد أصابه البلل من رأسه الى أخمص قدمه: " لا داعي لشكري فقد فعلت ما يتوجب عليّ فعله. هاتان الفتاتان بمثابة ابنتاي". يتقدم ويُقبل رأس الفتاة... ثم يستمر قائلاً:" لكن ما أغاظني عدم تدخل المنقذ في الوقت المناسب ".

عند الالتفات إليه... يروا أنه نائم! عمرو بنبرة صوت عصبية: " ما خطب ذلك الفتى!... ينام خلال فترة عمله. أشخاص مثله يجب تصفيتهم! لو أن هناك نظام نقاط للأخطاء لخسر الكثير من النقاط ".

أسعد وهو في فورة غضب مماثلة: " بالفعل لو أنك لم تتدخل لإنقاذها لغرقت الطفلة بسبب إهماله ".

بعد مضي دقائق وهدوء الوضع... وفي لحظة إعادة التفكير في ذهن أسعد لما قاله عمرو عن نظام النقاط! أسعد يسأل عمرو ويقول: " ما بال تلك الفكرة التي قلتها عن النقاط والأخطاء لم أفهمها؟ ".

الزمن المناسب لشرح الخطة قد حان!... بدأ عمرو بشرح الفكرة له بالتفصيل وفوائدها على المجتمع إن طبقت في ضمن التضخم السكاني الحاصل. جاعل خيطاً رفيعاً بين الجدية والمزاح فيما يقول ليتبين قبول أسعد الفكرة من عدمها.

وبالفعل أبدا أسعد إعجابه بتلك الفكرة.

دخول الكاتب: المشهد الأول

يسعني القول عند هذه النقطة أن خطة عمرو باتت بالنجاح... عن أي خطة أتحدث؟ إن كنتم تعتقدون أن غرق الفتاة وإنقاذها من قبل عمرو كان محض صدفة! فأنتم مخطئون. قام عمرو بثقب السترة التي ترتديها الفتاة الصغيرة قبل أن تهم بالسباحة بحيث أن تفرغ من الهواء بعد فترة من الزمن. وقام بوضع دواء منوم في المشروب الذي كان يشربه المنقذ المشرف على المسبح. على الأغلب أنه تسبب بطرده من العمل لكن عمرو لم يكن يعجبه ذلك الفتى على أي حال. فقد كان متعجرفاً وكثير التحديق في النساء. كان لابد من ظروف مناسبة لطرح الفكرة على الدكتور أسعد... لذا قام بخلقها متبعاً أسلوب الغاية تبرر الوسيلة.

خروج الكاتب: المشهد الأول

لا تنتظر الحياة لتخلق لك فُرص نادرة الحدوث، اصنع فرصتك مما لديك. إن الحياة تسير بأسلوب وقوانين واضحة.

ذلك كان مبدأ عمرو...

على الرغم من تماديه في خطته وتعريض حياة الفتاة للخطر إلا أنه استطاع بنجاح ضم الدكتور أسعد إلي جانبه الذي بعقاره استطاعوا التوسع وضم المزيد من الناس الى منظمة. عمرو استنفذ من الوقت الكثير لإقناع أسعد لكن من منظوره كان يستحق الصبر. هناك العديد من التقنين، العديد من القتلة، لكن هناك شخص واحد يملك العقار المناسب، ذلك السلاح السحري. كان إنضمام الدكتور أسعد بحجر الدومينمو الأول الذي في لحظة سقوطه تتابعت الأمور بالسقوط وفقاً لما هو مخطط لها.

الفصل السابع:

العودة للزمن الحالي... التحقيقات مستمرة...

عودة بالزمن إلى سنة 2120 حيث التحقيقات مازالت مستمرة... بعد أن تم اعتقال أحد القاتلين واستخراج المعلومات منه، بدأت المنظمة بالقلق لما توصلت إليه لجنة التحقيق من معلومات خطيرة. من جديد تم عقد إجتماع آخر للمقيمين فئة س. تضمن هذا الاجتماع طرح ومناقشة التقدم الكبير الذي أحرزته لجنة التحقيقات فقد باءوا شوكة في حلق المنظمة منذ تعيينهم.

من اقتراحات المتواجدين ... تم تلخيص الحلول الى ثلاث خيارات ألا وهي:

الأول: قتل جميع المشرفين على التحقيق.

الثاني: تهديد المحققين بالتوقف عن التحقيقات وقتل أحدهم ليكون عِبرة.

الثالث: الاكتفاء بتهديدهم فقط.

عمرو كان ضد قتلهم إجمالاً ... في وجهة نظره.. هو لم يقوم بتأسيس عصابة مافيا! فجميع من تم قتلهم تم تصفيتهم بناء لأخطاء ارتكبوها أما هؤلاء المحققين فلم يرتكبوا الأخطاء على العكس هم يقوموا بعملهم على أتم وجه. بالإضافة، أن وجودهم في مرحلة ما مع بعد التصفية مهم في بناء البشرية من جديد.

يفتتح عمرو الإستفتاء ... يتيح جميع قادة المنظمة التصويت والإدلاء برأيه... الجميع قام بالضغط واختيار القرار الذي يؤيده، ينتهي التصويت... لتكون الأغلبية للقرار الثاني ألا وهو قتل أحد المحققين كعبرة وتهديد البقية لإيقاف التحقيقات والتضييق عليهم. لا يوجد تراجع عن قرار الأغلبية.

السؤال الأهم هنا الآن... من هو سيء الحظ الذي سيقع عليه الاختيار؟

المنطق يُرجح أن رئيس المحققين المحقق نجدت هو الذي يجب التضحية به. لكن أغلب الحاضرين يوافق تفكيرهم لمعتقد الدكتور عمرو ويروا أن ذلك ليس عادلاً وبما أن المنظمة تتبع خوارزمية واضحة في التصفية تم أخذ القرار على أن من خسر أكثر نقاط في الثلاث الشهور الماضية من المحققين يتم تصفيته.

كان أكثر من استهلك النقاط هو مساعد المحقق نجدت، المحقق سليم. فقد استهلك عشر نقاط في هذه الشهور الثلاث منها مخالفة مرورية وأخرى بسبب رميه القمامة في الشارع في إحدى مرة.

يالها من نهاية مؤسفة وياله من ذنب استحق عليه الموت!

الأجتماع ينتهي وينصرف الجميع ... أثناء خروج قادة المنظمة... يتجه البروفيسورعمرو للتحدث مع أحدهم والذي يلقب بالمسؤول "ج". هو أحد المسؤولين الكبار في الدولة ويعمل في الخفاء لدى المنظمة، شديد التكتم على هويته وتنسب إليه المهمات الصعبة التي تتطلب وجود أحد المسؤولين من داخل هيكل الدولة.

البروفيسور عمرو بصوت منخفض نسبياً: " هل يمكنك تولي مهمة قتل المحقق سليم؟ ".

يجيب المسؤول "ج" مخاطباً عمرو من خلف قناعه الأسود: " حسناً... لا داعي للقلق سأتولى الأمر. على الرغم من أني كنت أرجح قرار تصفية جميع المحققين لكن بما أن الاغلبية أرادت ذلك... فلا بأس ".

بالفعل قام المسؤول "جيم" بمساعدة أحد رجاله بحقن المحقق سليم بالسم البطيئ بشكل سري من غير أن يدرك ذلك. وتم كتابة رسالة بأحد البخاخات الملونة على سيارة قد وضعت أمام مبنى التحقيقات كان محتواها: "عليكم بإيقاف البحث عن المنظمة أو المزيد منكم سوف يموت!". في بادئ الأمر لم يدركوا ما المقصود ب المزيد منهم سيموت فجميعهم على ما يرام! في تلك الليلة علامات التسمم من إرهاق وخمول في الجسم تصيب المحقق سليم، يُسعف الى المستشفى. المحقق نجدت يذهب للطمأنة على حالته. ها هو اللون الأزرق يكسو جسد سليم ليدرك جميع من حوله نهايته المحتومة. استوصى سليم بكلمات أخيرة وجهها الى المحقق نجدت: "تابعو التحقيق لا تخافوا أو تكترثوا لما حصل لي. لن يستطيعوا إيقافنا".

أقيمت جنازة ضخمة للمحقق سليم تم تغطيتها من قبل قنوات إعلامية عدة... الجميع يريد أن يعلم من وراء ذلك التهديد! ما هي القضية التي أودت بحياة سليم. لكن الدولة قامت بتصريحات حول اشتباههم بإحدى عصابات المخدرات لتشتيت القنوات الفضائية عن الحقيقة. لم يتبقى سوى ثلاث محققون (نجدت , حازم , حلا) وقد بدأوا بالخوف على مصيرهم. المحقق حازم قام بكتابة طلب استقالته في انتظار رؤية المحقق نجدت لتسليمها إياه. في ضمن هذا الارتباك... كان المحقق نجدت في صمت مدقع غير قابل للتفسير. لا أحد يعلم ما يدور في ذهنه.

المحققة حلا مخاطبة المحقق نجدت: " ماذا علينا فعله الآن؟ إن كنت تريد الاستمرار فأنا بجانبك حتى النهاية ".

المحقق نجدت: " إنها ليست المرة الأولى التي يتم تهديدي فيها بالقتل. لكني أفكر بحل للوضع الراهن. فلا يسعنا استمرار التحقيقات في بيئة مشتتة وتحت التهديد. بالإضافة أني لا أريد خسارة المزيد من المحققين فذلك هدف المنظمة من تلك الحركة".

المحققة حلا: " هل لديك حل لهذه المشكلة؟ ".

المحقق نجدت: " امهليني بعض الوقت... فأنا لم احتسي كوب الشاي الخاص بي منذ تلك الحادثة! ".

حتى في أشد المواقف حرجاً لا يكل المحقق نجدت من ردود فعله الغريبة. يبدأ نجدت بالتفكير العميق في هذه الأزمة. يحتسي الشاي بيد ويحدث نفسه بصوت منخفض تارة أخرى. ينهض للسير قليلاً عسى أن يساعده في التفكير. يسير بخطوات عشوائية قصيرة المدة في أرجاء غرفة الاستراحة بمساعدة عُكازه... يغوص في تفكيره الى عمق أبعد.

في أثناء ذلك... اتجهت حلا لمخاطبة المحقق حازم بعد سماعها برغبته في الإستقالة.

تقوم حلا بشد ربطة شعرها المرفوع لأعلى كالمعتاد ثم تقول بصوت جاد: " اعتقدت منذ البداية أنك من النوع الذي يهرب في الأوقات الحرجة... لم أتفاجأ بسماع رغبتك في الإستقالة ". ترمقه بطرف عينها ثم تستدير عائدة أدراجها.

لقد استفزت حازم بشدة بعد قولها هذا! جملة واحدة منها قلبت كيانه. يمسك بحركة خاطفة خطاب استقالته.. يمشي مهرولاً بخطوات سريعة ليصل بجوار المحققة حلا... يقوم بتمزيق طلب الاستقالة ورميه في الهواء. ثم يستمر بالسير سابقاً إياها نحو غرفة الاجتماعات.

ابتسمت المحقق حلا إبتسامة صغيرة نصفية من جبين واحد واستمرت بالسير بذات الوتيرة. لقد أدركت تأثيرها الكبير عليه.

بعد مضي نصف ساعة... يعود المحقق نجدت لغرفة الاجتماعات ليجد المحققان حلا وحازم قد سبقاه بالفعل.

المحقق نجدت: " يؤسفني إطلاعكم بهذا الخبر السيء... على الرغم من وجود الحراسة المشددة. إلا أن المنظمة استطاعت قتل أحد زُملائنا المحقق سليم. اليوم لم أفقد زميلاً لي فقط، بل فقدت صديقاً مقرباً. سليم كان عوناً كبيراً لي في الآونة الأخيرة فعلى الرغم من صِغر سنه إلا أنه كان فطناً وسريع البديهة ويجيد تحليل الأمور كمن لديه خبرة سنين طوال. أدعو الرب أن يُسكنه جناته... لا أُخفي عليكم أننا في وضع حرج، عملية الاغتيال تلك تدل على كبر شأن المنظمة التي نواجهها وامكانياتها. وحيازتها لمعلومات حساسة عنا نحن المشرفين على التحقيق يشكل خطراً كبيراً علينا ".

يتوقف قليلاً عن الكلام لالتقاط أنفاسه محتسياً القليل من كوب الشاي خاصته ثم يستمر قائلاً: " المنظمة تريدنا التوقف عن التحقيق والبحث في أمرهم أو سيكون مصيرنا الموت كما يزعمون. لكن لابد من مخرج لهذه الأزمة... الحل الوحيد للاستمرار في التحقيقات من غير أن نموت... يصمت قليلاً ثم يقول: " هو أن نموت!".

حلا وحازم يرمُقان بعضهم بعضاً بنظرات تملؤها التساؤلات! في أذهانهم يدور تعليقات مثل: " هل فقد عقله ذلك العجوز! ما ذلك الكلام الغير منطقي! لابد أنه يهذي... هل شرب الكحول بدل الشاي! ".

المحقق حازم يجيب نيابة عن حلا: "عذراً ايها المحقق نجدت ماذا تقصد بذلك؟ هل شرحت لنا أكثر ما يدور في ذهنك".

المحقق نجدت بصوته الأجش: " بما أن المنظمة تريدنا أموات سوف نعطيهم ما أرادوا! كل ما علينا فعله تزييف حادث موتنا نحن المحققين والإعلان عنه في وسائل الإعلام هذا إن لم تصلهم تلك المعلومة مسبقاً. نقوم بطلب خاص من أحد المسؤولين الموثوقين بتأمين طائرة لنا مطلعينه على الخطة ومعلنين لباقي أعضاء العمل بأننا سوف نقوم بتغير مكتب التحقيقات الى مدينة اخرى. وأثناء إقلاع الطائرة (مع ضرب كأسين من الماء كانوا اماه) تسقط الطائرة ذات القيادة الآلية التي من المفترض أن نكون بداخلها لكنها لن تحوي على أحدا!... معلنين وفاتنا ".

يقول حازم وقد اتسعت عيناه: " تلك فكرة عبقرية! ".

نجدت: " في الحقيقة... الخطة تحتوي على نقطة ضعف ألا وهي أن المنظمة لم تخطط لعملية القتل تلك مما سيؤدي لتساؤلات عدة وقد يشتبهون بأننا وراء ذلك. لكن بما أننا ندرك الآن أن المنظمة كبيرة وعلى نطاق واسع، سنستغل ذلك ضدهم، من الوارد جداً اشتباههم بأن أحد رجالهم قد فعل ذلك من تلقاء نفسه ارتجالياً ".

حلا مضيفة على قوله: " صحيح! ومهما كان تفسيرهم فأن تلك العملية ستكسبنا المزيد من الوقت لنكون بعيدين عن الأنظار ".

العملية تُنفذ وفقاً لما هو مخطط لها... تم تجهيز طائرة خاصة بدون طيار وإعلام الجميع العاملين من حولهم بأن المحققين ينتقلون لمكان آخر آمن ".

جميع الطائرات تعود للأرض، لكن ليس جميعها تعود قطعة واحدة!

بدأت قنوات الإعلام ببث خبر وفاة المحققين الذين كانوا على متن الطائرة واصفة سبب وقوع الحادثة بأنه عطل بالروبوت المسؤول عن القيادة. أضافت بعض القنوات الفضائية اشتباه أن عصابة المخدرات من قامت بقتل المحقق سليم هي خلف سقوط الطائرة. يا إلهي كم تعشق القنوات الفضائية إضافة استنتاجات وقصص لا وجود لها. انتقل المحققون لمكان معزول وآمن. غير معلنين لأحد بذلك حتى أقرب المقربين اعتقدوا أنهم في عداد الأموات! على كل حال، مازالوا على اتصال مباشر برئيس الوزراء والسلطات العليا في حال احتياجهم لمساندة ".

الريبة والاستغراب تصيب البروفيسور عمرو بالجنون يتساءل: " كيف حدث ذلك!؟ ".

في ضمن حوار يجول في عقله: " نحن لم نتفق على قتلهم! هل يعقل أن أحد المسؤولين في المنظمة قام بتلك الخطوة من تلقاء نفسه كالوزير "جيم" مثلاً فهو أراد ذلك منذ البداية. بالإضافة كان هناك بعض القادة قد صوتوا لقتلهم جميعاً أيضاً! ". يصمت قليلاً ثم يستمر بالتفكير: "أم أنها حيلة من المحققين من أجل إيهامنا بموتهم".

لا يمكنه إثبات أي من الفرضيتين الآن. فلو أن من فعلها أحد المسؤولين التابعين للمنظمة لن يقوم بالاعتراف بذلك لمخالفته قوانين المنظمة. بالإضافة لعدم تمكنه من التأكد لو أن المحققين مازالوا على قيد الحياة أم لا. عملية البحث عنهم تتطلب الوقت الكثير.

البروفيسور عمرو يخاطب يوسف كبير مهندسي الحاسوب المركزي: " قم بإبلاغ المقيمين من جميع فئات المنظمة عن صور المحققين ودعهم يتاوصلوا معك في حال ورود أي معلومة تفيد إن كان المحققين مازالوا على قيد الحياة! ".

الفصل الثامن:

قيس ينهمك في مهمات القتل لدى المنظمة عسى أن يطفئ القليل من غيظه لوفاة والده... يقطف الحياة من المستهدفين في الصباح وينشر الحب برفقة حبيبته بيسان في المساء. عودة إلى قيس... الذي أصبح جزءاً لا يتجزأ من المنظمة. يعيش الآن قصة حب لا تنسى مع بيسان. حُب استطاع ترميم فؤاده المحطم. لم يكن يوماً يتخيل أن الحياة ستُسعده من جديد. لكن تقلبات الحياة من القوانين الراسخة فيها فلا عجب بذلك.

تمضي الأيام... تتحصل بيسان على عمل جديد في إحدى الشركات البائعة للنظارات الذكية كمحاسبة. بعد مضي اسبوع من عملها.

قيس يخاطب بيسان: " ما رأيك في العمل الجديد؟ ".

تجيب بيسان وعلى ملامح وجهها تكشيرة حزن لم تستطع التقليل من جمالها: " لا بأس به... لكني أشعر بضغط كبير من قبل مديري فهو يعتقد أنه من المفترض مني أن أكون اعتدت على طريقة سير عملهم وانا لم اعمل لديهم سوى بضعة أيام! ".

قيس ممسكاً بيديها ... يقول: " لا تقلقي... سوف تعتادين على ذلك العمل بسرعة قياسية فأنا واثق من قدراتك ".

احمرت وجنتي بيسان خجلاً... ترى أطياف ودرجات اللونين الأحمر والزهري جميعها على خديها. يتقدم قيس ليُقبلها... تتسع حدقة عيناها... أمَا عن وجنتيها فقوس قزح من ألوان الحَياء قد ارتسم.

يضيف قيس لاحقاً: " أُريد مرافقتك غداً في طريقك الى العمل. هناك شخص يجب عَليَ مقابلته في مكان قريب من مكان عملك".

قيس ليس لديه من يقابله لكنه أراد إمضاء وقت أطول مع بيسان.

بيسان تجيب مع إبتسامة خفيفة: " حسناً... سأقوم بالمرور بك غداً في الصباح الباكر عند تمام الساعة السابعة. كن مستعداً وإلا لن انتظرك (قالتها مع غمزه سريعة) ".

في صباح اليوم التالي...

بيسان تتصل بقيس عبر النظارات الذكية: " أين أنت؟ ".

قيس: " أنا في المقهى المقابل للمنزل... سآتي في الحال ".

دقائق تلتها... باب السيارة يُفتح... قيس يلج داخل سيارة كارمن حاملاً بيديه كوبين يفوح منها البُخار الحار.

قيس: " صباح الخير عزيزتي !... لقد احضرت لنا مكياتو بالكراميل إنها قهوتك المفضلة أليس كذلك؟ "

خدودها الكبيرة ترتفع من أثر البسمة التي أرتسمت على وجها ثم تقول: " لا يمكنك أن تتخيل مقدار حبي لك الآن! ".

دقائق تمضي... عند اقترابهما من مكان عملها... تقوم بيسان بأخذ منعطف مخالف في إحدى الحارات القريبة من العمل.

قيس يخاطبها مستغرباً: " إن هذا الشارع جهة واحدة فقط وانت تقودين في الإتجاه المعاكس! حتى أنه يوجد كاميرات لرصد المخالفات هنا! ".

بيسان تُصدم من تلك المعلومة: " يا إلهي لم أكن أعلم ذلك! لما لا يضعون الإشارات في أماكن واضح للرؤية. لابد أنه قد تراكم عليَ الكثير من المخالفات. سحقاً يبدو أني سوف أنفق جميع مُرتبي هذا الشهر في دفع الغرامات ".

يجيب قيس: " لا بأس... احرصي في المرة القادمة على عدم المرور من هذا الشارع. لكن ما استغرب منه عدم انتباهك لذلك الأمر حتى الآن ... ألا يردك رسالات من المرور عند ارتكابك المخالفات تلك؟ ".

تجيب بيسان: " لقد قمت بإيقاف التنبيهات عند قدوم رسائل من هذا النوع. أنا فقط اتفحص الفواتير والمخالفات من التطبيق الإلكتروني كل بضعة أسابيع ".

يكتفي قيس بإيماءة رأسه.

يصل قيس لوجهته... يغادر السيارة بعد أن ترك قبلة على خد بيسان الوردي: " اعتني بنفسك حبيبتي أراك لاحقاً... الى اللقاء".

بيسان: " اعتني بنفسك ايضاً... الى اللقاء حبيبي ".

أثناء سير قيس مبتعداً عن موقع السيارة... يتدارك أن المخالفات التي ارتكبتها بيسان ليست مشكلة مادية فقط. تلك المخالفات تخصم الكثير من النقاط!

يقوم بحسبة سريعة لمقدار النقاط التي استهلكتها... جسده يرتعش وقلبه يضُخ الدم بسرعة جنونية.... ها قد توصل لنتيجة حسبة النقاط.... مقدار خصم مخالفة عكس السير كان 9 نقاط في الشوارع الفرعية ما لم يصب أحد بأذى. هي قد ارتكبت تلك المخالفة خمس مرات في الأيام الخمس الماضية مجموع ذلك 45 نقطة. مازال لديها 5 نقاط فقط! يعود قيس لأخذ نفس عميق بعد أن نسي أخذ أنفاسه من شدة التوتر في الدقيقة التي مضت.

القلق بدأ يشغل تفكيره... فقد استهلكت الكثير من النقاط ولم يعد لديها سوى 5 نقاط حتى نهاية الشهر. يقوم قيس بالأتصال على بيسان ليخبرها أنه يريد رؤيتها في المساء ويلح على ذلك.

في تلك الأمسية... يحاول قيس البقاء على سجيته. لكن قلقه دفعه الى إمطار الأسئلة عليها... لا يوجد طريقة أخرى لمعرفة ذلك: " هل اقترفت ذنباً تندمين عليه هذا الشهر؟ خطأ تافه أو ما شابه ؟ ".

بيسان تجيب وقد قطبت حاجبيها تعجباً من ذلك السؤال: " سؤالك غريب جداً... مثل ماذا ؟ ".

قيس: " اممم ... ذنب ارتكبتيه... على سبيل المثال .... هل اخطأت بحق احد ؟ ".

بيسان: " لا اعتقد ذلك ... أن دائماً مسالمة مع الجميع. (تنظر إليه نظرة جانبية) انت تثير قلقي هل هناك خطب ما ؟ ".

يجيب قيس على الفور: " لا لا !... فقط نفذت مني المواضيع في تلك اللحظة وأردت أن اكسر الصمت ".

تجيب بيسان بابتسامتها الساحرة : " حسناً... ما هو العشاء الليلة ؟ أشعر بالجوع الشديد ".

مضت الليلة بهدوء... قيس يريد اخبارها البقاء حذرة وعدم ارتكاب أخطاء بالعمل أو إيذاء أحد لكنه لا يستطيع ذلك. فذلك سيثير الكثير من الشكوك لدى بيسان ويدفعها لطرح أسئلة هو

لا يستطيع الإجابة عنها. لا يمكنه إخبارها أنه عضو في منظمة تتبع أسلوب التصفية بالنقاط و أنه قاتل محترف لدى تلك المنظمة !

في اليوم التالي... يقوم بمراسلتها إلكترونياً عبر نظارته الذكية التي بمقدورها إظهار المحادثة ولوحة المفاتيح على شكل هولوجرام ثلاثي الأبعاد أمامه.

قيس يكتب في المحادثة الإلكترونية : " كيف حالك حبيبتي ؟ (وجه ضاحك) ".

بيسان تجيب عبر المحادثة الإلكترونية : " أنا بخير ... عدت منذ قليل من العمل ".

بيسان ... : " أنا مرهقة جداً (وجه حزين) ".

قيس ... : " لا بأس استريحي قليلاً عزيزتي ... هل تريدين الحديث لاحقاً؟ ".

بيسان ... : " لا بأس ... استمر بالحديث فأنت الوحيد الذي يعيد طاقتي الإيجابية إليَ " .

قيس ... : " (قلب أحمر اللون) ... كيف كان يومك ؟ ".

بيسان ... : " سيء جداً... مديري قام بتوبيخي اليوم فقد اقترفت خطأ فادح في العمل. نسيت إعادة توجيه البريد الإلكتروني من العميل التي تحتوي على أحد طلبات الشراء إلى العاملين بالمستودع ليقوموا بتجهزها. البريد وردني منذ يومين واليوم حتى قمت بتوجيهها الى العاملين بالمستودع مما أدَى إلى تأخر الشحنة يومين... يالي من ساذجة كيف ارتكب خطأ كهذا ".

لكن قيس قد تجمد ولم يستطع القيام بأي ردة فعل. عقله يُلح عليه إيتاء بتصرف سريع لكن جسده يقف في لحظة استيعاب لهول الموقف.

هذا ما أصاب قيس لحظة سماعه ذلك الخبر السيء.

يردد قيس في ذهنه: " هذا ما كنت أخشاه! هذا ما كنت أخشاه! ".

يفقد أعصابه ويقوم بلكم مرآة زجاجية معلقة في إحدى الجدران... لتصبح أشلاء على أرضية الغرفة.

قيس يستمر في الصراع الذي يدور في ذهنه: " عليَ التركيز الآن وتمالك اعصابي... حسناً... مبدئياً، سأقوم بالبحث في الكود الخاص بقوانين خصم النقاط من جديد " (الكود عبارة عن مرجع يستخدمه المقيمون لتحديد كم النقاط التي يجب خصمها ليكون خصم النقاط عادلاً على الجميع. كل أعضاء المنظمة لديهم صلاحية الاطلاع عليه فهو أشبه بدستور المنظمة). ادخل قيس وصف الخطأ... الكود يقوم بالبحث عن القسم الخاص بالخطأ المشابه.

الكود يظهر الآتي:

قسم الأخطاء المؤدية لتأخير سير العمل بسبب خطأ غير متعمد: مقدار الخصم عشر نقاط زائداً نقطتين عن كل يوم تسبب الخطأ بتأخيره.

أمّا في حال كون العامل مستجد أو في حالة مرضية... (الأمل يعود إلى قيس من جديد) , " أجل يجب أن يكون هناك فرق كبير في خصم النقاط للمستجدين " قالها قيس في سِره .

الكود يستمر في الوصف...: في حال كون العامل مستجداً أو في حالة مرضية يُخصم نصف النقاط بحيث تصبح خمس نقاط زائدا نقطة عن كل يوم تسبب الخطأ بتأخيره. في تلك الحالة فإن النقاط التي خصمت من بيسان 7 نقاط! هي قد استهلكت 45 نقطة من قبل بسبب المخالفات المرورية المتكررة ليصبح مجموع النقاط المخصومة 52 نقطة!

بيسان عبر المحادثة الإلكترونية: " مرحبااااااا... حبيبي أين اختفيت فجأة؟ ".

يحاول قيس تمالك أعصابه... يعيد فتح المحادثة الإلكترونية.

يجيب قيس عبر المحادثة الإلكترونية: " اجل حبيبتي انا هنا... انت بالمنزل أليس كذلك؟ هل تنوين الخروج إلى مكان ما اليوم؟".

بيسان ...: " لا... أنا متعبة جداً، لا اعتقد ذلك ".

قيس يعيد ترتيب حِساباته محاولاً إيجاد حل لتلك المشكلة و الحوار يدور في ذهنه: " ربما لم يقم احد بتسجيل مخالفة العمل ! لكن احتمال حدوث ذلك ضئيل فتلك شركة ضخمة والمقيمون بالمنظمة منتشرون في كل مكان. يجب أن أهدئ من روعي وأفكر بعقلانية ... إن تم فعلاً تجاوز الخمسين نقطة سيتم إرسال أحد القتلة للقضاء عليها خلال يومين. وبما أنه يتم إرسال مهمة القتل لأقرب قاتل تابع للمنظمة قريب من المستهدف. إذاً كُل ما عليّ فعله هو التواجد في مقربة منها في الأيام القادمة للتأكد ما إن أصبحت مستهدفة أم لا ".

بالفعل... قيس يهُم بالذهاب مُسرعاً إليها... أثناء طريقه قام بالتبضع وشراء بعض الطعام المعلب والماء. عند وصوله لمنزلها لاحظ وجود فندق قريب في الشارع المقابل فذهب لحجز غرفة فيه لبضعة أيام. أصَرعلى أن تكون الغرفة في الطابق الرابع ومطلة على الشارع الرئيسي ليكون مشرفاً على منزل بيسان وفي ذات مستوى الارتفاع.

يعيد قيس ترتيب الأثاث وتوجيهه بجانب النافذة... الساعات تمضي... لم يصله أي مستهدف جديد من المنظمة، مرت الليلة الأولى بسلام. كان الوقت يمضي بسرعة بطيئة جداً بالنسبة لقَيس. الليلة مضت كأسبوع، قيس تتبع في صباح اليوم التالي بيسان وهي تتجه نحو عملها بشكل خفي. بقي على مقربة من مكان عملها طوال مدة دوامها. وقبل انتهاء عملها بساعة واحدة تصله رسالة من المنظمة بمهمة تصفية جديدة ...! تنشل أعصاب قيس ويتخدر جسده. في داخل رأس قيس صُراخ إن أخرجه لأصاب من حوله بالصم... التوازن يعود إليه من جديد... يقوم أخيراً بفتح المهمة المنسوبة إليه، مهمة تصفية جديدة لكنها ليست بيسان! يعود الدم يجري في أعضاء جسده بشكل طبيعي مجدداً! لكنه ليس الوقت المناسب لتلك المهام، عليه البقاء في مقربة منها. يتجه صوب الهدف مسرعاً... يتجاوز الجميع ليرى المستهدف يقف برفقة صديقته بجانب إحدى المطاعم. لا وقت للأنتظار حتى يصبح وحيداً أو في زاوية رؤية قابلة للتصويب. يدخل متجراً مقابلاً ليشتري شراباً كحولياً. يُفرغه كله تقريباً في أقرب سلة مهملات. ما عساه يفعل بتلك الحركة!... ينظر قيس نحو خاتَمه السلاح الثاني الذي يحوي السُم، يضغط زر ما لتخرُج إبرة صغيرة على سطح الخاتم. يتجه صوب المستهدف وبيده زجاجة الكحول الفارغة وهو يترنح.

يقول للفتاة التي برفقة المستهدف بصوت متقطع: " يالك...من فتاة.... جميلة ! "... يستمر بالترنح ثم يقول: " دعيني اقبُلك " تجيب الفتاة بصوت مرتفع: " ما بال هذا المجنون السكير ... أغرب عن وجهي! ".

يتقدم المستهدف صديق الفتاة ويقوم بدفع قيس للخلف... يعود قيس للترنح للأمام ويقوم بلكم المستهدف بيده التي تحوي الخاتَم. يطيح بالمستهدف أرضاً... لكنه يعود من جديد بنية ضرب قيس. هذه المرة قيس لم يبدي أي مقاومة فمُهمته قد انتهت! و اكتفى باستقبال الضربات من المستهدف حتى تركه بشأنه.

يعود إلى مقر عمل بيسان... حان وقت عودتها للمنزل... يتبعها خِفيةً في طريق عودتها. عند وصولها للمنزل تقوم ببدء محادثة الكترونية كتابية عبر الهولوجرام مع قيس من خلال النظارات الذكية.

بيسان عبر المحادثة الإلكترونية: "يا إلهي... اخيراً عُدت إلى المنزل... كيف حالك عزيزي؟ كيف كان يومك؟".

قيس عبر المحادثة الإلكترونية: " بخير... مرهق بعض الشيء... كان لدي الكثير من الأعمال اليوم لكن يومي بدأ بالتحسن بعد سماع صوتك ".

بيسان عبر المحادثة الإلكترونية: " (وجه خجول) ".

بيسان عبر...: " حبيبي أنا مشتاقة جداً إليك... أريد أن أراك، ما رأيك في الخروج الليلة ؟ ".

قيس في حالة لا تسمح له برؤيتها الآن فإن رأته على تلك الحالة من التوتر سوف تشعر بوجود خطب ما.

قيس عبر...: " امم انا متعب جدا اليوم... هل يمكننا تأجيل ذلك الى الغد؟ ".

بيسان...: " حسنا حبيبي كما تريد... لقد خسرت رؤيتي اليوم (الوجه الفخور بنفسه) ".

قيس...: " (وجه ضاحك) ".

قيس يحاول التصرف بشكل طبيعي حتى لا تشعر بيسان بشيء مريب لكنه على وشك الإنهيار.

بعد مضي بضع ساعات... قيس يتجول في أرجاء غرفة الفندق... يقف على مقربة من النافذة تارة ويعود لتفقد نظارته الذكية ما إن وصله أي مهمة تصفية جديدة تارة آخرى.

ريثما هو يتأمل عبر النافذة و انظاره متجهة صوب شقة بيسان يسمع صوت التنبيه قادم من نظاراتِه الذكية... إنها مهمة جديدة... أعصاب قيس قد اتلفت في اليومين الماضية ولم يعد يتحمل المزيد... يتجه لتفقد الأمر وهو يردد في ذهنه : " أرجو أن تكون مهمة لشخص آخر غير بيسان ".

يضغط على المهمة لإظهار تفاصيلها... يتجه بنظره صوب خانة أسم المستهدف. اسم المستهدف: بيسان! قيس واضعاً يداهُ على رأسه و مرحلة الانهيار قد اكتملت... يتحدث الى نفسه بطريقة جنونية، يخاطب نفسه قائلاً: "لا يمكن أن يكون ذلك حقيقة! لا يمكن أن يكون ذلك حقيقة! أنا في حلم... سأغسل وجهي بعدها علِي أن استيقظ من هذا الحلم المزعج".

يتجه صوب دورة المياه... ويضع رأسه أسفل صنبور ماء... لكنه ليس بحلم... يشرع قيس بالبكاء لتختلط دموعه مع الماء المنهمر من الصنبور.

يعود من جديد... ويقوم بإرسال رسالة صوتية لبيسان محتواها: " عزيزتي لقد غيرت رأيي... أُريد رؤيتك اليوم. كوني جاهزة خلال نصف ساعة سأقوم بالمرور بك ". لتجيب بيسان: " لم تستطع المكوث بدوني طويلاً ... أليس كذلك؟ ".

يأخذ قيس نفساً عميقاً ليتحكم بنبرة صوتك ويقول: " بالتأكيد... كوني جاهزة أنا في طريقي إليك ... أراك لاحقاً ". ثم قام بإنهاء المكالمة بعد ذلك.

ها هو أسفل منزلها بإنتظار قدومها... يبقى صامتاً طوال الطريق.

بيسان تقطب حاجبيها استغراباً من ذلك الصمت: "عزيزي هل انت على ما يرام؟ ولما وجهك متورم هكذا؟".

ينطلق بالسيارة ويبقى صامتاً بدون أن يجيبه... يبتعد عن مسار السيارات المزدحمة... ها قد وجد مكاناً خالياً نسبياً يقوم بالانحراف جانباً... السيارة تتوقف.

قيس ينظر مباشرة في عيني بيسان ويقول: " في الحقيقة لا! ... انا لست على ما يرام هناك موضوع مهم يجب أن نتحدث به ولا اعلم كيفية البدء بذلك ".

بيسان تنزع حزام الأمان... مستديرة بجسدها صوبه قائلة: "لقد أثرت قلقي! أخبرني ما الذي يدور في ذهنك".

يُجيب قيس: " هل سمعتي بالمرض المميت الذي انتشر مؤخراً والذي شُيع بالإعلان على أنه مرض ناتج عن التسمم بسبب بعض انواع اللحوم؟ ".

بيسان: " اجل... لكن ما علاقة ذلك بنا الآن !؟ يا إلهي... لا تقول إنك اصُبت بالمرض! ".

قيس: " لا لا ! لم أُصاب به... دعيني أكمل كلامي... ذلك المرض المميت ليس بسبب اللحوم الفاسدة. في الواقع انه سُم تقوم منظمة بنشره لقتل البشر الغير منتجة أو التي ترتكب الأخطاء بحق الأخرين وفق نظام نقاط محدد. هدفها إعادة التوازن للتعداد السكاني وإبقاء فئة معينة من الناس أحياء ".

تعيد بيسان رأسها للخلف قليلاً وتجيب: " يا لها من منظمة دموية!... من وجهة نظري أنه على الرغم من تأزم الوضع بسبب التضخم السكاني لكن لابد من توفير حلول اخرى. لكن ما أدراك أنت بتلك المعلومات هل انت واثق من مصدرها؟ هل هذا هو الأمر الذي يقلقك؟ ".

قيس: " حسناً... يبدو أنه لا يوجد طريقة أخرى لقول ذلك.... أنا أعمل في تلك المنظمة! ".

بيسان تُحدق بقيس بطرف عينها: " قُل لي انها محض دُعابة ".

يجيب قيس: " كنت اتمنى ذلك... لكنها الحقيقة ".

بيسان تقترب أكثر من وجه قيس. تنظر في عينيه مباشرة لتدرك أنه جّدي في كلامه ثم تقول: " يا الهي انت لا تمازحني! أنت جاد فيما تقول! ".

تحاول استيعاب الصدمة لوهلة... تخرج من السيارة مبتعدة عنه.

قيس يقوم باللحاق بها يمسك بذراعها ثم يقول: " الى اين انت ذاهبة! ".

بيسان: " دعني وشأني ".

قيس: " إن تركتك فسوف تموتين!... اسمك أصبح من ضمن المستهدفين في المنظمة الآن، لقد استنزفت جميع نقاطك! ".

يستوقفها بيسان ذلك الكلام... تستدير ثم تقول: " ماذا تعني بأني مستهدفة!؟ ".

قيس يقوم بشرح كل التفاصيل لها عن آلية عمل المنظمة بخصم النقاط ويُريها اسمها في قائمة المستهدفين. يقوم بالكذب فيما يتعلق بدوره في المنظمة قائلاً لها انه من فئة المقيمين وأنه أجبر على الإنضمام خشية أن يقتلوه إن لم يقبل بالمهمة.

بيسان تضع يديها على فَمها... تجمعت الدموع في عينيها... أدركت الآن أن ما يحدث حقيقة وهي في خطر مُحدق بالفعل: " ماذا عليّ فعله الآن؟ ".

يعانقها قيس ثم يجيب: "لا تقلقي سوف اقوم بحمايتك. لكن علينا الهرب الآن... سنعود للمنزل أولاً, قومي بإحضار اشيائك المهمة في حقيبة ظهر.علينا الابتعاد عن الأنظار ريثما نجد حلاً جذرياً لتلك المشكلة".

في اليوم التالي ... يتجهان قيس وبيسان إلى نُزل في أحد ضواحي المدينة... تقوم المنظمة بإرسال رسالة إستفسار لسبب تأخر قيس في إنهاء المهمة. معلنين إياه انّ أماهه يوم آخر فقط وإلا سوف يخصم منه خمس عشر نقطة وتحول المهمة لقاتل آخر. يجيب قيس برسالة محتواها عدم إمكانية إيجاد المستهدف بوساطة جهاز التعقب... يطلب قيس من بيسان إعطائه النظارات الذكية الخاصة بها. يقوم قيس بإخراج الشريحة منها وكسرها مع فعل المثل بشريحة نظارته الخاصة.

بيسان تتساءل عن مصيرهما المجهول: "ماذا علينا فعله؟ هل سنبقى على هذا الحال لمدة طويلة؟ أليس لديك أحد من اصدقائك في المنظمة باستطاعته مساعدتنا؟ ".

قيس يجيبها بعد أن فكّر ملياً في الأمر: " لدي أحد الأصدقاء في المناصب العليا في المنظمة (يقصد بذلك عمرو) لكني لا أعلم إن يمكنني الوثوق به في هذه المشكلة. إنها مسألة حياة أو موت! أخشى إن لم يساعدنا في هذه المسألة أن يُبلغ عنا وتصبح الأمور أكثر تعقيداً. بالرغم من أنه صديقي لكنه قائد ومؤسس هذا المعتقد. لا يسعك إدراك عمق إيمانه في هذا المبدأ ".

بيسان: " ما هذا الجنون! ".

قيس: " بل أكثر من ذلك... يُقسم كل من ينضم الى المنظمة تقبّله أمر تصفية والديه إن تجاوزوا نقاطهم الخمسين! ".

بيسان: " يا إلهي! ماذا يحدث إن أبَى أحد القتلة عن تنفيذ مهمة القتل؟ ".

يجيب قيس: " إن كان السبب عرقلة ما أو وجد القاتل صعوبة في إنهاء المهمة يخصم منه خمس عشر نقطة... لكن إن تم إكتشاف أنه عدل عن المهمة بملء إرادته تستنزف تلك الفعلة الخمسين نقطة بأكملها ".

بيسان: " حمدا لله أنك لست من فئة القتلة وأنك مجرد مقيم ".

قيس يُدير أنظاره بعيداً ...: " أجل أجل ".

العينان هي أكبر فاضح للكذب لذا يميل الكاذب الى تفادي النظر مباشرة في عيني من يخاطبه.

اليوم يمضي... المُهلة قد انتهت. تليها مرحلة التدقيق في القضية... إن المنظمة تتأكد في حال عدم إتمام القاتل لمهمته ما إن كان هناك معوق فعلي أم أنه تراجع عن إنجاز المهمة بمِلئ إرادته. إن استُنتج أن الجواب هو الحالة الثانية، فذلك يستوجب تصفية القاتل.

بعد التدقيق... تظهر النتائج أنه بالفعل لا يمكن إيجاد موقع بيسان عن طريق جهاز التعقب في نظارتها الذكية. لكن اختفاء الفتاة في ذات اليوم الذي يتم فيه إصدار الأمر بتصفيتها أثار الشبهات. يتم رفع القضية لقائد المنظمة البروفيسور عمرو.

في اجتماع صغير دار بين عمرو والمهندسين المشرفين على الحاسوب المركزي.

يفتتح عمرو الحديث قائلاً: " إن الموضوع مثير للشبهات بالفعل... اقترح استدعائه شخصياً للتأكد من الأمر... أرسلوا له مهمة جديدة وقوموا بوضع كمين له لجلبه وتفقد أمره ".

عمرو في حوار مع نفسه: " أعتقد أن قيس قد لان قلبُه ولم يستطع الاستمرار بالقتل. لذا إن صح ذلك، أفكر بعرض عليه تغيير فئته ليصبح من المقيمين وأخذ إجازة من العمل لتصفِية ذهنه ". يتم إرسال مهمة تصفية جديدة الى قيس. هو لا يعلم إن كانت المنظمة تقبلت حجة عدم إتمامه المهمة التي ابتدعها أولاً أم لا. لكن بما أن المهمات مازالت ترده يبدو أن كل

شيء على ما يرام! قيس عليه الذهاب لإنهاء المهمة قبل أن تثبت الشبهات عليه بالفعل، لكن كيف ذلك وهو برفقة بيسان!

يقول قيس: " بيسان عزيزتي عليّ الذهاب لشراء بعض الحاجيات والطعام... ألا تشعرين بالجوع؟ ".

بيسان: " أجل... إني أتضور جوعاً... دعني أرتدي حذائي للذهاب معك ".

قيس: "لا لا! يجب أن تبقي هنا ... لا يمكنك المخاطرة والظهور في وضح النهار فما زلت من المستهدفين".

بيسان وقد عبست قليلاً: " حسناً... لكن لا تتأخر عني ".

يذهب قيس ليتم مهمته بسرعة... حتى يبقي الأمور طبيعية.

ها هو المستهدف... لقد وجده... يقوم بالحاق به تدريجياً ريثما يجد المكان المناسب والوقت المناسب لوخزه بالسُم. بدأ قيس بالاقتراب أكثر من المستهدف. يتلفت يميناً وشمالاً متفقداً البيئة المحيطة من غير أن يثير الشبهات. لكنه بدأ بملاحظة شيء غريب كأنما احداً يراقبه! يمعن النظر أكثر من حوله... يرى عدة رجال ترتدي معاطف كبيرة سوداء وهو ما دارت العادة أن يرتديه القتلة لتغطية المسدس أسفل المعطف. اضافة على ذلك يلاحظ إرتدائهُم الخواتم الكبيرة وهي السلاح الثاني للقتلة! يقوم بالمضي قدماً بشكل طبيعي نحو المستهدف وعند اقترابه من منعطف الطريق يشرُع بالجري مسرعاً في الجهة المعاكسة... يُلقي نظرة إلى الخلف ليرى أن اثنان من الرجال من الذين اشتبه بهم بدأوا اللحاق به!

المطاردة دامت عدة دقائق... استطاع قيس الفرار منهم.. يبدوا أن تمارين الجري كانت في مصلحته هذه المرة أيضاً.

" لماذا قاموا باللحاق بي هل اكتشفوا أني امتنعت عن قتلها بملئ ارادتي!؟ " يتساءل قيس في نفسه.

أثناء عودته الى بيسان ... يُدرك أن عليه إتلاف نظاراتِه الذكية في الحال. إحساس داخلي لدى قيس حثه بإرسال رسالة إلى الدكتور عمرو طالباً منه العون والمساعدة. الأمر تأزم جداً وقد يكون فرصته الأخيرة.

يعود ليتفقد بيسان ما إن كانت على ما يرام. " حمدا لله هي بخير " يردد في ذهنه لحظة رؤيتها. لكن المسألة ازدادت تعقيداً وخرجت عن السيطرة.

قيس يعانق بيسان لحظة رؤيتها.

بيسان ترفع حاجبيها مُستغربة من ردة فعله: "هل اصابك مكروه؟ ماذا حدث؟ ".

يقوم قيس بشرح ما حصل له ويطلعها أنهم في خطر أكبر الأن.

بيسان: " هل من الممكن أن يساعدك صديقك قائد المنظمة؟ ".

قيس: " لا أستطيع الجزم بذلك... لكني قمت بإرسال رسالة له بالفعل. لننتظر قليلاً ونرى ".

بيسان: " قيس أنا خائفة جداً ".

يجيب قيس بعد أن قام بمعانقتها: " لا تقلقي... انا بجانبك ".

يبلغ التقرير الكمبيوتر المركزي للمنظمة... يعطي رئيس المهندسين يوسف الأمر بإثبات قيس مذنباً بناءاً على تصرفه والهروب وعدم إتمام مهمة القتل للمرة الثانية. يظهر اسم قيس

على الشاشة لتذهب الخمسين نقطة التي لديه! أصبحت صفراً الآن ليصبح في عداد المستهدفين. يطلب من مساعده التقني إرسال اثنان من القتلة للقضاء عليه.

يتساءل التقني: " ماذا عن المكان؟ لا يمكننا تعقب نظارته الذكية ".

يجيب المهندس يوسف: " هل نسيت؟ ... يمكننا تعقب جميع القتلة عن طريق الضرس الذي يحوي السُم فهو يحوي جهاز تعقب أيضاً لكنهم لا يعلمون بذلك ".

التقني: " صحيح... صحيح... اعتذر لسؤالي التافه. سأرسل موقعه لإثنين من القتلة في الحال ".

جرت العادة إرسال اثنان من القتلة بدل واحد فقط في حال كان المستهدف أحد رجال المنظمة.

في أثناء ذلك... يتفقد قيس النافذة ليتأكد من عدم تتبع أحد له.

قيس يخاطب بيسان وهو يستجمع حاجاته: " علينا الذهاب من هنا بسرعة... لا يمكننا الوثوق بشكل أعمى بما سيفعله البروفيسور عمرو. علينا أخذ الحيطة والهرب من هنا في الحال ".

أثناء خروجهم من الفندق... يرى قيس سيارة سوداء كبيرة تقف لتوها امام الفندق.

قيس بصوت همس: " لنذهب من الباب الخلفي تحسباً ".

يخرج من السيارة رجلين يرتدوا معاطف سوداء كبيرة أسفلها بدلات رسمية. يذهبوا مباشرة للفتى العامل في قسم الإستقبال في الفندق سائلين عن قيس وبيسان مع إظهار شكلهم ثلاثي الأبعاد عبر النظارات الذكية.

أحد الرجال يخاطب الفتى: " هل رأيت هذين الشخصين من قبل؟ ".

يجيب الفتى: " لقد خرجوا من الفندق مُنذ بضعة دقائق! ".

يفترق الرجلان إلى قسمين... رجل لكل مخرج... ويبدأون في البحث عنهم. الرجل الذي ذهب لتفقد الباب الخلفي يقول: " ها هم ! لقد رأيتهم! " . قيس وبيسان أكتشف أمرهم. المطاردة تبدأ من جديد... يدرك قيس أنهم ملاحقون ويجريان بكل ما أوتوا من قوة للنجاة بحياتهم... أحد الرجلان يُنهكه الجري ليقف يلتقط أنفاسه ثم يحاول إطلاق السُم عبر المسدس المخصص من مسافة بعيدة نسبياً. بينما يواصل الأخر الجري محاولاً إدراكهم. قيس و بيسان يقفزان على باص ذاتي القيادة متشبثين عليه من الخلف ثم يدركون الهرب... يعود من هم بملاحقتهم خائب المنال سائلاً زميله: " هل اصبتهم ؟ ".

ليجيب الرجل الأخر: " لا اعتقد ذلك... فقد كانت المسافة البعيدة ".

بيسان تضحك في ردة فعل لا إرادية وهي مازالت متعلقة على الباص: " يا إلهي... لا اصدق كيف استطعنا الهرب!".

يجيب قيس بإبتسامة: " اهلاً بك في عالمنا المجنون! ". يصمت قليلاً ثم يقول: " لكن سحقاً للبروفيسور عمرو اللعين! لم يتغاضى عن مبادئه ولو لمرة واحدة من أجلي. لابد أنه تتبع مصدر إرسال الرسالة ". يلتقط نظارته ويرميها في منتصف الشارع لتصبح أشلاء.

في أثناء ذلك ... عمرو يلاحظ الرسالة التي قام قيس بإرسالها له.. على الرغم من أن فئة القتلة لا يمكنهم التواصل مع باقي الفئات خاصتاً الأعلى منهم إلا أن هنالك معرفة شخصية بين عمرو وقيس. البروفيسور عمرو يقرأ محتوى الرسالة... ليقع في وسط حيرة بين كفة مساعدة صديق مقرب له أو اتباع أنظمة ومبادئ هو قد أساسها بنفسه. يتطلب ذلك تفكير

عميق... وجدال حاد في عقل عمرو: " إن قمت بمساعدته لن يقوم قيس بإلحاق الضرر على المنظمة أو محاولة إفشاء أسرارها فإن هدفه الوحيد هو إنقاذ نفسه وتلك الفتاة المسمى بيسان... على الأرجح أنه تربطه علاقة بها ". تغلبت عاطفته على حرصه واتباعه للقوانين.

" اممم ... حسناً سأقوم بمساعدته ".

يذهب متجهاً صوب أحد مقرات الحواسيب الرئيسية للمنظمة.

يخاطب رئيس المهندسين في تلك الصالة: " مرحبا أيها... (يلقي نظرة على شارة الأسم) مهندس يوسف صحيح ؟ ".

مهندس يوسف بنظرة متعالية قليلاً: " أجل... كيف باستطاعتي أن أخدمك؟ ".

يُجيب عمرو: " انا البروفيسور عمرو أحد المقيمين فئة س وقائد المنظمة (يظهر له الشارة الخاصة به) ".

مهندس يوسف وقد تغير أسلوبه تماماً في الحال: "اعذرني رجاءاً لجهلي تفضل بالجلوس... اطلب مني ما شئت وسأقوم بمساعدتك".

البروفيسور عمرو: " لن أُطيل عليك... هناك هدفين تم تصفيتهم من قِبل أحد رجالنا السريين ولم يردكم تقرير بذلك وأود منك حذف أسمائهم من المطلوبين بشكل يدوي من الحاسوب المركزي ".

يجيب المهندس يوسف: " لا بأس في ذلك... إنها مسألة بسيطة، زودني بأسمائهم فقط ".

البروفيسور عمرو: " قيس فؤاد وبيسان كريم ".

دقائق معدودة .... مهندس يوسف: " تم أمر الإزالة...! هل يسعني خدمتك بشيء آخر؟ ".

البروفيسور عمرو: " لا... شكراً جزيلاً، طاب يومك ".

مهندس يوسف: " طاب يومك ".

بعد أن تم حذف اسمائهم من الكمبيوتر الرئيسي... يظهر لدى الرجال اللذان كانان يلاحقان قيس وبيسان بأن المستهدفين قد قُتلوا! السيارة السوداء الكبيرة تقف فجأة في وسط الطريق... يعودان أدراجهم في الجهة المعاكسة نحو المدينة.

عمرو يكتب رسالة إلكترونية إلى قيس محتواها بأنه تم حذف أسمائهم وأنهم أصبحوا في مأمن الآن. يطلب منهم البقاء بعيدين عن الأنظار لأن الأمر تم بشكل سري. لكن الرسالة لم تصل! فقد قام قيس بكسر نظاراتِه الذكية مسبقاً!

في مساء ذلك اليوم... يجد قيس بيتاً للإيجار في أحد الضواحي كي يمكثوا فيه.

بيسان تخاطب قيس: " أشعر بالإرهاق الشديد ".

قيس: " ما واجهناه اليوم لم يكن بالهين ... لم أجري بهذا الشكل منذُ مدة! ".

بيسان واضعة يدها على رقبتها قائلة: " لا اعلم... اعتقد انه شهور مختلف أقرب ما يكون خمول وتخدر بالجسد ".

قيس يعيد التفكير بما قالت من جديد! ... خمول... تخدر بالجسد....

يجري قيس ليقترب جداً من وجهها ثم يقول: "لا لا مستحيل! وجهك بدأ بالأزرقاق!" مخاطباً بيسان.

يعود بخطواته الى الوراء وينهار باكياً!

بيسان بصعوبة تامة بالتحدث: " ما بك عزيزي هل انت على ما " (تصمت لوهلة ثم تنهي جملتها) ... "يرام؟".

الإرهاق الشديد بازدياد... أصبحت لا تقوى على الكلام. تدرك بيسان عند إذ أنها تعرضت للسُم الذي أخبرها قيس عنه مسبقاً! ... لابد انها اصيبت به اثناء المطاردة التي جرت في صباح هذا اليوم.

قيس لا يدرك ما عليه فعله... هل يجب عليه أخذها إلى المستشفى؟ لكن المستشفيات لا تملك الدواء وليس بوسعهم عمل أي شيء... قيس فضل إمضاء النصف ساعة الأخيرة معانقاً بيسان... ساعة اخرى تمضي... جسدها بدأ يبرد بين ذراعيه. جامدة بلا حراك.

يضع قيس يده خلف رأس بيسان ... يخاطبها لكنها لا تجيب ... يتفقد عيناها لكن وميضها لم يعد موجود كما كان. " بيسان لما لا تتكلمي... أجيبيني أرجوكِ " قالها بصوت مبحوح. ... لقد فارقت الحياة.

يغادر قيس المكان... يجري خارجاً بين الأشجار. يجري ويجري ... لكن ابتعاده لن يغير من الحقيقة. يستمر في الجري في إتجاهات عدة، هو فقط لا يريد التوقف.

يصيبه التعب أخيراً... ليقف في منطقة خالية من الأشجار. السماء من فوقه والنجوم واضحة للعيان.

يجثو على ركبتيه... ينظر عالياً وعيناه تفيض بالدمع صارخاً بأعلى صوته: " يا إلهي لماذا تفعل هذا بي!... هل هذا عقابي على ما فعلته؟ تجازيني بسبب الأرواح التي أزهقتُها؟ لم أشأ أن أكون قاتلاً قط!... ظروفك هي من اجبرتني على ذلك (يصمت لوهلة... ثم يستمر في الكلام لكن هذه المرة نبرة صوته باتت منخفضة جداً تكاد لا تُسمع ممزوجة ببكائه). اعلم انه كان خطأي منذُ البداية ولا يوجد عذر لما فعلت لكن لما انتقمت مني عبر بيسان... لما بيسان. أنا هو المذنب لما لم تقتص مني؟ لا أريد البقاء تحت قوانينك بعد الأن... إن هي ماتت انا أموت! ".

ينهض ويشرُع بالجري لأقرب شارع... ينتظر قدوم إحدى السيارات المسرعة... يُلقي بنفسه أمامها!

الفصل التاسع:

صوت ستائر تُسحب... اشعة الشمس تدخل بقوة مهاجمة أرجاء الغرفة... صوت التلفاز بدأ يعلو... يبدو أنها نشرة إخبارية. "أين أنا؟ ما الذي حدث؟" يتساءل قيس. يتأمل من حوله ليرى أنه محاط بغرفة تسودها رائحة المعقمات الكيميائية. تطلب منه الممرضة التي قامت بفتح الستائر أن يستريح ريثما يأتي الطبيب المختص لشرح حالته. " انا في المستشفى " يُجيب قيس على سؤاله. يبدو أنَ إلهه لا يُريد الاستغناء عنه بعد. يأتي الطبيب المختص ويقول: " حمداً على سلامتك... يبدو أنك على ما يرام، من حسن حظك أن السيارة التي اصطدمت بك من الطراز الحديث والتي تحتوي على أجهزة أمان متقدمة ومكابح آلية سريعة الاستجابة. حسناً.. لديك كسر مضاعف في قدمك وعظمة يد أصيبيت بشُعر بسيط وبعض الكدمات في الوجه. سوف تبيت الليلة في المستشفى ريثما نتأكد من عدم وجود نزيف داخلي أو أي مضاعفات وعليك مراجعتي الأسبوع المقبل.

قيس يردد في نفسه: " سُحقاً حتى عندما أردت الموت... لم أستطع تحقيق مرادي ".... يصمت قليلاً ثم دارت في ذهنه فكرة " مازال لدي فرصة للانتحار فلدي السُم مزروع في أحد أضراسي، كل ما عليّ فعله هو ضرب ذلك السن بعدد الضربات المناسبة وفك الشفرة السرية ". ينتظر قليلاً وينصت للصوت الخارج من التلفاز ". خبر وفاة المحقق سليم المساعد الأول للمحقق نجدت " هذا ما قالته المذيعة. يُزاع في التلفاز أنه ستقام له جنازة ومسيرة شرفية في اليوم المقبل. يتساءل قيس بذهنه: " المحقق سليم! قد سمعت هذا الأسم من قبل. أليس هو أحد المحققين الجدد المسؤولين عن البحث في قضية المنظمة! أجل أجل ... ففي أخر مرة صادفت عمرو فيها لم يكن يفتك الحديث عنهم! .... عمرو ذلك الوغد الحقير لو أنه قام بمساعدتي لما خسرت بيسان وانتهى بي المطاف هنا ". مشاعر الحقد والانتقام نحو عمرو والمنظمة بأكملها بدأت تغلي بدمه... فمن وجهة نظره هو من أقحمه في ذلك منذ البداية وتسبب في مقتل حبيبته. مازال بإمكانه الانتحار باستخدام السن الذي يحوي السُم. لكن قيس يفكر بشيء آخر... خطته قد تغيرت الآن، الانتقام هو الهدف.

في اليوم التالي... أقيمت جنازة ضخمة للمحقق سليم تكريماً لذكراه... يتجه قيس نحو الجنازة بمساعدة عكازين، يتأمل في الحضور يُدرك والدة المحقق سليم التي ظهرت على التلفاز عيناها محمرة وتفيض بالدموع. لكنها محاطة بحراس الأمن، يتجه صوبها محاولاً بجهد ذرف بعض الدموع الكاذبة... بعد الكثير من المزاحمة استطاع الاقتراب منها، يستوقفه أحد رجال الأمن ويقول: " إلى أين أنت ذاهب؟ ".

يجيب قيس: " أريد أن أُعزي والدة صديقي العزيز " قالها مع بعض الأنين المزيف.

يتفقد الحراس بأحد الأجهزة إن كان يحمل أي سلاح ثم يدعه بالمرور. فما يمكن لشخص مُصاب أن يفعله! هو بالكاد يقوى على السير! يتجه قيس نحو والدة سليم ثم يقول: " أدعو من الرب الرحمة على روح البطل سليم. لقد كان أحد أعز زملائي في العمل. اتمنى لو يعود الزمن ليوم واحد فقط لأخبره كم كنت أكن الاحترام له ". سلسلة الكذب مازالت مستمرة للوصول لهدفه. تلك الكلمات لم تعزي والدة سليم ولم تحسن من حالتها بل دفعتها للبكاء أكثر... قيس يستمر في الكلام: " انا وسليم كانت لدينا بعض الأعمال المتعلقة في التحقيقات لم تنتهي بعد. اعلم انه ليس الوقت المناسب لهذا لكن هل دللتني على شخص كان يثق به سليم؟ حتى أخبره يما توصلنا إليه... لا أريد أن يضيع عمله البطولي سُداً ".

تشير الوالدة إلى المحقق نجدت قائلة: " سليم كان يثق بالمحقق نجدت جداً... إن كان لديك شيء مهم فإذهب للتحدث إليه ".

يقوم قيس بإمساك عكازيه ويتجه صوب المحقق نجدت... لكن الحراسة الشخصية أشد حول المحقق نجدت... هو لا يستطيع البوح للجميع أن لديه معلومات مهمة حول القضية للوصول إليه. يعلم بالتأكيد وجود جواسيس مدسوسة من قبل المنظمة في كل مكان. يحاول التغلغل للوصول الى المحقق لكن رجال الأمن يستوقفوه. يبدأ بالصراخ في وجه الحارس: " أريد رؤية المحقق نجدت هو بانتظاري اذهب وقل له كل الآتي (أحد لديه ضرس مختلف عن باقي أسنانه يريد رؤيته). وهو سيطلب استدعائي بالفعل يذهب حارس الأمن ويخبر المحقق نجدت أن غريب اطوار على عكازين يريد رؤيته ويقول لك انه من الذين لديهم سِن مختلف عن باقي أسنانه! في الوهلة الأولى نجدت يقطب حاجبيه قائلاً في ذهنه: "من بحق السماء ذلك الشخص!". لكن سرعان ما عيناه تبدأ بالاتساع مدركاً الأمر " أحد قتلة المنظمة!! " يردد في ذهنه. تأكد من عدم حمله أي جهاز تعقب أو تنصت واحضره الى هنا من دون أن تلفت الأنظار.

عند قدوم قيس... يحدثه نجدت: " ما بال أسنانك التي تتحدث عنها؟ ".

قيس بنبرة صوت منخفضة... " أنت تعلم جيداً ما الذي أقصده بذلك... هل تحدثنا في مكان أكثر أمناً؟ ".

يبدأن بالسير مبتعدين عن الأنظار... كلاهما على العكاز. المحقق نجدت بصوته الأجش: " ماذا لديك لتخبرني به؟ وإن كنت فعلا كما تتدَعي... فقدومَك هنا أشبه بالانتحار! ".

قيس : " في الحقيقة ليس لدي ما اخسره... أنا في عداد الموتى في كلتا الحالتين ".

يجيب المحقق نجدت: " اممم... هل أستطيع الاستدلال من كلامك أن المنظمة تقوم بملاحقتك؟ ".

يجيب قيس: " أجل ".

المحقق نجدت: " هل تبحث عن الحصانة مقابل إدلاء المعلومات عن المنظمة أو ما شابه ذلك؟ ".

قيس: " انا لا اكترث بما سيحدث لي ... أريد القضاء على المنظمة وبالتحديد البروفيسور عمرو ".

بدأت أعين نجدت تتسع من جديد.. يقول: " انتظر قليلاً من هو البروفيسور عمرو؟ يبدو أنك تعلم الكثير. اذهب الى سيارتي الشخصية سأرسل من يرافقك... أمهلني بضع دقائق للحاق بك ".

في السيارة... بدأ قيس بأخباره وسَرد جميع ما يعلم من معلومات ولقربه الشخصي من البروفيسور عمرو قائد المنظمة. كان يفيض بمعلومات وأسرار لا يعلمها أمثاله من فئة القتلة.

المحقق نجدت وهو يقدم له نظارات ذكية جديدة: " سوف أوفر لك مكان آمن لتبيت به... استخدم هذا الجهاز للتواصل معي عند الحاجة. لديَ بعض الأمور التي يجب عليَ إنهائها أولاً. لا يمكنني الغياب عن الأنظار طويلاً الآن، المحادثة التي بيننا لم تنتهي بعد ".

إنها الأيام الأخيرة قبل تنفيذ عملية تفجير الطائرة لفبركة موتهم. يعود المحقق نجدت لأصطحاب قيس معه الى المقر الجديد، والاستفادة من معلوماته أثناء التحقيقات.

قيس يخاطب نجدت متسائلاً: " الى أين نحن ذاهبون؟ ".

يجيب المحقق نجدت ممازحاً: " إلى الموت!... ها ها ها " (يتسع شاربه من أثر الضحكة البلهاء).

يقول قيس في نفسه: " لقد كنت هناك للتو! " (مشيراً الى حادث السيارة الذي أصابه مسبقاً).

يقوم المحقق نجدت باصطحاب قيس معه بعد أخذ الحيطة بتفتيشه وإغماض عينيه تماماً أثناء الرحلة.

في المقر الجديد... المحققون تجمعوا مجدداً... يبدأ المحقق نجدت بتقديم هديته الثمينة التي هي أشبه بهدية عيد جاءت مبكراً إليه من حيث لا يعلم ألا وهي انسحاب قيس من المنظمة ومجيئه إليه بقدميه. أو بقدم واحدة إن أردنا أن نكون أكثر دقة حيث أن الأخرى مكسورة.

المحقق نجدت يفتتح الأجتماع قائلاً: " أعزائي المحققين... أقدم لكم قيس أحد القتلة المرتدين من المنظمة والذي كان لديه صلة مباشرة مع المدعو البروفيسور عمرو قائد المنظمة ".

المحققة حلا: " هل يمكننا الوثوق به؟ ".

يجيب المحقق نجدت: " أجل... إلى حد ما... لقد جعلته يخضع لفحص الكذب. لديه جميع الدوافع للانقلاب على المنظمة فقد خسر شخصاً عزيزاً عليه بسببها. بالإضافة الى أنه بحاجة للحماية التي سنقدمها له فهو من المستهدفين الآن على حد قوله. وهنا يأتي دافع آخر للتعاون معنا عدا عن رغبته في الانتقام ".

المحقق حازم: " ما الإضافة التي قد يفيد بها قاتل آخر؟ فلدينا كل المعلومات التي يملكها أي عضو من فئة القتلة ".

نجدت يلتفت إلى قيس ويشير بكفه صوب المحققين ويقول: " أجبهم على ذلك السؤال ".

الجميع من حول قيس يرمقه بنظرة استحقار... نظرة مجرم هارب من العدالة... الجميع ما عدا المحقق نجدت. ينتظرون منه كلاماً مفيداً ليخففوا عنه تلك الحدة ... يقول: " اعلم موقعين يخصان المنظمة. الأول، هو في مبنى يدعى 45 ب قابلت به عمرو عِدت مرات. أما الثاني، مبنى آخر اُستدعيت إليه عندما تمت ترقيتي وعرض عليّ أن أصبح مشرف القتلة في منطقتي. إنّ القادة من فئة س يجتمعون عند حدوث شيء مستجد طارئ يتوجب اتخاذ قرار في شأنه. وفي أحد المرات كنت اخاطب البروفيسور عمرو وكنت اتسأل عن خطورة تجمع جميع القادة في مكان واحد فأجابني: " نقوم بالتنقل بين ثلاث مواقع لأخذ الحيطة ويتم تحديد الموقع الذي سيتم عقد الاجتماع فيه قبل ساعتين من موعد الاجتماع... لا يمكنني البوح بأكثر من ذلك يا قيس لكن لا تقلق قمت بالاحتياطات اللازمة " هذا ما قاله لي البروفيسور عمرو ".

يستمر قيس قائلاً: " ما أريد أن أصبو إليه هو لو أننا حاصرنا الأماكن تلك المحتمل أن تكون مراكز للاجتماع فإنه بإمكاننا القضاء على قادة تلك المنظمة مرة واحدة والى الأبد ".

تُجيب المحققة حلا: " انت قلت أن لديهم ثلاث مقرات اساسية... لكنك لم تذكر سوى اثنين. بالإضافة أننا لسنا متأكدين من تجمع القادة في أي منها ".

قيس: " صحيح... لكن احتمالية تجمعهم في إحداهما مرتفعة فهما يتسمان بالحراسة المشددة في الداخل ".

يضيف المحقق نجدت مدافعاً عن قيس: " قيس لا يجزم معرفة المواقع الثلاثة كلها إنما هي احتمالية وجود أحدهم في تلك الأماكن. يبقى على كل حال أفضل من لاشيء واحتمالية حدوث اجتماع فيها عالية بالفعل ".

تلتها لحظة صمت... استغرقها المحققون بالتفكير ملياً في الأمر... المحقق نجدت يقوم بأخذ رشفة من كوب الشاي الخاص به ويستمر قائلاً: " ما هي اقتراحاتكم بناءاً على ما توصلنا له ".

يجيب المحقق حازم: " من المؤكد أننا لا يمكننا أن نقوم بالإغارة على تلك المواقع وإلا فقدنا عنصر المفاجئة ولكن من الممكن مراقبتها ووضع عناصر تجسس فيها لتفقد الأمر ".

تضيف المحققة حلا قائلة: " إن كانت تلك الأبراج بالفعل تابعة للمنظمة فإنَ إحلال عناصر تجسس فيها لن يكون بالأمر السهل وقد يثير الشبهات لكن مراقبتها عن كثب قد يكون حلاً مبدئياً ".

يجيب قيس: " إنَ فئة القادة س تحتوي على بعض المسؤولين وكبار الشخصيات في الدولة... فإن تم رصد تواجد عدة مسؤولين في آن واحد في أحد تلك المباني فذلك يزيد من احتمالية أنه أحد مقرات الأجتماع الثلاث ".

المحقق نجدت: " ما ذكرتوه جميعا منطقياً جداً... لكن لا يمكننا الانتظار كثيراً... ففي كل يوم المئات يموتون. لذا لا يمكننا وضع خطة بعيدة الأمد. لدي خطة جذرية! لن ننتظر حدوث الاجتماع من تلقاء نفسه، إن حصل ذلك أثناء المراقبة نكون قد أضعنا فرصة الإغارة على الموقع لأن الاجتماع القادم لن يكون في ذات الموقع. الحل هو... تحفيزهم على عقد اجتماع طارئ. ثم التمركز والاستعداد للإغارة على الموقعين المشتبه بهما. ننتظر ظهور الضوء البرتقالي ألا وهو مجيء شخصيات مهمة الى الموقع... ثم نترقب ظهور الضوء الأخضر والنقطة الحاسمة قدوم قائدهم البروفيسور عمرو الذي سيكون لدينا ملامح وجهه بفضل قيس ".

تقول حلا: " تلك خطة جيدة... لكن كيف سنحُثهم على عقد إجتماع؟ ".

نجدت: " كل ما علينا فعله هو إثارة انتباههم... لكن الخطة بها بعض الجنون ".

يحتسي نجدت رشفة من كوبه ثم يستمر قائلاً: " حسنا... لقد قمنا بالقبض على أحد القتلة من قبل عن طريق وضع أحد عناصرنا تحت المراقبة وجعله يرتكب المخالفات المرورية حتى يستنزف نقاطه كاملة. ثم وضعنا فخاً للقبض على من تم توجيهه لقتله أليس كذلك؟ لكن تلك الإستراتيجية خطرة... كنا على وشك فقدان أحد عناصرنا المتطوعين. لم نقم بعمل تلك الخطوة مجدداً لخطورتها على عناصرنا والقبض على بضعة قتلة اخرين لن يقدم لنا الكثير مقارنة بالكم الهائل الذي لديهم. بالإضافة كون جميع فئة القتلة لديهم نفس مستوى المعلومات التي حزنا عليها بالفعل. سنقوم بهذا التكنيك مجدداً! لكن هذه المرة بشكل مختلف! بهدف القبض على عدد لا بأس منه من القتلة في آن واحد وفي منطقة واحدة! بذلك نكون جذبنا إنتباه المنظمة وجعلناهم يطرحون الكثير من الأسئلة ".

المحققة حلا مقاطعة المحقق نجدت قائلة: " لكن اليس بذلك نُعرض عناصرنا للخطر من جديد؟ ".

المحقق نجدت يجيب: " هنا يكمن الجنون في الخطة... هذه المرة سوف نقوم بتلك الإستراتيجية بطريقة مُغايرة. سنستعين بالسجناء المحكوم عليه بالإعدام موضحين لهم خطورة الموقف. سيعرض عليهم في المقابل إن تمت المهمة بنجاح تخفيف عقوبة الإعدام إلى سجن لفترة محددة. وأنا على يقين بأن الكثير منهم سوف يقبلوا بتلك المهمة، لا شيء يخسروه. هل أنتم موافقون على تلك الخطة؟ ".

وبإجماع الكل تمت الموافقة... اجريت الإتصالات اللازمة وبدأ التنفيذ بتجهيز الطُعم.

في إحدى مكاتب مقر التحقيق الجديد... قيس يصف ملامح البروفيسور عمرو لأحد التقنين. العملية أشبه بنحت وجهه ثلاثي الأبعاد. لكن بطريقة حديثة وأسهل في ضمن وجود التقنية المتطورة.

قيس يقول: " لا... قم بتصغير دقنه من تلك الجهة قليلاً وإرجاعها للخلف ".

بعد ساعات من الوصف الدقيق...

تم إنشاء مجسم ثلاثي الأبعاد بواسطة الهولوغرام شبيه بملامح البروفيسور عمرو الى حد بعيد.

قيس مخاطباً التقني: "يا إلهي! ... حتى أن ملابسه مشابهة لما يرتديه البروفيسور عمرو في العادة".

....

في الزاوية الأخرى للمكتب... يستقبل المحقق نجدت اتصالاً ليتم إبلاغه بأن السجناء تم تدريبهم وهم على أتم الاستعداد للبدء بالمهمة.

حانت ساعة الصفر... الخطة تبدأ... يستنزف السجناء نقاطهم كلها بارتكاب المخالفات المرورية... لكل سجين عدة عناصر من الشرطة يراقبونهم بشكل سري، يترقبون قدوم القتلة لأداء مهمتهم والوقوع في المصيدة.

اليوم يمضي... والمهمة تنتهي... نتائج التقرير كانت كالآتي:

- تم القبض على 23 من القتلة، و7 لازوا بالفرار بعد أن اشتبهوا بوجود عناصر الشرطة.

- من أصل 30 سجين شاركوا في الخطة... ثلاثة منهم لقي حتفه لتلقيهم السُم في رقبتهم وعدم القدرة على إسعافهم في الوقت المناسب.

في المحصلة... لقد نجحوا في عمل الكثير من الضوضاء والقبض على عدد لا يستهان به من القتلة.

حان وقت الانتقال الى المستوى التالي... محاصرة الموقعين المتوقع أن يتم اجتماع قادة المنظمة فيها. لجنة التحقيق تراقب الحدث مع قدوم رئيس الوزراء والمباحث وباقي أعضاء الشرطة الموثوق بهم. الأمور بدأت تأخذ مجرى جّدياً!

الجميع على أهبة الإستعداد... بعد مضي عدة ساعات... بدأت عدة سيارات فارهة القدوم إلى ذلك البرج المدعى 45 ب. يعرج من تلك السيارات عدة رجال يرتدون نظارات شمسية كبيرة وقبعات سوداء مما صعب تمييز ملامحهم. لكن يبدو عُلو شأن تلك الشخصيات.

في الدقائق التي تلتها... الكل يترقب ظهور الضوء الأخضر... عمرو صاحب النظارة الحمراء! أخيراً، يُرى شخص من بعيد بمواصفات عمرو يتجه صوب البرج المحاصر.

يتم استدعاء قيس لتأكيد ما إن كان المشتبه به البروفيسور عمرو حقاً ام لا. يطلب من التقنين تكبير الصورة وتوضيحها قدر المستطاع.

المحقق نجدت مخاطباً قيس: " هل أكدت لنا ما إن كان عمرو بالفعل؟ ".

يحاول قيس الإمعان بالصور مجدداً... تلك القبعة ذاتها، تلك النظارات ذاتها، لم تكن الصورة واضحة جداً فهو في سيارة مظللة والصورة ملتقطة من مسافة بعيدة. قلبه بدأ بالنبض بقوة،

لكن من يكون بتلك المواصفات ويتجه نحو البرج التابع للمنظمة سواه! "نعم إنه هو" يُجيب قيس.

يتم مخاطبة قاعة الرئاسة طالبين الأذن بشن الهجوم واعتقال المتواجدين. تمر عشر دقائق... شَعرَ الجميع بها كأنها عقد من الزمن بانتظار الرد.

تأتي الإجابة من قاعة الرئاسة برفض الطلب!... يأمرون في المقابل بالتصعيد بإغلاق المنطقة، وقتل جميع من في المبنى!

الأوامر كانت واضحة... لا تدعوا أحد على قيد الحياة. يبدوا أن الرئاسة لا تريد قادة المنظمة أحياء خوفاً من وجود شخصيات مهمة فيها وأن اعتقالهم قد يثير ضجة وانقلابات سياسية وزعزعة أمنية. لذا تجنباً لذلك قرروا تصفيتهم جميعاً وبلا استثناء.

يأتي الأمر بالهجوم... تحلق الهليكوبترات الحربية حول المبنى... تقوم بقذف الغاز السام في أرجاء المبنى كله... تبدأ الهجمة بشكل تنازلي من أعلى المبنى الى أدناه. وفي مخرج المبنى يتم إطلاق النار على جميع من يحاول الهروب. لا مفر من تلك المجزرة!

يتم إبعاد المارين عن المنطقة... المشهد كان مُروعاً!... الدم قد كسى الأرض بالثوب الأحمر. يتحول لون الاسفلت الرمادي الداكن الى بُحيرات حمراء... السماء يملؤها الدخان السام ذو اللون الأبيض. صفارات الإنذار تنادي بإخلاء المنطقة. يقف أحد العابرين في الشارع مذهولاً لما يحدث وصاحبه يناديه: " ما بالك تقف بلا حراك!... علينا الأبتعاد من هنا في الحال ألا تسمع صفارات الإنذار! ". لكن شدة المشهد افقدته الشعور ببعض حواسه، كأن الأوتار العصبية الخاصة بالسمع قد فُصلت بالكامل عن عقله... لا يكاد يسمع ما يقوله له صاحبه. قد تجمد في أرضه من هول المشهد.

كل من كان في المبنى قد مات.

الفصل العاشر:

قبل ساعتين من المجزرة الدموية...

الدكتور أسعد برفقة عمرو في مكتبه الخاص. يقول الدكتور أسعد: "هل قمت بإبلاغ قادة المنظمة بشأن الاجتماع اليوم؟".

عمرو يجيب: " أجل بالتأكيد... الجميع قد بُلغ بالأمر. قضية اعتقال القتلة هذه مثيرة للريبة! أعني ما الفائدة من اعتقال هذا الكم من القتلة؟ انا واثق بأنهم ليسوا بذلك الغباء إن اعتقدوا بأن عملية كتلك سوف تؤثر على المنظمة بأي شكل ".

يجيب الدكتور أسعد واضعاً يده على ذقنه: " قد لا يكون لديهم فكرة بحجم المنظمة التي آلت إليه ".

عمرو يضع قبعته السوداء قديمة الطراز جانباً.. يُمرر أصابع يديه بين شعره ثم يقول: " لا أعتقد ذلك.. فإن أبسط إحصائية عن عدد الوفيات الهائل بسبب السُم يدل على كبر حجم المنظمة ".

الدكتور أسعد: "هل من الممكن أنهم يُريدوا سحب المزيد من المعلومات من القتلة؟".

عمرو: " ممكن... لكن جميعهم لديهم نفس مستوى المعلومات الأساسية. أضف على ذلك أن اعتقال القاتل السابق كان كافي لمعرفتها في ظل وجود جهاز كشف الكذب الحديث. فلماذا خاطروا باعتقال أكثر من عشرين فرداً.. لا أعلم حقاً! سوف نناقش الموضوع هذا في اجتماعنا اليوم على كل حال ".

تلي تلك المحادثة بضع دقائق من الصمت... ليأتي اتصال مرئي من المهندس يوسف من مركز الحاسوب المركزي للمنظمة عبر النظارة الذكية للبروفيسور عمر. يُجيب عمرو ليظهر يوسف بشكل ثلاثي الأبعاد محدثا إياه من مكتب العمل.

المهندس يوسف: " تحياتي سيد عمرو ".

عمرو: " المهندس يوسف! اهلاً... كيف حالك؟ هل كل شيء على ما يرام؟ ".

المهندس يوسف: " أنا على ما يرام... اعتذر إن كنت قد اتصلت في وقت غير مناسب ".

عمرو: "لا بأس بذلك... اشعر بأنك تريد البوح بشيء ما، تفضل قل ما لديك ".

المهندس يوسف: " في الحقيقة أجل... هل تذكر تلك الفتاة بيسان التي قدمت لتخبرني أنها ماتت وأن مجموعة سرية من المنظمة قامت بتصفيتها ثم أمرتني وفقاً لذلك بإزالة أسمها يدوياً من الكمبيوتر الرئيسي ؟ ".

يصمت عمرو للحظة.. ثم يُجيب: " أجل أتذكرها جيداً! ".

المهندس يوسف: " حسناً... لقد وردني من المعلومات التي نحصل عليها من تهكير أجهزة المستشفيات بأن تاريخ وفاة الفتاة كان في اليوم التالي من إبلاغي بأنها توفيت. بالإضافة الى أنه لم تأتي أي معلومة من أي مستشفى بوفاة الشاب المدعى قيس الذي أمرتني بإزالة اسمه. بسبب ذلك راودتني شكوك بأن المجموعة السرية التي وُكلت بالمهمة لم تقوم بإتمام المهمة الموكلة لها. ووُجب عليَ إعلامك بذلك لتتأكد بنفسك وإخلاء مسؤليتي ".

إن العاملين في المنظمة يغلب عليهم العمل بشكل دقيق جداً واحترافية لمعرفتهم التامة أن الأخطاء قد تُودي بحياة أحدهم. ناهيك عن أن جميع من في المنظمة أشخاص تم ترشيحهم بناءاً عن معلومات سابقة عنهم وهم من النخبة.

عمرو يتساءل في نفسه: " لا بأس في عدم وجود اسم قيس فذلك الهدف من التستر عليهم. لكن حبيبته قد ماتت! فذلك شيء لم يكن في الحُسبان! ".

يجيب عمرو مخاطباً المهندس يوسف: " بحسب التقرير الطبي ما كانت اسباب وفاة الفتاة؟ ".

المهندس يوسف: " توفيت بسبب السُم الخاص بالمنظمة ".

عمرو محاولاً إنهاء تلك الظنون والشكوك في ذهن يوسف: " أرأيت لا داعي للقلق. أنا واثق بأن قيس ميت لكن لم يتم الكشف عن جثته بعد. سوف اقوم بالتحقيق مع المجموعة المسؤولة عن الأمر للتأكد من ذلك. اشكر حرصك الشديد أيها المهندس يوسف وارجو منك عدم التردد في محادثتي إن طرأ أي مستجد في الأمر ".

(يتم إنهاء المحادثة ثلاثية الأبعاد).

الدكتور أسعد: " ما خطب ذلك الشاب والفتاة الذين كنتم تتحدثون بشأنهم؟ هل يُعقل أن قيس هو نفسه صديقك الذي تعرفت عليه في الماراثون؟ ".

عمرو يُخبر الدكتور أسعد بكافة تفاصيل القصة...

عمرو: " بعد أن علمت الأمر الآن ... كنت أعتقد أن الفتاة مازالت على قيد الحياة! ".

الدكتور أسعد: " صحيح لكن ما الذي استجد الآن؟ حية ام ميتة لن يغير ذلك الكثير ".

عمرو: " بل يغير كل شيء!... شخص خسر حبيبته التي هي كل ما تبقى له لا تستهن ما بمقدوره أن يفعل. رؤية المرء للأمور تبدأ بالتغير. لقد بنيت هذه الأمبراطورية بعد خسارتي لكارمن! ".

هناك نوعين من الإنهيار والإحباط... الأول من ينعزل ولا يؤثر انهياره سوى على نفسه. أم الأخر فقد ينفجر ناسفاً كل من حوله!

يستمر عمرو بالقول: " خوفي الأكبر اعتقاده أني أنا من أمرت بقتلها! ".

الدكتور أسعد: " ذلك الاحتمال المُرجح ".

يجيب عمرو بملامح جامدة: " في تلك الحالة... أخشى أنه يجب علينا القضاء على قيس لا يمكنه البقاء حياً. فذلك يشكل خطراً إن انقلب على المنظمة ".

الدكتور أسعد: " أليس قيس من فئة القتلة؟ تلك الفئة ليس لديها من المعلومات من شيء مهم. فقط بعض أساسيات عمل المنظمة فلا داعي للقلق ".

عمرو: " لا... قيس مختلف عن البقية... بسبب معرفته الشخصية لي فهو يعلم شكلي! " يصمّت قليلاً ثم يقول بنبرة مرتفعة " بالاضافة لمقرين خاصة بالمنظمة! ".

يستمر عمرو قائلاً: " الآن بدأت الصورة بالوضوح قليلاً ... إن افترضنا انقلاب قيس وانضمامه للمحققين بغرض الانتقام فإن أثمن معلومة لدى قيس هي معرفة تلك المقرات. لابد من اشتباههم اجتماعنا فيها... ومن أجل أن يحثونا على القيام بالاجتماع كل ما عليهم فعله هو تشتيتنا بأمر غير منطقي يتطلب المناقشة ألا وهو اعتقال مجموعة قتلة في آن واحد ومنطقة واحدة! ".

أسعد ينهض من مكان جلوسه... بدأ يشعر بجدية الموقف... ثم يقول: "ما الذي يتوجب علينا فعله الآن؟".

عمرو يشُد بعض خِصال شعره فهو معتاد على فعل ذلك أثناء التفكير العميق... يصمت قليلاً ثم يقول: "علينا التأكد من تلك الفرضية. أنا في خطر في هذه الفترة حتى يتم التأكد أن قيس لم ينقلب ضدنا فهو يعلم ملامحي".

يجيب أسعد: " يا إلهي! ... تلك مشكلة أكبر ".

عمرو: " توقف قليلاً! لماذا لا استخدم تلك المعلومة في مصلحتي ".

يقوم عمرو بمخاطبة نظارته الذكية طالباً إياها الاتصال بالمهندس يوسف.

الدكتور أسعد يستغرب من ذلك التصرف ويقول: " لماذا تقوم بالإتصال به؟ ".

عمرو: " انتظر قليلاً وسوف ترى ".

المهندس يوسف يجيب: " اهلاً سيد عمرو... كيف يمكنني مساعدتك؟ هل من شيء جديد بشأن قيس؟ ".

عمرو: " لا لا... أُريد منك خدمة بشأن أمر آخر ".

المهندس يوسف: " بالتأكيد...! أي شيء بوسعي فعله سوف اقوم به دون تردد ".

عمرو: " أُريد منك البحث في الحاسوب المركزي الخاص بنا عن أكثر موظف لدينا يشبُهني! ".

المهندس يوسف يقطب حاجبيه ويُرجع رأسه قليلاً للوارء من غرابة الطلب ثم يقول: " حسناً... لك ذلك أمهلني بضع دقائق ".

بعد مرور دقائق ...

المهندس يوسف: " لقد وجدت أحداً يشبهك بنسبة خمس وثمانين بالمئة وهو أقرب ما توصلت إليه. لديه نفس الشعر الاشقر المليئ بالشيب مثلك تمام وملامح وجه مشابه نسبياً. هو اقصُر منكَ سنتيمترين إثنين فقط ".

عمرو: " ممتاز... أرسل إليه سيارة فارهة مع مرافقين اثنين ومعهم قبعة تشبه التي لدي ونظارات مماثلة تماماً للتي ارتديها. ودعهم يرافقونه للمبنى 45 ب الخاص بالمنظمة ".

المهندس يوسف مطأطأً برأسه: " لقد فهمت ما تنوي القيام به سيدي... تريد من شبيهك أن يقوم بمكانك شكلياً اليوم كنوع من التغطية على وجودك. هل أخبره بطبيعة المهمة؟ ".

عمرو يفكر ملياً ثم يقول: " أجل... يفضل أن يكون على طبيعته لا أريده أن يشعر بالتوتر لعدم معرفة الهدف من التنكر. وأصدر له مكافأة مالية عن كل يوم عمل ".

المضحك المبكي أن ذلك الفتى لن يستمتع بالمكافئة المالية التي ستُصرف له! لمصيره الذي لدينا خلفية مسبقة عن نهايته.

بعد الإنتهاء من المحادثة مع المهندس يوسف يقوم عمرو بإجراء محادثة أخرى مع المسؤول جيم... رجل المهمات الصعبة. عمرو في انتظار إجابة المسؤول جيم عن المكالمة... بعض مضي بضعة دقائق يقوم جيم برفض المكالمة ثلاثية الأبعاد وتحويلها لمكالمة صوتية.

يجيب المسؤول جيم قائلاً: " عمرو!... اهلاً بك ".

عمرو: " مرحباً صديقي... اعتذر إن كنت قد اتصلت في وقت غير مناسب ".

المسؤول جيم: " أنت تعرفُني لا أُحبذ الإتصالات منكم (يقصد المنظمة) لكن لابد من وجود شيء مهم دفعك للإتصال ".

البروفيسور عمرو: " أجل... في الحقيقة حدث أمر طارئ وسوف نُلغي اجتماع العمل (يقصد اجتماع المنظمة) لكن ليس هذا هو السبب الرئيسي... هل الخط مؤمَن؟ ".

يجيب المسؤول جيم: " أجل يتم تشفير المكالمة... قُل ما لديك ".

البروفيسور عمرو: " حسناً من غير إطالة... احتاج منك أن ترسل سيارات فارهة أشبه بتلك التي يأتي بها كبار المسؤولين الى المبنى 45 ب مع بعض الحراس ".

المسؤول جيم بنبرة استنكار وتعجب: " ألم تقل لي أن الاجتماع قد ألغي؟ ".

البروفيسور عمرو: " صحيح ... لكننا نشتبه تسرب بعض المعلومات عن موقع المبنى ذاك ويجب التأكد من الأمر".

يجيب المسؤول جيم بصوت جاد: " لك ذلك... سأرسل لك ما طلبت نحو المبنى وسنناقش أمر تسريب المعلومة لاحقاً ".

البروفيسور عمرو: " وهو كذلك... أراك لاحقاً ".

ينهي المحادثة... يُرسل على الفور رسائل الكترونية لباقي قادة المنظمة. يبلغهم بتأجيل الاجتماع لوقت لاحق. لكن مازال هنالك الكثير من أعضاء المنظمة العاملين في المبنى 45 ب لم يتم اعلامهم بشيء ليبقى كل شيء على طبيعته. تتجه السيارات الفارهة التي أرسلها المسؤول جيم الى المبنى المنشود. تأتي لاحقاً السيارة التي تحوي شبيه الدكتور عمرو متنكراً بملابس ونظارات مطابقة.

تم أخذ تلك الإشارات للدلالة على تجمع قادة المنظمة في ذلك المبنى من قبل المحققين والمباحث وإعطاء الضوء الأخضر لشن الهجمة.

كل من كان في المبنى قد مات.

....

لاحقا بعد حدوث المجزرة... عمرو وباقي قادة المنظمة نجوا من الموت المحتوم. لكن ما حدث لم يكن وقعه سهلاً على أعضاء المنظمة خاصة كبار المسؤولين منهم. الكثير من التوتر ساد أرجاء المنظمة. يطلب عمرو من التقنيين بإرسال رسائل طمأنة لجميع أعضاء المنظمة بأن كل شيء على ما يرام وأن الأمر تحت السيطرة.

على صعيد فئة القادة س. عمرو يدعوهم لاجتماع في أحد مقرات المنظمة البديلة ويخبرهم بأنهم في مأمن تام. عند قدوم موعد بدء الاجتماع... لم يحضر سوى نصف رؤساء المنظمة. طلب عمرو الإنتظار نصف ساعة آخرى في حال قدوم المزيد. بالفعل قدم البعض الآخر متأخرين كنوع من الحرص والتأكد من أن كل شيء على ما يرام. لكن مازال هناك عدد لا يستهان به لم يأتوا.

الاجتماع سيعقد على كل حال... يشرُع عمرو بالكلام مخطاباً باقي الأعضاء: " أدين للجميع بتفسير منطقي لما جرى وأجوبة للأسئلة التي تدور في أذهانكم. أحد المعتقلين الجدد من القتلة هو من أفشى بسر موقع المبنى وأن تلك المعلومة قد وصلت إليه من خلال صديق له من فئة المقيمين أ. قد تمت الإجراءات اللازمة وتصفية ذلك الصديق. وكل شيء عاد الى عهده الأول، سيتم إجراء الاحتياطات الاحترازية لعدم تكرار ذلك الخطأ من جديد في المستقبل ".

المسؤول جيم لم يكن راضياً بما يحدث... فهو منذ بداية الأمر ليس سعيداً بكيفية قيادة عمرو للمنظمة وما حدث مؤخراً اعطى له دافع للبوح بما في جعبته على العلن. المسؤول جيم مخاطباً جميع القادة بوجه لئيم يختبئ خلف صوت هادئ متزن وقناع أسود يدعي النُصح: " إن الخطأ الذي حدث كارثي! وقد كاد يودي بحياتنا جميعاً! إن كنت يا عمرو تشعر بأن الأمور بدأت تخرج عن سيطرتك وأن العبئ أصبح كبير عليك يسعك التكلم والتنازل عن منصبك لشخص آخر فلستَ ملزماً بتحمل كل هذه المسؤولية ".

عمرو استشعر برغبة المسؤول جيم وطموحه بمنصبه لكنه بحاجة شديدة إليه وليس بوسعه التخلي عنه الآن. يصمت لوهلة ويجيب مخاطباً الجميع بصوت جهوري: " لقد اشتبهت أمر تسريب تلك المعلومة المهمة وأخذت الإجراءات اللازمة التي بسببها نحن جميعاً أحياء! لكن من يعتقد بأن عليّ التنحي من منصب القيادة فليقوم بالتصويت لذلك! ". يقوم عمرو بفتح استفتاء والتصويت بشأن هذا الأمر... لكن هناك شبه إجماع برغبة بقاء عمرو كقائد للمنظمة. عمرو رافعاً شفته اليمنى. يبتسم ابتسامة نصر تملؤها الثقة بما كان التصويت سوف يؤول إليه. إن ما دفعه لاتخاذ هذا القرار الجريئ هو عدم حضور جميع رؤساء المنظمة فئة س. وأن الحاضرين منهم بعد ذلك التفجير مباشرة مؤشر على ثقتهم به. التوقيت مناسب لقطع الطريق على أطماع المسؤول جيم في تولي قيادة المنظمة.

يعم الهدوء أرجاء القاعة... يتقدم عمرو خطوة للأمام عائداً الى المنصة ليخاطب الجميع قائلاً: " على الرغم من بشاعة ما حدث والخسائر التي تكبدتها المنظمة بسبب ذلك التفجير إلا أنه بوسعنا تحويله لشيء إيجابي في صالحنا. فقد آن الأوان للنهوض بالمنظمة والتقدم بها نحو المرحلة القادمة. ألا وهي كسب الرأي العام واللعب على العلن! فما حدث سوف يثير ضجة واسعة بسبب وحشية الدولة في التعامل مع الأمر ويخفف من شعبيتها ومصداقيتها من قبل العامة.

إن أردت كسب شخص يكرهك وجعله بجانبك، ليس عليك سوى إعطائه شخص يكره أكثر منك وتجعله عدوكم المشترك.

آن الآوان لطرح فكرتنا ومعتقدنا أمام العلن. موضحين الصورة كاملة لهم وجاعلين الدولة هي السبب في الفقر والبطالة السائدة والزيادة في التعداد السكاني الغير مدروس. ناهيك عن تصرفهم الهمجي في التفجير الأخير. موجهين أصابع الإتهام للدولة وجاعلينها المذنب الرئيسي أمام أعين الناس وأن منظمتنا هي أملهم الوحيد في إنقاذهم وإعادة التوازن لحياتهم ".

أحد القادة يتكلم في لهفة وبرد سريع يقول: " لكن كيف تنوي فعل ذلك؟! ".

الفصل الحادي عشر:

بعد حدوث الفاجعة... يتقدم المحققون وبرفقتهم قيس لتفقد أرجاء المبنى. الجثث في كل مكان، على الأرض وجوه زرقاء قد فارقت الحياة ويمشي فوقها وجوه شاحبة خلف الأقنعة الواقية. يسيرون من فوقهم وفي داخلهم الإثم بأنهم سبب في هذا القرار اللا إنساني. يرتدون الأقنعة التي تحمي مما تبقى من الغاز السام. متمنين في اعماق قلبهم بأن يروا وجه قائد المنظمة عمرو كأخر وجه أزرق ملقى على الأرض لتنتهي تلك المآسي. يتخبطون بالجثث هنا وهناك باحثين عن صاحب النظارات الحمراء. المكان مليئ بالشرطة والكل لديه مهمة واحدة فقط. الكل يبحث عن شخص واحد لتنتهي تلك المسألة. " وجدته! " يصيح أحد أعضاء الشرطة معلنا فوزه بإتمام المهمة.

" احضروا قيس!... احضروا قيس! " باقي أعضاء الشرطة بصوت واحد.

يبدأ كل من حوله بالنداء لقيس ليُقر بالتأكيد هوية تلك الجثة. يتجه قيس مسرعاً صوب مصدر النداءات. يلتف من خلف الجثة، يجثو أمامها مباشرة جاعلاً وجهه مقابلاً لصاحب النظارات الحمراء. يتأمل في ذلك الوجه الأزرق الملقى على الأرض. يسود الصمت الأرجاء... أنفاس قيس تبدأ تصبح عميقة ومسموعة. نبضات القلب تتسارع. قيس ينظر الى صاحب النظارة الحمراء وفي المقابل الجميع ينظر إليه في إنتظار الإجابة.

يقطع المحقق نجدت ذلك الصمت بالسؤال المرجو جوابه: " هل هو عمرو بالفعل؟ ".

ينهض قيس ويقول بصوت خافت جداً من خلف القناع الواقي: " لا ... " لم يسمعه أحد. يسأله أحد قادة الشرطة بصوت مرتفع: " أجبنا! " . قيس بصوت مرتجف وبوتيرة أعلى: " قلت لكم لا ".

كل ما يدور في ذهن قيس أنه لم يأخذ بثأره من موت حبيبته بيسان. بينما ما يشغل تفكير المحقق نجدت هو أن رأس الأفعى لم ينتزع وأن تلك الضربة لم تكن قاضية. لقد اضاعوا عنصر المفاجأة وعادوا الآن لنقطة البداية.

المحقق نجدت يغادر المبنى بخطوات متسارعة بقدميه التي بالكاد تحمله وعكازه تُجاريه السير محاولة جلب التوازن لما أفسده الدهر. يأمر المحققين الآخرين باللحاق به ومقابلته في مقر التحقيق.

عند تجمع الجميع في المقر... الكل في صدمة! وجوه غير قابلة للتفسير. آمال قد طالت أعلى السماء قد هوت إلى أدنى القيعان. لكن الصدمة عند المحقق نجدت لم تدم طويلاً... وبصوته الجهوري يملأ القاعة الصامتة يقول: " محاولة ضربنا لقادة المنظمة باءت بالفشل وعلينا التصرف والتفكير في خطوتنا القادمة. أولاً، تلك الحادثة سوف تثير الكثير من الضجة الإعلامية وعلينا تزويد الناس بسناريو مقنع قبل أن يتم تأويل ما حدث كيفما يشاؤون. ثانياً، أقترح أن يصدر بيان تفصيلي عن المنظمة وكشف المستور، وتفسير الهدف من تلك الضربة وأنها كانت ناجحة وقضت على بعض أعضاء المنظمة من أجل امتصاص القليل من غضب العامة. سوف اقترح ذلك على القادة السياسيين. ثالثاً، السلطات تُريد إحالة قيس للمحاكمة عما قريب ليس هناك من جديد قد يقدمه لنا. المحكمة ستأخذ بالحسبان تعاونه مع الشرطة. رابعاً، سنسلك مسار مختلف من الآن فصاعداً. علينا محاولة القبض على أحد مقيمين المنظمة عوضاً عن القتلة آملين الحصول على معلومات مختلفة عن تلك المكتسبة سابقاً من القتلة ".

تقف المحققة حلا حائرة بشخصية المحقق نجدت وردة فعله! كيف له تجاوز مرحلة الصدمة وإخفاق المهمة والبدء بالتخطيط للخطوة القادمة في غضون الجميع مازالوا في مرحلة التعافي من تلك الحادثة! يا لها من شخصية مثيرة للإعجاب.

تضيف حلا قائلة: " ما رأيكم بالاستفادة من كشف المنظمة أمام عامة السكان عن طريق تخصيص موقع خاص بالبلاغات عن أي معلومة تتعلق بالمنظمة. وتخصيص مركز لاستقبال تلك البلاغات وإعادة توجيهها. بتعاون مع الناس قد نتوصل لأحد المقيمين ".

يجيب المحقق نجدت: " تلك فكرة صائبة. سنقدم طلب بعمل إعلانات عن ذلك الموقع والرقم الخاص بالبلاغات، حتى يكون الناس على دراية بالموقع في حال حدوث طارئ ".

في الطرف الأضعف من هذه القصة... يتم إحالة قيس للمحاكمة بتهمة جرائم القتل التي اقترفها والعمل مع المنظمة الإرهابية. ينتشر سر المنظمة وتورطها في حالات الوفاة في جميع القنوات. علاوة على ذلك خبر محاكمة أحد القتلة التابعين للمنظمة ترك صدى كبير بين القنوات الإعلامية بعدما تم كشف المستور وأصبحت المنظمة حديث الشارع. قيس في إحدى سيارات الشرطة المتجه الى المحكمة. قبل مئة متر من باب المحكمة، الطريق مغلق تماماً. تتوقف سيارة الشرطة من أثر التجمع الحاصل أمام المحكمة. الصحافيون في كل مكان، الأمر لم يقتصر على الصحافة فقط. هناك فئة من الشعب تجمهرت مطالبة بإعدام قيس. العديد من اللافتات تحمل بعض العبارات الغاضبة كأمثال: "نريد جلب العدالة لضحايا المنظمة، اعدموهم جميعاً" أو " لا رأفة مع القتلة" والكثير الكثير غيرها... يغادر قيس سيارة الشرطة برفقته عدد من الحراس يرافقونه إلى داخل المحكمة. على الرغم من أن المسافة الى داخل المحكمة لا تستغرق سوى بضع ثواني. إلا أنه قد سمع فيها أطنان من الهتافات الساخرة والشتائم مغ بعض الأسئلة الغير منطقية من الصحافة.

الضوضاء تعم القاعة... يضرب القاضي ثلاث ضربات بمطرقته مُصمتاً الجميع ويقول: "الهدوء من فضلكم". أخذ الجميع موقعه. قيس من خلف القضبان، تم توكيل له محام دفاع ينوب عنه. يفتتح القاضي الجلسة معلناً التهم التي على قيس. إن في تلك الحقبة الزمنية عقوبة الإعدام أصبحت سائدة جداً كما تم ذكره في بادئ الأمر. إن كان الأمر كذلك فإن قيس سيعدم لا محالة. لكن ما يأمله هو تخفيف العقوبة نتيجة تعاونه مع الشرطة وتسليم نفسه. ما رآهُ من احتجاجات ضده دفع قيس للبدء بالخوف من أن يؤثر ذلك على حُكم القضاء. تمر ساعة تضمنت الكثير من المحاورات... محامي دفاع قيس ساعياً إثبات تعاونه وطلب تخفيف الحكم عليه من جهة. والنيابة العامة وسعيها لنفي أهمية ما قام به من جهة أخرى. زاعمة أنه لم يتم الإستفادة من المعلومات المأخوذة منه وكونها بلا جدوى، مطالبةً بتطبيق اقصى العقوبات على قيس ألا وهي الإعدام.

القاضي على وشك النطق بالحكم... يقول: " يؤجل النطق بالحكم إلا حين سماع شهادة المشرفين على القضية فيما كانت المعلومات التي أدلى بها قيس ذو فائدة أم لا ".

في الجلسة الثانية من النطق بالحكم... يستدعى المحقق هاني للإدلاء بشهادته. هاني هو البديل الرسمي أمام الإعلام عن المحقق نجدت بعد قصة وفاة المحققين المفبركة. يخاطب القاضي سائلاً هاني: " وفقاً للتحقيقات هل تعتقد أن قيس أدلى بمعلومات مفيدة أم أنها كنت مجرد تمويه بغرض تخفيف الحكم عليه؟ " . ينهض المحقق هاني ويقول: " في الواقع.. إن الهجمة التي شنتها الشرطة على المبنى الذي صرح قيس أنه تابع للمنظمة لم تكن ناجحة كلياً! على الرغم من ذلك قيس لم يجزم بتواجد رؤساء المنظمة وكان واضحاً بذلك منذ البداية. لكن نقطة الفصل في قضية قيس ألا وهي أن التحليل الجنائي لضحايا هجمة مبنى 45ب أثبت

أن معظمهم كان لديهم في فَمهم السُن الذي يحتوي سُم الإنتحار الخاص بالمنظمة. مما يثبت مصداقية ما قاله قيس وكون المبنى أحد مقرات للمنظمة ".

مقدمة ذلك الخطاب كانت مخيفة لقيس لكن ختامها كان مبشراً. الأمر يعود للقُضاة الآن... يذهبون لأخذ قسط من الوقت لمناقشة الحكم... قاعة المحكمة عادت لتعج بالضوضاء من جديد. يطلب القاضي من الجميع الصمت ثم يفتتح قائلاً: "جلسة النطق بالحكم... حكم على المتهم قيس بن فؤاد بما يتعلق بتهمة القتل العمد لستة وثلاثون شخص بأنه مذنب. وبما يتعلق بالتعاون مع المنظمة الإرهابية حكم عليه بالبراءة. حكم على قيس بن فؤاد بعقوبة السجن المؤبد تخفف لمدة عشرين عام وفق الضوابط والأحكام ".

صيحات الإستهجان تملأ القاعة... نجى قيس بأعجوبة من موت محتوم. هول الموقف أنساه حتى التنفس في الدقيقة الفائتة. يتقدم المحقق هاني نحو قيس... يقف للحظة ثم يقول: " لو كان الأختيار بيدي لما شهدت في مصلحتك لكني مرسُول لخطاب قد كُتب مسبقاً بواسطة المحقق نجدت ".

يجيب قيس وهو يبتسم ابتسامة نصر مع رفع شفته اليسرى قليلاً: " أشكر ربي أن الآمر لم يكون في يدك! أوصل تحياتي للمحقق نجدت وقل له أني أدين له بحياتي ".

الفصل الثاني عشر:

بعيداً عن أجواء التحقيقات... في ذات اليوم الذي وقعت فيها حادثة مداهمة البرج... يستيقظ كمال من النوم متأخراً عن موعد عمله. كمال يعمل كمحاسب في ذاك البرج المشؤوم الذي هاجمته قوات الدفاع والشرطة. المحاسبة هي عمله الرئيسي لكنه عضو في المنظمة تحت مسمى مقيم من الفئة ب. مهمته تقييم ومراقبة مرتكبي الأخطاء ورصدها في محيط عمله.

من حسن حظ كمال أنه أصبح كسولًا مؤخراً متقاعساً عن عمله بعد انضمامه للمنظمة وحيازته مرتباً جيداً. يحاول جاهداً الأستيقاظ بعينان تصارع عبثاً النعاس كأنها تفتح بوابات حديدية. وبعد أن احتسى القليل من القهوة. بدأت خلايا عقله بالعمل بكامل كفاءتها. أشبه بتلقي صعقات كهربائية ايقظتها من سباتها. كمال يتجه للنظارات الذكية الخاصة به لتصفُح قليلاً أجواء الطقس قبل خروجه. ها هو يُلوح بيده، يُقلب الصفحات التي تُظهرها النظارات أمامه بشكل ثلاثي الأبعاد. تظهر صفحة الأخبار، لكنه يقوم بتجاوزها، يستوقفه الأمر قليلاً... يعتقد أنه رأى شيئاً مألوفاً! يعود من جديد لصفحة الأخبار ليرى المبنى الذي يعمل به تمت مداهمته والشريط الأخباري يُصرح انها كانت هجمة ناجحة استهدفت أحد مقرات المنظمة الإرهابية. كمال يصاب بالهلع لوهلة! تنتابه السعادة بعد استيعابه أنه كان من المفترض أن يكون في عداد الأموات! يقوم بتفقد الرسائل القادمة من المنظمة. يرى أنه تم استدعاؤه إلى مقر آخر تابع للمنظمة وفي الرسالة تأكيد على أهمية حضوره.

كمال ليس لديه خيارات عدة... يبدو أنه ليس أمامه سوى الذهاب وتفقد الأمر. يرتدي ملابسه الرسمية ويتجه نحو المقر الجديد الذي تم إرساله إليه. أثناء طريقه في الذهاب، جدال طويل يدور في ذهن كمال يتساءل: " لماذا تم استدعائي؟! هل سيتم توقيفي مؤقتاً ريثما يجدون لي مكاناً بديلاً للعمل به؟ أم هل سيتم إيقافي عن العمل نهائياً؟ أو أن لديهم العمل البديل بالفعل ويريدون اطلاعي به... يا إلهي لا أعلم... سأتجه الى المكان المنشود واكتشف بنفسي ".

لحظة وصوله أمام البرج ينظرعالياً ويقول: " يا له من برج شاهق الارتفاع! ". عند دخوله المبنى يتقدم أحد العمال في قسم الاستقبال للتساؤل عن اسمه ووجهته. يطلب عامل الإستقبال من كمال إظهار هويته ثم يرافقه المصعد الكهربائي قائلاً له: "اتبعني من فضلك سيد كمال". في المصعد يقترب موظف الإستقبال من شاشة إلكترونية داخلها ويتم التعرف عليه من خلال كود خاص بالنظارات الذكية التي يرتديها. تظهر أرقام طوابق لم تكن موجودة مسبقاً على شاشة المصعد وكأنها عالم موازي مخفي تماماً! عند وصولهم للدور المطلوب. يتم أخذه لقاعة اجتماعات والطلب منه الانتظار قليلاً ريثما يأتي أحد القادة من الفئة س للتحدث معه. ينتاب كمال شعور بالتوتر " يا إلهي! أحد من القادة فئة س يريد أن يقابلني! لابُد أن الأمر مهم جداً ". يبدأ بالتعرق ويقوم بإرخاء ربطة عنقه قليلاً.

الباب يُفتح... يدخل رجل بزي رسمي مرتدياً قناع. ذات القناع الذي يرتديه قادة المنظمة أثناء الاجتماعات. يتقدم نحو كمال مصافحاً إياه ويطلب منه الجلوس مجدداً. كمال يتحدث بلهجة سريعة نسبياً: "أسمي كمال !.. لم اتعرف على سيادتكم؟ " لكن لم يرده أي إجابة من المستضيف! واكتفى بانحناءة رأس خفيفة نحو اليمين. على الرغم من أن كمال لا يستطيع رؤية وجهه مطلقاً إلا أنه كان واثق بأنه يرمقه بنظرة حادة من خلف ذلك القناع بما معناه أن سؤاله لا يمكن الرد عليه. يشرع المستضيف من الفئة س بالكلام قائلاً: " لندخل في صلب الموضوع رجاءاً... لقد تم استدعاؤك بعد الحادثة المروعة التي جرت في مبنى 45ب التابع للمنظمة الذي كنت تعمل به. خسرنا الكثير من العمال المهمين في تلك الحادثة ومن ضمنهم عدد لا يستهان به من المقيمين من الفئة أ المسؤولين عن تقييم أعضاء المنظمة ".

يصمت قليلاً ثم يستمر في الحديث: " بسبب الأحداث التي جرت... أصبح هناك شواغر في تلك المناصب لا بد من ملئها. وانت هنا من أجل هذا الأمر. لقد تم ترقيتك لتصبح من المقيمين فئة أ. ستكافأ بزيادة مقدارها 40% مقارنة بمرتبك السابق. وستعمل كمحاسب في مؤسسة حكومية وسيتم اطلاعك على أسماء المقيمين فئة ب الذي سوف تشرف عليهم سراً ". يمرر له مجموعة أوراق ويضيف قائلاً " هل توافق على تلك الشروط؟ " يجيب بشكل لحظي واصلاً حرف الطاء بكلمة شروط مع الطاء بكلمة: " طبعاً " بدون اي فواصل زمنية. يشرع بالتوقيع على جميع الصفحات كأنما يخشى أن تعدل المنظمة عن ذلك العرض وتتراجع. يستمر المستضيف من خلف القناع قائلاً: " ستحضر اجتماع المقيمين فئة أ في هذا المبنى في كل نهاية أسبوع. مستثنى من ذلك نهاية أول اسبوع من كل شهر لأنه اليوم الذي يجتمع فيه القادة فئة س هنا في هذا المبنى. اذهب الآن الى الغرفة المجاورة في الجهة اليمنى. ستقابل فتى اسمه جلال أعطه نظاراتك الذكية ليقوم ببرمجتها وإضافة التعديلات عليها وسيطلُعك ايضاً بمكان عملك الجديد.

يخرج كمال من المبنى... الشمس ساطعة في ذلك اليوم. يداعب النسيم البارد وجه كمال. يغلق عينيه ويبتسم إبتسامة بلهاء، هو يعيش أجمل يوم في حياته! ففي الصباح الباكر كان من المفترض أن يكون جثة ميتة في ذلك المبنى المشؤوم والآن هو حي يرزق. علاوة على ذلك قد تحصل على ترقية في عمله. يغلق عينيه مع اخذ نفس عميق قائلاً: " يا إلهي كم إنه يوم جميل ".

بعد مضي عدة أيام... كمال بدأ بالاعتياد على عمله الجديد... إن ضغط العمل الجديد أكبر من عمله السابق مما لا يناسب طبيعة شخصية كمال الكسولة لكن العائد المادي يبقيه سعيداً. يغادر منزله كعادته متأخراً ساعة عن العمل. في الشارع... يلتقي بجارته التي كانت في نزهة مع كلبتها الصغيرة، قد تكون صغيرة الحجم لكنها شرسة ونباحها صاخب جداً. يلقي التحية عليها " طاب يومك سيدتي ". تجيب بالمثل مع ابتسامة ودودة. كمال يسير مسرعاً للحاق بعمله. فتاتان في مقتبل الثلاثين من العمر تسيران في الاتجاه المعاكس الذي اتجه فيه كمال. تسيران متجاوزتان كمال وهما الآن على مقربة من السيدة العجوز، يتحدثان بصوت مرتفع مع بعضهم البعض: " هل رأيتي ذلك الشاب المرتدي زياً رسمياً! لقد سمعته يتحدث عن أن الشخص المستهدف قد تم تصفيته! يا له من غريب اطوار! أخشى أن يكون عضواً في تلك المنظمة التي تقتل الناس ". تُكملان الفتاتان مسيرتهما... الجارة العجوز يلمع وميض عيناها مندهشة لما قالته الفتاتان للتو. تردد في ذهنها: " لم يمر من هذا الاتجاه للتو سوا جارنا كمال! " تلتفت مجدداً وتجده هو الوحيد على رصيف المشاة. تقف حائرة في أمرها... هل من الممكن فعلاً أن يكون تابعاً لتلك المنظمة الإرهابية! ".

منذُ ذلك اليوم... كلما نظرت إليه تشعر أنَ...

طريقة سيره، خطوات رجل قاتل... نبرة إلقائه التحية، نبرة رجل قاتل... تتخيل بأن يداه ملطخة بالدم.

بعد أن كانت طريقة سيره، خطوات رجل عادي، نبرة إلقائه التحية، نبرة رجل عادي، ويداه نظيفة سليمة.

العجب من الشك والظن كيف يمكنهما أن يُبدلا نظرة الناس وحُكمها.

أصبحت الجارة العجوز كظله... تغادر منزلها مرتين في الصباح والمساء في نفس توقيت ذهاب كمال وعودته من عمله. تأمل من أن تسمع شيئاً مماثلاً لما سمعته الفتاتان ليثبت شكوكها. الشمس قد غابت، الساعة على مقربة من تمام السادسة والنصف مساءً. ها هو كمال

يعود لمنزله من العمل... تهم السيدة العجوز للخروج من منزلها. تمُر من جانب كمال ببطئ شديد ملقية التحية عليه. تحاول جاهدة التصرف على سجيتها وعدم إطالة النظر به. كمال يرد التحية عليها مع ابتسامة سريعة لم تدم لأجزاء من الثانية. وفي اللحظة التي تليها تصدر النظارات الذكية خاصته صوتاً غريباً عالياً جداً تليها جُملة " لديك رسالة شديدة السرية من المنظمة! ". يردد كمال في نفسه: "ما خطب تلك النظارات! لم يحدث شيء مشابه من قبل". يتزعزع كيان كامل ويتورد وجهه من التوتر. يخاطب الجارة قائلاً وهو يلوح بكفِه: " لابُد أنها رسالة من العمل! لا اعلم ما خطب ذلك الطنين المفاجئ لقد اشتريت هذه النظارات مؤخراً. لابد أن بها خطب ما ". تجيب السيد العجوز: " لا بأس بذلك... مهما تقدمنا بالتقنية لا تزال هناك ثغرات بها ". راسمة على وجهها ابتسامة مزيفة وتستمر بالسير كأن شيئاً لم يحصل. هناك جدال حاد في عقل كمال " هل من الممكن انها شكت في أمري! لا لا... كلمة منظمة قد تشير لأي شركة ليس من الضروري المنظمة السرية التي تُصفي الناس التي أعلنوا عنها مؤخراً للعامة ". لكن ما لم يدركه أن جارته العجوز تلك في شك من أمره وأنها تترصد أي أمر مريب يصدر منه.

" ماذا عليّ فعله؟ " تتساءل السيدة العجوز... يدها ترجف من شدة خوفها. قدماها لم تعد تقوى على حملها. تخرج من المبنى وتجلس على قارعة الطريق. تبدأ بالترنح إلى الأمام والخلف تفكر ملياً بما يجب عليها فعله. تستدرك تلك الإعلانات المنتشرة مؤخراً عن الموقع والرقم الخاص بالبلاغات عن أي اشتباه يتعلق بالمنظمة الإرهابية. ترفع يدها التي مازالت ترتجف لتضغط على نظاراتها الذكية التي بالكاد تعلم كيفية استخدامها. تخاطب النظارات الذكية قائلة: " ابحثي لي عن الرقم الخاص بالبلاغات عن المنظمة الإرهابية ". بالفعل تتمكن النظارات من ايجادها لها وتقوم بالإتصال والإبلاغ عن تفاصيل ما حدث وإشتباهِها بجارها أنه يعمل لدى المنظمة القائمة على تصفية الناس بنظام النقاط. يطلب منها العامل في مركز الإتصالات البقاء في مكانها ومراقبة المشتبه به عن بعد والحرص على ألا يغادر المكان.

في خلال خمس عشر دقيقة... عناصر من القوات المختصة تأتي لمداهمة منزل كمال... يطلبوا من الجارة أن تقرع الباب لهم. خوفاً من إنتحاره إن أدرك الأمر. ينظر كمال عبر الناظور الموجود في الباب ليرى جارته. " عجباً! ... ماذا تريد مني الأن! أخشى أنه بسبب ما حصل " يردد في ذهنه. لكنه يعزم على فتح الباب ليرى ما الخطب. وفي اللحظة التي تلتها... ينقض عنصر من المباحث ليرش كمال ببخاخ مخدر في وجهه ويفقده وعيه ويقبض عليه.

كمال يفتح عيناه تدريجياً... باتت مفتوحة كلياً الآن، لكن لازال لا يمكنه رؤية شيء من حوله! " أين أنا بحق الجحيم!؟ " يردد في ذهنه. يحاول تحريك يده لفك العصبة عن عيناه. ليجد نفسه مربوطاً بإحكام على إحدى الكراسي ولا يمكنه الإيتاء بأي حركة.

يتم إبلاغ لجنة التحقيقات المسؤولة عن تلك القضية برئاسة المحقق نجدت. نجدت يخبرهم بأهمية الحفاظ على سرية الأمر ريثما يتم نقله لمركز التحقيقات. يتم تخصيص كادر خاص لحمايته أثناء النقل. إنه الصيد الثمين المنتظر! السمكة الذهبية. حلا وحازم يتجمعان بانتظار قدوم فريستهم الثمينة... تم تسليم كمال بسلام.

التحقيقات تبدأ... الأسئلة تنهمر على كمال كالمطر... لا يكاد يستريح قليلاً حتى تسقط عليه أطنان أخرى من الأسئلة. لا مفر من تلك الآلة المرعبة... آلة كشف الكذب. استغرقت عملية التحقيق ساعات. يخرج المحققون مرهقين من طول مدة التحقيق. فلك أن تتصور ماذا حدث لكمال. على الرغم من أن آلة كشف الكذب تحلل أجوبته لا محالة، إلا أنه طاله بعض التعذيب

على الطرق التقليدية القديمة بسبب عدم تعاونه. الجميع يغادر غرفة التحقيقات... ليبقى كمال وحيداً يطغى عليه اللونين الاحمر والازرق. الأحمر تمثل بالدم وبعض الكدمات البسيطة أما الازرق فهي تلك الكدمات المتورمة التي صادفت أن تكون بنفس ألوان الأسلاك المربوطة بجسده لتحليل ردود أفعاله. يشرُع بالبكاء لكن ذلك لم يشفيه بل زاد من ألمه لوجود التورمات في وجهه.

يالها من دنيا متقلبة في لحظة توصلك لأعلى القمم وفي لحظة آخرى تهوي بك الى قاع الهاوية.

لا مأمن من تقلبات الحياة، الشيء الوحيد الثابت فيها هو عدم الثبات!

المحقق نجدت يأمر بعقد إجتماع طارئ لمناقشة مستجدات القضية... حازم وحلا في الشرفة المخصصة للتدخين لحظة قدوم الرسالة الخاصة بتجمع المحققين... " اللعنة! لا يسعنا الاستراحة قليلاً! " حازم مخاطباً حلا. يُطفئ سيجارته قبل الإنتهاء منها تماماً ويغادر. ما أغاظ حازم بالحقيقة أنه أراد أن يمضي وقت أكثر مع المحققة حلا على انفراد. فنجان الشاي الخاص بالمحقق نجدت كان من أول الحاضرين على الطاولة. نجدت يقول: " المحققة حلا، هل أخبرتنا عن ملخص التحقيقات مع المشتبه به الجديد؟ ".

حلا تدفع بالكرسي الخاص بها للوراء قليلاً وتقف باعتدال وتقول: " أسم المشتبه به كمال... تم التأكد بأنه يعمل لدى المنظمة الإرهابية بواسطة آلة كشف الكذب. فيما يخص استنتاجات التحقيق معه. توصلنا إلى أنه من المقيمين فئة أ، لديه مستوى من المعلومات مختلف عن تلك التي تحصلنا عليها من القتلة مسبقاً. فقد أدركنا أنه يعلم بأسماء عاملين آخرين لدى المنظمة يبدو أنه يشرف عليهم على عكس فئة القتلة الذين لا يعلمون بهوية أي أحد آخر بالمنظمة. علاوة على ذلك، استطعنا من تحليل برمجة النظارات التابعة له من التوصل لفهم كيفية تقييم الأفراد وخصم النقاط منهم بشكل أدق وأن تلك البيانات ترسل الى أجهزة خادم متطورة خاضعة للتشفير لم نستطع تتبع مركزها. أخر ما توصلنا إليه، وهو بمثابة ربحنا اليانصيب... استخراج منه اعتراف بأحد مقرات تجمع قادة المنظمة فقد أعترف بوجود إجتماع لتلك الفئة في نهاية الأسبوع الأول من كل شهر، في بُرج ما قد ذكره".

نجدت واضعاً يده على ذقنه: " ما رأيكم في المستجدات التي طرأت على قضيتنا؟ ".

المحقق حازم يجيب: " أعتقد أنه علينا مراقبة ذلك البرج عن كثب كنقطة إنطلاق ... فترة الاجتماع المتوقع عقدها في نهاية الأسبوع القادم حيث أنها الأسبوع الأول من الشهر الرابع... إن استشعرنا وجود شبهات أو تم التأكد من اجتماع شخصيات مهمة في ذلك البرج، ننتقل للمرحلة الثانية بشن هجوم على ذلك الموقع بعد أخذ الإذن من القيادة العليا ".

نجدت بصوته الأجش: " كيف بإمكاننا التيقن من ذلك الأمر؟ لا يسعنا تكرار الخطأ ذاته في المرة السابقة. نحن بحاجة إثباتات دامغة ".

المحققة حلا: " لا أعتقد أن بوسعنا عمل شيء آخر ".

نجدت مجيباً: " على الرغم من حماسي لهذا الأمر... إلا أنه يراودني شعور غريب لما يحصل. إن الأمور تسير بمصلحتنا بشكل مثالي وسريع لكن اتمنى أن اكون مخطأ في حدسي وأن الرب يعطينا فرصة اخرى للقضاء على تلك المنظمة الإرهابية".

يتم تعيين فرقة خاصة موثوقة لمراقبة ذلك البرج... وفي اليوم الموعود... يتجمع المحققون لمشاهدة ما تبثه كاميرات الفرقة الخاصة بشكل مباشر عبر نظاراتِهم الذكية. الجميع بانتظار

ظهور دلالات لوجود اجتماع مهم كالسيارات الفارهة أو شخصيات معروفة أو الشخص المُترقب البروفيسور عمرو بنظاراته الحمراء.

يأتي موكب من السيارات الفارهة ليخرج منها رجل يبدو عليه الثراء الشديد وبجواره أربع من الحراس. بعد عشر دقائق... يتبعه موكب سيارات آخر. تبدو إشارة جيدة! يهرُع السائق لفتح الباب الخلفي و إذ بسيدة من الممثلات ذي الصيت الواسع.

" أليست تلك دارين! " تقولها حلا بصوت مرتفع وقد اتسعت عيناها ونهضت عن كرسيها.

"بلا إنها هي " يجيبها المحقق حازم مؤكداً لما رأوا.

لكن سلسلة الأثرياء والمشاهير لم تتوقف! سُرعان ما تزايد عدد القادمين وأصبح الأمر مثير للقلق.

"هلا أرسلنا أحدا لتفقد ذلك الأمر من داخل البرج؟" نجدت مخاطباً أحد قادة المباحث المتواجدين.

قائد المباحث: "امممم حسناً... لنرسل فرداً من الفرقة الإستكشافية على أنه مصور للحدث الذي يتجه إليه المشاهير".

يجري اتصالاته لإرسال أحدا من الفرقة إلى داخل البرج.

تم توكيل رامي للمهمة، لينتحل شخصية المصور يتجه نحو البرج الشاهق. يمُر من خلال الباب الدوار في أسفل البرج ويخضع للتفتيش عند المدخل. يسير من خلال كاشفات المعادن عبر أشعة ال اكس ري. الجهاز يصدر صوت طنين! يردد رامي في ذهنه: " هل يعقل أني نسيت بحوزتي أحد اسلحتي! إستحالة لقد تفقدت نفسي جيداً ". تتقدم إحدى حارسات الأمن لتفقُده عبر العصا المستكشف للمعادن. رامي يعض على أسنانه بقوة يحاول عدم إظهار توتره. الجهاز يصدر صوت في منطقة المعدة! " إنه حزام البنطال! " يُجيب رامي بإبتسامة عريضة ويقوم بخلعه. يمُر مجدداً من خلال الجهاز الكاشف من جديد لكن هذه المرة لم يصدر أي صوت. يسير عبر البهو الكبير مُلتفتاً يميناً وشمالاً باحثاً عن قسم الاستقبال. عجباً ما أكبر هذا البهو وشدة فخامته. الثريات الكبيرة المتلألئة في كل مكان، الفضيات والمزهريات العتيقة تزين كل ركن. لا عجب أنه لم يرى اللافتة المكتوب عليها قسم الإستقبال في الحال. يتجه صوبها ثم يخاطب الموظف قائلاً: " عُذراً!... في أي دور يقام الحدث؟ أنا أحد مصورين وقد تأخرت كثيراً ".

يجيب العامل في الإستقبال: " هل قصدت الحفل التطوعي لليتامى؟ " .

يقطب رامي حاجبيه لوهلة ثم يدرك أنه أنقذه بذلك السؤال!... يجيب بحماس: " أجل أجل! ".

الموظف في الإستقبال: " إنه في الدور الخامس والعشرون ".

" أشكرك جزيل الشكر " يجيب رامي ويشرع بالسير بخطوات سريعة نحو المصعد.

باب المصعد يُفتح... يتبعه الى المصعد أحد الرجال الذي يبدو عليه الثراء الشديد. عينا رامي قد لمعت من أثر النظر الى تلك الساعة البراقة جداً! يرافق ذلك الرجل حارسان شخصان ضخما القامة، عريضِا المنكبين. يدخلون جميعاً ذات المصعد. رامي قد حُشر في المصعد لضخامة هذين الرجلين. يصعدون الى الطابق ذاته. عند خروجهم... يتجهون صوب القاعة التي يقام بها الحفل. يتريث رامي قليلاً... " يا إلهي إن الحراسة هنا أشد من تلك التي عند مدخل البرج! ". يتجه صوب الحراس على أي حال محاولاً الدخول بطريقة ما. " اين بطاقة الدخول؟ " حارس الأمن يسأل رامي.

رامي يتفقد جيوب بنطاله ثم يفتش معطفه (يُمثل دور الباحث عن البطاقة)، يكرر ذلك عدة مرات. يميل رأسه للجهة الشمال قليلاً مع الزَم على شفتيه ثم يقول: " يا إلهي!... يبدو أنني نسيتُها! هلا ادخلتني لقد تأخرت كثيراً ومديري سوف يطردني إن لم أحضر في الوقت المناسب ".

يجيب أحد حراس الباب بفظاظة مع رفع رأسه قليلاً: " مديري سوف يطردني أيضاً إن سمحت لك بالدخول بدون بطاقة! لذلك عُد حيث جئت واحضر البطاقة وإن لم تجدها لا تعد أبداً! ".

يغادر رامي المبنى... قبل أن يُثير ضوضاء هو بغنى عنها. يخاطب قائد فرقة الإستكشاف لحظة خروجه قائلاً: "يبدو أن رحلتي قد انتهت هنا... لم يدعوني بالاستمرار أكثر ".

" لا بأس بذلك... أحسنت صنعاً " يجيب قائد فرقة الاستكشاف.

أثناء ذلك... المحققين قد رؤوا كل ذلك عبر البث المباشر من نظارات رامي.

حلا مخاطبة المحقق نجدت: " ماذا علينا فعله الآن سيدي المحقق؟ ".

المحقق نجدت: " سنكتفي بما شاهدناه اليوم... أعتقد أننا رأينا ما يكفي ".

المحققة حلا تجيب: "هل مازلت تعتقد أنه مقر تجمع قادة المنظمة الإرهابية؟ ".

المحقق نجدت: " حسناً... لنعيد ترتيب أفكارنا... وفقاً لما استخرجنا من معلومات من كمال المقيم من الفئة أ في المنظمة. الأدوار الخاصة الموجودة في ذلك البرج سرية وليس من السهولة الوصول إليها لكن حفل تجمع التبرعات كان في دور يسهل الوصول إليه! اعتقد انها استراتيجية لتغطية عن مكان الإجتماع الأساسي حيث لا يشتبه الناس بتواجد هذا الكم من الشخصيات المهمة في مكان واحد. في الحقيقة لقد زادت شكوكي بعد الذي شاهدته في هذا اليوم ".

المحقق حازم مخاطباً نجدت: " هل نطلب من القيادة بمداهمة المبنى في الفرصة التالية من الشهر القادم؟ ".

نجدت: " أجل أرسلوا للقيادة كامل التفاصيل. اطلبوا في التقرير حملة مداهمة الموقع وتفتيشه. لا نريدها هجمة دموية كما كانت في المرة الماضية ".

بالفعل تم إبلاغ الرئاسة بالأمر... بعد عدة أيام... جاء الأمر بالرفض!

يتجمع المحققون من جديد من أجل مناقشة الأمر.

نجدت في مزاج سيء... يضرب بعكازه ضربتين على الأرض قبل البدء بالكلام مُزعزعاً طاولة الإجتماع! جاعلاً كأس الشاي خاصته تتخبط بطبقها مصدرة صوت رنين من قوة الضربة... ثم يقول: " لقد جاءني الأمر برفض مداهمة المقر المشتبه به في ذلك البرج. أعتقد أن القيادة العليا بدأت تفقد ثقتها بنا بعد الحادثة الأخيرة. على الرغم من أننا لم نكن نحن من طلبنا بالتصعيد وقتل كل من في المبنى 45 ب! بل كان قرارهم هم... لا أعلم ما الخطوة التالية الآن، هلا أشرتُم لي بما يدور في أذهانكم ".

المحققة حلا تتأفف من ماحدث ثم تجيب: "كل ما بوسعنا فعله الاستمرار في مراقبة ذلك المبنى عن بعد سعياً في الحصول على دليل جديد".

المحقق حازم كان أقلهم انزعاجاً... يُضيف: " في الحقيقة وصلني من أحد أقاربي المقربين من الرئاسة أنهم في تأهب للهجمة القادمة لكنهم يفضلون الكتمان عن الأمر! فهم يعتقدون أن دورنا قد انتهى هنا وما تبقى هو عملهم! ".

المحقق نجدت رافعاً رأسه قليلاً مع وضع يده على ذقنه: " اهااا... إن الأمر كذلك أجل!... لو كان ما تقول صحيحاً فسيتم طلب اخذ النظارات الخاصة بكمال التي قبضنا عليها لحاجتهم لها في فك برمجة المصعد والقدرة على الولوج للأدوار المخفية ".

بعد عدة أيام... يتم طلب إرسال الأدلة والأشياء الخاصة بكمال إلى المباحث... يبدوا أن الرئاسة بالفعل تخطط للهجمة لكنها تتكتم عن الأمر.

الأيام تمضي... بداية الشهر القادم تقترب... جميع المحققون في حالة توتر. يتساءلون هل ستقوم الرئاسة والقوات المسلحة بشن هجوم على المقر المشتبه به بالفعل؟ ما طبيعة هذه الهجمة؟ هل ستكون بنفس قسوَة الهجمة الأخير أم ستكون هجمة اعتقالات للجميع فقط؟ لا يوجد أحد لديه الإجابات على تلك الأسئلة. الزمن هو الوحيد من سيكشف إلى ما ستؤول إليه الأمور.

إنه اليوم الموعود... لقد تجمع المحققون في مقرهم ويترقبون عن بعد ماذا سوف يحدث. كما جرى في الشهر الماضي السيارات الفارهة بدأت بالقدوم تتابعاً. بعد مضي ساعتين ... تتوقف مواكب السيارات عن القدوم. إنها اللحظة المناسبة للهجمة المنتظرة، ها هي سيارات القوة المسلحة تأتي مسرعة!! أعداد الشرطة تتزايد بشكل مهول. في لحظة لم يكن أحد وفي اللحظة التي تلتها المبنى محاصر بعناصر الشرطة من جميع الجهات. أشبه بقطعة حلوة مُلقاة في الشارع وقد تجمع عليها أسطول من النمل. تتغير ملامح المحققين الذين يشاهدون ما يحدث عن بُعد... لا يمكنهم سوى رؤية ما يحصل في خارج البرج عبر الكاميرات المثبتة. فرقة الاستطلاع الخاصة بهم غير مصرح لها بالتدخل. اصوات الضحكات تعم القاعة. مجهودهم لم يذهب سُدًى. الجميع يتمركز خلف الشاشات. المحققين يقوموا بتعديل الكراسي الخاصة بهم لأخذ أفضل وضعية للمراقبة. نجدت يقول: " اتمنى أن لا يتصرفوا بهمجية ووحشية كما فعلوا في المرة الماضية... أتمنى أن تكون مجرد مداهمة اعتقال ".

" اشُك في ذلك ". تجيب حلا مع هز رأسها أفقياً.

دقائق معدودة بعد دخول أول فرقة مداهمة للمبنى... أصوات الطلقات النارية بدأت تصدَع في الأرجاء. الحفلة قد بدأت! حلا تقول: " يبدو أن المنظمة تُقاوم الهجمة! ". أصوات الطلقات النارية استمرت بضعة دقائق ثم ساد الصمت المدقع.... صمت يصيب بالقشعريرة. الفضول يصيب الجميع. " ماذا حدث للتو! لماذا توقفت الطلقات النارية؟ " يلتفت حازم متسائلاً.

بعد مرور عشر دقائق أخرى... الفرقة التي قامت بالمداهمة تخرج تِباعاً فرداً فرداً. هناك تجمع للقوات المسلحة عند قاع المبنى. لكن مازلنا لا نعلم ماذا جرى.

يَرد إتصال للمحقق حازم فيقوم بفصله مضيفاً على ذلك: "ماذا يريد مني ذلك الفتى الآن, إنه ليس وقتاً مناسباً على الإطلاق". لكن المتصل يُعيد الإتصال مراراً وتكراراً والمحقق يستمر بفصله. المحققة حلا معلقة على ذلك: " هلا أجبته أو أغلقت الإتصالات الواردة رجاءاً! ". يرفع إصبعه جهة النظارات الخاصة به بنيَة ايقاف المكالمات التي ترده، ليرى رسالة من المتصل نفسه بدايتها " تفقد هذه القناة حالاً...". ينتابه فضول ويقوم بالضغط على الرسالة وفتح الرابط.

إنها قناة تعرض الهجمة التي حدثت للتو تحت مسمى عنوان (وحشية الدولة وهجماتها على المدنيين في حجة مكافحة المنظمة الإرهابية). تاريخ تحميل المقطع منذ بضع دقائق لكن المشاهدات تتزايد بشكل هستيري.

الفيديو يعرض ما حدث في الهجمة التي شنتها القوات المسلحة!... تتسع عينا حازم متأملاً فيما يحدث.

محتوى الفيديو:

يتم تصوير القاعة وهي تحوي على دمى على شكل مدنيين... تتضمن بعض الدمى لرجال في المقدمة وسيدات ودُمى آخرى لأطفال في خلف القاعة. الدُمى مصنوعة في منتهى الدقة تقارب الواقع. تعليق صوتي بنبرة آلية مؤتمتة يقول: " هذا مقر يشتبه به تواجد المنظمة الإرهابية... انتظروا قليلاً لتشاهدوا كيف سوف تتعامل الدولة حيال ذلك! " . بعد دقيقة من المشاهدة لم يطرأ أي جديد! مُجرد تلك الدمى الجامدة من داخل الغرفة... وفي لحظة تأتي فرقة المداهمة وتقوم بإمطار الطلقات النارية على جميع من في الغرفة! لقد تم وضع أكياس من الدم المزيف داخل الدمى للتزيين الإخراجي وجعل المشهد واقعياً. في نهاية المشهد يتم عرض بعض المشاهد القديمة لأثار الهجمة السابقة على المبنى 45 ب وإظهار الجثث التي تكومت أثرها بإخراج مُعد مسبقاً. يختتم الفيديو بالصوت الآلي المؤتمت ذاته: " نحن لسنا منظمة إرهابية كما يُنسب إلينا... نسعى لجعل هذه الأرض مكاناً مناسباً للعيش... وليتم ذلك لابد لأمثال هؤلاء الغجر الذين لا يقومون بأداء واجبهم على أتم وجه أن يتم تصفيتهم، الأخطاء الفردية تسبب موت أناس أبرياء تستحق العيش. الأرض لم تعد تسعنا جميعاً لذا يجب علينا تصفية المخطئين كأمثال من يقومون بالهجمات الدموية تلك. لسنا أعدائكم، على غرار ذلك تماماً نريد إنقاذ كم من عدونا المشترك، ممن يدّعوا أنهم يكترثون لحياتنا.... أعد رؤية الفيديو وتأمل جيداً من العدو ".

ينتهي الفيديو المعروض ...

يقف المحقق حازم في صدمة!... يحاول استيعاب ما رآه! يقوم بعرض ذلك الفيديو على المحققين الآخرين... تضع حلا كف يدها على فمها ثم تقول: " ياللهول! ... لقد كانت خُدعة منذ البداية! ".

يضيف المحقق حازم: " يريدون أن يستغلوا تعاطف الشعب الى جانبهم جاعلين مننا العدو المشترك! لكن كيف حدث ذلك لقد اعترف كمال بمكان اجتماعهم وجهاز الكذب متطور جداً لا يمكن أن يُخطئ أو التلاعب به ".

المحقق نجدت مطأطأ رأسه لأسفل: " يبدو أنهم قاموا بالتضحية به... لقد كان جزءاً من اللعبة! ".

دخول الكاتب المشهد الثاني:

حسنا إنها فقرة مهمة من الرواية ولابد من تدخُلي لكشف المستور. دعوني أقوم بتمديد يدي للأمام قليلاً، أرخي رقبتي للوراء انزع الغطاء عن القلم... لنبدأ.

الخطة بدأت مُنذ ترقية كمال ليصبح مُقيماً من الفئة أ. كما ذُكر مسبقاً كمال أصبح شخصية كسولة في الآونة الأخيرة. لكنه نسي أن المنظمة لا تتهاون مع الأخطاء بأي شكل من الأشكال... لا يوجد استثنائات. لا مع العامة من الناس ولا مع أعضاء المنظمة! لقد استهلك كمال جميع نقاطه. في اليوم الذي لم يذهب به للعمل الى المبنى 45 ب. تجاوز بفعلته تلك ال

50 نقطة خاصته في اقل من شهر. نقاطه السابقة كانت بسبب أخطاء مشابهة لإهماله في العمل وعدم الحضور بدون وجود عذر لغيابه. كان من المفترض أن يتم تصفيته لكن قائد المنظمة عمرو أمر بتأجيل الأمر لأنه بحاجة له في الخطة الجديدة التي رسمها. أمر بترقيته بشكل مُفبرك وأن تتم الترقية في ذلك البرج مع إعطائه معلومات مغلوطة عن اجتماعات سرية سوف تجري للقادة فئة س في ذات البرج بداية كل شهر. أمَا عن الأسماء التي أشرف عليها فجميعهم لأناس استهلكوا نقاطهم ال 50 مسبقاً لكن تم تأجيل تصفيتهم ايضاً.

الفتاتان اللتان تحدثتا بصوت مرتفع أمام جارة كمال العجوز حول سماعهم إياه يتكلم عن هدف تم تصفيته. كان مجرد كلام مُفبرك. وتلك الفتاتان تعملان لدى المنظمة!... الهدف من تلك الخطوة أن يزرعان الشك في ذهن جارته العجوز. أعتقد أن الصورة بدأت بالاتضاح.

صحيح ذلك الصوت الذي خرج من نظارات كمال لم يكن عطلاً تقنياً! وليست صدفة فليس هناك مكان للصُدف. بسبب ما حدث أبلغت السيدة العجوز عن كمال وتم اعتقاله دون أي شبهات أو صلة بالمنظمة. كان لابد من أن يُبلغ أحد من العامة عن كمال ليبدو الأمر طبيعي. عمرو يعلم بوجود جهاز كشف الكذب وهو واثق بأن معلومة تجمع القادة في ذلك البرج سوف تصل المحققين لا محال... تم عقد حفل تبرع ودعوة كبار الشخصيات إليه في نهاية الأسبوع من أول كل شهر. لم يحضره أي أحد من قادة المنظمة. كان الهدف من الحفل إثارة الشكوك وجعل المحققين يتيقنوا بأن شيئاً مريباً يحدث في ذلك البرج! اخيراً تم تجهيز الدور السري بدمى بشرية مزيفة محاطة بالكاميرات ومعدة مُسبقاً بانتظار قدوم القوات المسلحة ليكتمل المشهد ويتم عرضه بشكل علني على الشبكة العنكبوتية. الفخ جاهز وبانتظار الفأر أن يدخل إليه بكامل إرادته. ما لم يظهر في مقطع الفيديو هو أن الدمى التي كانت في المقدمة كانت تحتوي على جهاز ليزر في طرف أصبعها (السبابة). تلك الأيدي كانت في وضعية حمل مسدس لكنها لم تكن تحمل شيء. وبسبب الليزر الخارج منها أوهمت الفرقة التي قامت بالهجوم على الدور السري في البرج أنهم أناس يحملون أسلحة مما دفعهم لرشق النار عليهم. بذلك يكتمل المشهد الذي خطط له عمرو منذ البداية.

الكاتب يرمي القلم من شدة حماسه* ...

خروج الكاتب من المشهد الثاني :

الفيديو الذي تم تحميله قد انتشر بشكل واسع جداً... لم يعد بمقدور الدولة حذفه. الأمر لم يكن بذلك الصعوبة على المنظمة في حث الفيديو على الانتشار بهذا الشكل. فلديها محتوى حساس ومشوق وتقنيين أكفاء يحرصون على أن يصل ذلك الفيديو للجميع.

*: أحضرت القلم لاحقاً ... انا بحاجته!

الفصل الثالث عشر:

الأمور بدأت تسير في صالح المنظمة... الثقة عادت لأعضائها. على الرغم من أنه مازال لديهم معارضين إلا أن عدداً لا يُستهان به من الشعب بدأوا بالتعاطف معهم. الإعلان انقسم إلى عدة أقسام ما بين معارض للمنظمة أو معارض للدولة أو الوقوف في الجانب الحيادي بدون الإنحياز إلى أحد. أما القسم الأخير من الإعلان فكان معارضاً للجميع.

المنظمة تعقد اجتماعاً لمناقشة ما جرى... يفتتح عمرو الإجتماع قائلاً: " زملائي القادة... نحن نشهد العصر الذهبي لمُنظمتنا العزيزة هذه... وهي مرحلة جديدة لخطوة أكبر وأعظم ".

يقف الدكتور أسعد مقاطعاً عمرو ويبدأ بالتصفيق... يتبعه اثنين من القادة... سرعان ما شاركه الجميع بالتصفيق ... الجميع ما عدا شخص واحد... ذلك صحيح إنه المسؤول جيم. اكتفى بنصف إبتسامة مزيفة مع هز رأسه قليلاً للأمام.

"يعود ذلك لخطتك العبقرية أيها البروفيسور عمرو!" يقول ذلك أسعد بنبرة صوت مرتفعة.

عمرو مجيباً من خلف المنصة التي في منتصف القاعة: "أشكرك جزيل الشكر صديقي و \زميلي الدكتور أسعد".

عمرو يصمت قليلاً... يقوم بزمجرة خفيفة مهيئاً حنجرته للاستمرار بالحديث : " دعونا نناقش بعض الأمور المهمة الآن... علينا اتخاذ بعض القرارات فيما يخص المرحلة القادمة وهو الهدف الرئيسي من استدعائكم. نحن أمام مفترق طُرق... إمَا أن نتوسع في تعيين المزيد من الأعضاء تحت راية المنظمة أو نحاول تكبير نطاق عملنا بالتواصل مع أُناس في المدن المجاورة والبدء بنشر معتقدنا. حسناً... إن أردتم رأي فإنني أرى أننا مازلنا بحاجة لتعيين المزيد من الأعضاء في المنظمة قبل أن نخطو الخطوة الأكبر بالتوسع في مدن آخرى أو حتى بلدان آخرى. لكن في النهاية... القرار يجب أن يكون بالأغلبية ". يعود عمرو الى مقعده ويتيح الكلام لأحد آخر.

يضغط المسؤول جيم على الزر الخاص بالتحدث أمامه الذي يُستخدم لتحديد من يريد التكلم فإن تم الضغط عليه من قِبل أحد غيره مسبقاً وأنار باللون الأحمر فعليه الإنتظار حتى ينتهي. الزر الذي أمامه أنار باللون الأخضر، يشرع بالكلام قائلاً: " أنا مع فكرة التوسع ولدي بعض الأصدقاء المسؤولين في المدن و الدول المجاورة... بوسعي اقناعهم بالأمر. أعتقد أننا في مرحلة مناسبة لهذه الخطوة ولا داعي للتأخير ".

تنتشر بعض الدردشات بصوت منخفض بين أرجاء القاعة... "هل يود أحدكم قول المزيد عن هذا الأمر؟" يقول عمرو.

لحظات من الصمت... لم يضغط أحد على زر التحدث. " حسناً لنقوم بالتصويت " يقول عمرو رافعاً يديه الاثنتين، يحث الجميع على التصويت في هذا الإفتاء المقترح ليختاروا بين هاتين الطريقتين.

ينتهي التصويت... 58% صوتوا بتجنيد المزيد من الأعضاء داخل الدولة. في مقابل 42% منهم صوتوا بالتوسع في نطاق أوسع. المسؤول جيم يشُد على قبضته مُستاءاً لما آل إليه التصويت. هو بموقف محرج الآن بعد ما قاله أمام الجميع لكنه لم يستطع إقناعهم برأيه. " هذه ليست المرة الأولى التي يحرجني بها عمرو أمام قادة المنظمة " يُردد المسؤول جيم في ذهنه، يتبعها القليل من الشتائم بصوت منخفض جداً صادرة من خلف القناع الذي يرتديه.

في الطرف الآخر المعادي... وفي غرفة أصغر بمراحل من تلك القاعة التي عُقد فيها اجتماع المنظمة... المحققون يأتون الى مقرهم الذي مازال سرياً حفاظاً على حياتهم المهددة بالخطر. وجوه بائسة تتجمع حول الطاولة المستديرة. المحققان حلا وحازم بإنتظار قدوم نجدت الذي طلب استدعائهم.

حازم مخطاباً حلا بنبرة صوت منخفضة: " بدأت أشعر بالإحباط بشأن هذه القضية... لا نكاد نُحرز تقدماً إلا ونرجع خطوتين الى الوراء. اعتقدت أن الأمر لن يطول حتى نقضي على المنظمة بعد قبضنا على أحد المقيمين... لكن أنظري الآن بدأوا بضم عامة الشعب لصالحهم والأمور تزداد تعقيداً. يا إلهي ... لن أعود لحياتي الطبيعية ورؤية أصحابي من جديد ".

تجيب حلا بنبرة صوت أعلى نسبياً: " لا تكون متشائماً هكذا! سوف نتغلب عليهم لدي شعور قوي حيال ذلك. على الرغم من أني أوافقك الرأي حول عودتنا لحياتنا الطبيعية... أكاد أجن للذهاب الى المقهى الذي اجتمع به مع رفقائي... حتى أنّ صديقتي المقربة تمر بمرحلة اكتئاب شديد لاعتقادها وفاتي ". صوت حلا يعود ينخفض تدريجياً وعيناها تبدأ باللمعان لكن تأبى البكاء، تستمر قائلة: "سحقاً... متى نقضي على تلك المنظمة!".

يجيب حازم بنظرة جانبية وإبتسامة خفيفة: " عجباً!... لم أدرك أن وراء شخصية حلا القوية التى يخشاها الجميع جانباً حساساً رقيقاً ".

تجيب حلا وهي ترمقه بنظرة حادة: " أنا إنسانة بالنهاية لست حجراً! ".

دقائق معدودة... نجدت يدخل من غرفة الاجتماعات، بيده اليمنى عكازه وبيده اليسرى كوب الشاي خاصته.

نجدت بصوته الأجش: " كيف حالكم أيها المحققون؟ ".

يجيب حازم: " بخير... لكن لا أعتقد أن احداً منا على أتم حال بعد حادثة الفيديو المنتشر".

نجدت: " لا تقلق كثيراً حيال هذا الأمر مازال هناك فئة كبيرة تعاديهم ويتمنون زوالهم... منظمة كتلك من المستحيل أن تكسب تعاطف الجميع في صالحها. لك أن تتخيل عدد الأفراد الذين خسروا أشخاصاً يحبونهم بسبب ذلك السُم ". يقوم بزمجرة صوته قليلاً ثم يستمر قائلاً: " على كلٍ ... أريد منكم أن تستعيدوا حماسكم فنحن لم نستخدم جميع كروتنا بعد! ".

حلا بعينين قد اتسعت وجسد أقترب لا أرادياً صوب الطاولة المستديرة: " عن أي كروت تتحدث؟ ".

نجدت يجيب: " مازال هناك كرت لم نستخدمه كما يجب بعد ألا وهو معرفة ملامح قائد المنظمة البروفيسور عمرو ".

حازم يقترب ايضاً بكرسيه تجاه الطاولة ثم يقول بابتسامة عريضة: "ذلك صحيح! دعونا ننشر صوره في جميع نقاط التفتيش".

تجيب حلا: " ليس لدينا بصمة وجهه الدقيقة لإيقافه... قد يتطلب الأمر توقيف المئات للتوصل إليه ".

نجدت: " ذلك صحيح ... لكنه يستحق العناء بكل تأكيد. بالإضافة لابد أنه أدرك بخيانة قيس له و فضح معالم وجهه ووجود شبيه له في الهجمة التي حصلت في مبنى 45ب لا يمكن أن يكون محض صدفة ! وكردة فعل طبيعية بعد الهجمة من عمرو في الغالب أنه قام بتغيير ببعض الأشياء بشكله. الأشياء المميزة مثل نظارته، تسريحة شعر جديدة أو حتى صبغها...

لذا أرسلوا للتقني الذي قام بصنع نموذج مقارب لملامح عمرو ليقوم بجميع الإحتمالات الوارد تغييرها وإرسال النماذج إلى نقاط التفتيش. أريد القبض عليه على قيد الحياة. وضحوا أهمية هذه المهمة أريد من جميع أعضاء الشرطة أن يستطيعوا تمييز عمرو أكثر من تمييز أمه له ! ".

يتم إرسال نماذِج وأشكال مختلفة لعمرو تارة بشعر طويل وتارة بشعر مجعد قصير وتارة أصلع كلياً. بنظارات او بدونها. جميع نقاط التفتيش قد بُلغت بالأمر.

أسعد يقود سيارته بإتجاه الجامعة الي يُدرس بها... النسيم بارد جداً في هذا الصباح الباكر... يقوم بتشغيل التدفئة في سيارته ويشرع بالانطلاق. " يا إلهي! ما هذه الزحمة الخانقة! ". يقول ذلك أسعد بعد رؤيته الزحمة المرورية في الطريق السريع المؤدي للجامعة. يتأفف من هذا الوضع ثم يقول: " لا بد أن هناك حادث مروري سبب هذه الأزمة. على هذا المعدل سوف أصل متأخراً عن موعد المحاضرة لا محالة ". بعض مضي ربع ساعة... يقترب أسعد من نقطة تفتيش قد وضعت في منتصف الطريق السريع... "نقطة تفتيش هنا! لا عجب أن هناك أزدحام شديد، ما بال هؤلاء ماذا يريدون".

بعد مئة متر... أسعد أصبح عند نقطة التفتيش. يُخاطبه ضابط الشرطة قائلاً: "أنزل النافذة كلياً حتى أتمكن من رؤيتك بوضوح". أسعد ينفذ ما طلبه منه مع إبتسامة متصنعة ركيكة ". ضابط الشرطة لم يعجبه ذلك... يخاطبه وهو ممسك لرخصة قيادته قائلاً: " سيد أسعد هلا ارتجلت من سيارتك لطفاً؟ ".

يجيب أسعد وهو يفتح الباب ويهم بالخروج: "يا إلهي أنتم تأخرونني عن عملي! أوراقي كاملة. تفقد ما تريد ودعني أذهب". ضابط الشرطة كان أكثر أتزاناً وتمالكاً لأعصابه يجيبه بنبرة بطيئة: " هناك أمر يجب أن اتفقده أولاً ثم أدعك تذهب ". يحمل بيده شريحة إلكترونية يضغط عليها، إذا بها تظهر نماذج ثلاثية الأبعاد لوجه عمرو بتسريحات وملابس مختلفة! يحدق بأسعد قليلاً ثم بالنماذج... يعد ذلك مراراً تكراراً ثم يمد يده قائلاً: " تفضل رخصتك... يمكنك الذهاب الآن ".

يقود أسعد سيارته مبتعداً عن نقطة التفتيش... يفكر في ذهنه: " هل ما رأيته للتو حقيقي؟! ". ينتظر ليبتعد أكثر عن نقطة التفتيش ثم يجري إتصالاً مع عمرو... بإنتظار أن يُجيب عمرو يرد على المكالمة صوتية: " أسعد! صباح الخير... ليست من عاداتك الإتصال بي في الصباح الباكر، أعلم جيداً أنك لست من محبي التحدث في أول الصباح ". يجيب أسعد بنبرة سريعة: "اهلاً اهلاً عمرو... ليس هناك وقت للمقدمات... أين أنت؟".

يجيب عمرو: "انطلقت لتوي بسيارتي متجهاً للمكتب. ما بالك تتكلم بهذه الطريقة هل هناك خطب ما؟".

أسعد صارخاً بصوت مرتفع: " أركن السيارة في الحال وأخرج منها! ".

عمرو: " هلا هدأت من روعك قليلاً وأخبرتني ماذا يحدث بوضوح ".

أسعد: "أوقفني للتو نقطة تفتيش... ليس بغرض تفقد رخصة المرور ولا ليقول لي صباح الخير. يبحثون عن شخص محدد بذاته. يبحثون عنك أنت يا صاحب الجمجمة اللامعة (أسعد يلقب عمرو بذلك بعد أن حلق شعر رأسه كلياً)".

عمرو: " يا إلهي لابد أنه بسبب المعتوه قيس الذي أفشى ملامحي. اعتقدت انهم لن يقدموا على خطوة كذلك لعدَم حوزتهم على بصمة وجهي الدقيقة ".

يجيب أسعد: " قد لا يكون لديهم بصمة وجهك لكن لديهم ملامحك بشكل دقيق ونماذج متعددة عنك بأشكال مختلفة. لذلك يجب عليك التوقف والخروج من سيارتك فوراً ولا تفكر ابداً باستخدام المواصلات العامة ".

عمرو: " لا تكن مجنوناً!... اصبحت بعيداً عن المنزل لا يمكنني العودة سيراً على الأقدام. سوف أقوم بالانعطاف الآن وأسلك طرق فرعية ريثما أصل للمنزل ".

أسعد يعض على قبضته يبدو عليه التوتر أكثر من عمرو ذاته... ثم يقول: " حسناً حسناً... كن حذراً وأخبرني لحظة عودتك للمنزل لاطمئن ".

عمرو يقوم بالانعطاف بسيارته يسلُك أحد الطرق الفرعية لتجنب حواجز التفتيش... يبتعد قدر الإمكان عن الشارع الرئيسي. يقود سيارته ببرود أعصاب كأن شيءً لم يحدث وغير مبالي بكون المدينة كلها تبحث عنه. جهاز الملاحة في سيارته يشير أن مازال لديه عشر دقائق للوصول لوجهته. "انعطف يميناً بعد مئة متر" جهاز الملاحة بصوت امرأة. ها هو عمرو ينعطف يميناً كما أشارت. يضغط المكابح بقوة لحظة انعطافِه... يتفاجأ بسيارة متوقفة أمامه يقول: "حمدلله! كدت اصطدم بها!". يحني عمرو رأسه جهة الشمال ليرى ما سبب توقف هذه السيارة في منتصف الشارع هنا... ليجد سيارة أخرى أمامه وأمام تلك السيارة حاجز تفتيش... "سُحقاً.. سحقاً! ما يجب عليّ فعله؟! ". برود الأعصاب قد تلاشى كلياً. يرفع يده نحو رأسه لشد خصل شعره كعادته عند التفكير لكنه ينسى أنه قام بحلاقة شعره... يفكر: " هل أبقى على ما أنا عليه عسى أن لا يوقفوني أم أخرج من السيارة واشرع بالجري بعيداً! ". يستمر محدثاً نفسه: "لا تكن أحمق اسمي بالرخصة عمرو ولا يوجد أحد يُشبه تلك النماذج أكثر من صاحبها! بالتأكيد الخيار الثاني!". يأخذ نفساً عميقاً... يلتف بنظرة خاطفة جهة اليمين والشمال يحدد أي اتجاه أنسب للهروب. "يوجد مفترقات طرق أكثر جهة اليمين لكن الإلتفاف سيقلل من سرعتي في البداية سأذهب جهة الشمال". مدة ذلك التفكير لم يستغرق مقدار فرقعة أصابع. يفتح باب السيارة وينطلق بالجري. أعضاء الشرطة الواقفون على الحاجز لاحظوا ذلك... الأمر بالملاحقة!

اثنان منهم يبدأون بالجري خلف عمرو والثالث يتجه صوب الدباب الناري خاصته للحاق بهم. عمرو يجري بكل ما أوتي من قوة، يجري لإنقاذ حياته. يأخذ منعطفاً ضيقاً عسى أن يشتتهم. يلتفت للخلف يراهم من بعيد مازالوا خلفه. " على هذا المعدل لن ينتهي الأمر جيداً... انا لست شاباً كما كنت! عليّ الاختباء في أي مكان بعد المنعطف القادم " عمرو يفكر في ذهنه. هناك منعطف على بعد عشرين متراً شمالاً. يتجه صوبه وبعد عمارتين يقفز داخل منزل في الدور الأرضي. لقد آذى كاحله... يزحف ليقترب جهة الجدار ليبتعد عن زاوية الرؤية... يسمع أصوات أقدام تمر من فوقه، ها هي تبتعد قليلاً. " سُحقاً! أين اختفى؟ " أحد أعضاء الشرطة مخاطباً زميله.

عمرو مازال يسمع أصواتهم ... لم يبتعدوا كثيراً... يتنفس الصعداء للحظات. يلتفت برأسه قليلاً... يرى فتاة صغيرة بعمر الخمس سنين تقريباً تقف مصدومة لوجود رجل غريب في حديقة منزلها! تقف جامدة بلا حراك وبيدها اليمنى شطيرة شوكولا. فمها بدأت بالاتساع ببطء... هي على وشك الصراخ! عمرو يخاطب نفسه: "قل شيئاً.. قل شيئاً ... أي شيء لا تدعها تصرخ اللعنة قل أي شيء فقط".

"هل رأيتي فتاة تُدعى آية؟ كنت ابحث عنها في كل مكان" مخاطباً الفتاة الصغيرة بصوت منخفض.

الفتاة الصغيرة أغلقت فمها... ثم ابتسمت قائلة: "آية! هي صديقتي... نلعب سوياً في المدرسة. هل أنت أبوها؟".

عمرو مع إيماءة رأسه: " أجل، أجل... أنا والدها! كانت برفقتي ثم اختفت. حسبت أنها قدمت إلى هنا لتلعب معك، لابد أنها مازالت في الأعلى ".

تجيب الفتاة الصغيرة: "اوووه ... أين هي دعنا نلعب سوياً. لكن عليّ الإستئذان من والدتي أولاً".

عمرو: "لا لا... لا داعي لإخبار والدتك. نحن على عجلة من أمرنا الآن. سأصطحبها إليك في المرة القادمة.... أنا أعدك".

يصمت عمرو قليلاً ... ثم يقول: " أين هي والدتك الآن؟ ".

الفتاة الصغيرة: " في المطبخ... هي من أعد لي هذه الشطيرة ".

عمرو يضع يده على رأسه من جديد... يفكر ملياً في الأمر كيف سيخرج من هنا.

يخاطب الفتاة ويقول: " ما رأيك أن نلعب لعبة سريعة قبل أن أذهب... لعبة الإختباء! انت تقومين بالعد وأنا أختبئ، إن وجدتني سوف اصطحبكما انت وآية الى الحديقة وأشتري لكم المثلجات. ما رأيك بذلك؟ ".

تبتسم الفتاة ابتسامة عريضة مُلؤها البراءة والشوكولا ثم تقول: " موافقة! ".

يضيف عمرو قائلاً: " نسيت أن أخبرك شيئاً أسمي الطائر الأزرق... الآن اذهبي الى غرفتك وعّدي ستين ثانية بصوت مرتفع أريد أن أسمعك بوضوح. وعند الإنتهاء قولي، أيها الطائر الأزرق أين أنت؟ حتى أدرك أنك انتهيتي من العد ".

تجيب الفتاة: " اسمك غريب بعض الشيء... لكن حسناً ".

تذهب الفتاة الصغيرة الى غرفتها وتبدأ بالعد بصوت مرتفع... والدتها تستغرب من ذلك تتساءل: "مع من تلعب تلك الفتاة!" تدخل الغرفة لتجدها مازالت مستمرة في العد... تسألها: " مع من تلعبين؟ ". الفتاة لا تجيب. تُبقي عيناها مغمضة وتستمر بالعد. أثناء ذلك يتسلل عمرو بخفة ويخرج خارج المنزل من الباب الأمامي. تنتهي الفتاة من العد. تقول "أيها الطائر الأزرق أين أنت؟".

" من هو الطائر الأزرق؟ " تسألوها والدتها.

تجيب الفتاة: " إنه والد صديقتي إننا نلعب سوياً ".

والدة تلك الفتاة تفكر: " الطائر الأزرق! لابد أنه صديق تخيلي من وحي مخيلتها! ". بدأوا البحث لكنهم لم يجدوا أحداً في المنزل. الاسم الغريب الذي قام عمرو بفبركَته لهذه الغاية بالتحديد. وإلا فإن تلك الأم ستذهب باحثة عن غريب الأطوار الذي اقتحم منزلها!

عمرو يتجه صوب الباب الرئيسي للعمارة... يفتحه قليلاً بزاوية تُتيح رؤية من في الخارج... الشرطة في كل مكان، عدد أعضاء الشرطة المتواجدين أضعاف ما كانوا عليه في الحاجز. يُغلق الباب من جديد ببطئ تام ويرجع الى داخل المبنى.

عمرو يخاطب نفسه: " لا يمكنني البقاء هنا... عليَ إيجاد مكان أختبئ به ".

العمارة صغيرة نوعا ما، مكونه من خمس أدوار. يقرر عمرو الصعود الى الدور الرابع والبقاء في الغرفة الخاصة بتجميع النفايات.

يتصل بصديقه أسعد مجدداً قائلاً: " صديقي انا في حالة لا أُحسد عليها ".

يجيب أسعد بصوت مرتجف: " ماذا حدث هل أنت بخير؟ هل قبضوا عليك؟ ".

عمرو: " هدء من روعك قليلاً... لم يحدث ذلك، أو بالأصح لم يحدث ذلك بعد. لقد صادفتني إحدى نقاط التفتيش في طريق عودتي. لم أعلم ماذا عليّ فعله فقررت الهروب. الشرطة رأتني وبدأت اللحاق بي. قمت بإضاعتِهم لكني الآن محتجز بإحدى المباني ".

أسعد: " أيه الأحمق!... قلت لك أن تترك سيارتك وتعود مشياً على الأقدام منذ البداية ".

عمرو: " دعنا من ذلك الآن... لا أعلم ما يجب عليّ فعله ولا يمكنني الخروج لتفقد الوضع في الخارج ".

يجيب أسعد: " سأتي حالاً لتفقد الأمر. أرسل موقعك وسأتولى أمر مراقبة الوضع من الخارج " يصمت قليلاً ثم يقول: " لحظة ماذا عن سيارتك هل هي إحدى سياراتك الخاصة أم التابعة للمنظمة ".

عمرو: " إنها تابعة للمنظمة... تحت إسم وهمي لا تقلق حيال ذلك ".

أسعد يعتذر لطلابه يخبرهم أن لديه ظرف طارئ ويتوجب عليه الذهاب... ينطلق مسرعاً نحو الموقع الذي أرسله عمرو. بعد نصف ساعة تقريباً ... استطاع الوصول لكن المكان محاصر تماماً من جميع المداخل!

أسعد يتصل بعمرو قائلاً: " المكان محاصر ليس بمقدوري التقدم أكثر... ماذا فعلت حتى أحدثت كل هذه الجلبة! هل أنت متأكد أنك هربت فقط ".

يجيب عمرو: " يا إلهي... يبدو أن الأمر سيطول ".

بعد مضي ثلاث ساعات من الانتظار... أصوات الشرطة تقترب... تلك الأصوات قادمة من الطرف الآخر للعمارة. يبدو أنهم بدأوا بتفتيش المباني في ذلك الشارع! يقترب أكثر صوب الباب. دقائق تلتها... أصوات الشرطة بدأت تعلو أكثر. هم في ذات العمارة الآن! " ماذا يجب عليّ فعله الآن؟ " يردد عمرو في ذهنه. الشرطة تفتش كل منزل. عند دخولهم المنزل الأول... ذلك المنزل الذي اختبأ به أثناء ملاحقة الشرطة له أول مرة. تفتح السيدة (والدة الطفلة الصغيرة) الباب لهم. ضابط الشرطة يقول: "مرحباً سيدتي... أعتذر عن الإزعاج لديَ إذن بتفتيش المنزل نبحث عن رجل مطلوب فر من نقطة التفتيش في هذا الصباح. هل رأيت رجلاً بهذه المواصفات اليوم؟ " (يُريها النماذج التي تشبه عمرو).

تجيب السيدة وهي تضُم طِفلتها: " أعتذر لم أرى شخصاً بهذه الصفات ".

أحد أعضاء الشرطة يُخبرالضابط: " لم نجد شيءاً هنا... هل ننتقل الى الشقة التالية؟ ".

يجيب ضابط الشرطة: " أجل ". يلتفت صوب السيدة ثم يقول: " أعتذر عن الإزعاج مجدداً... سنغادر في الحال ".

الطفلة تقوم بشد قميص والدتها... تقول: " ماما... ماماا ".

والدتها: " ماذا تريدين؟ ".

تجيب الطفلة: " إن إحدى الصور التي أرانا إياها الشرطي تشبه صورة الطائر الأزرق والد صديقتي! ".

والدتها ترتجف لحظة لسماعها ذلك..." عن ماذا تتحدث ابنتي! ... هل يعقل أنها رأته في الصباح، إن كان ذلك صحيحاً فإن الرجل المطلوب كان في منزلي! أم أن صغيرتي تشابه عليها صديقها الخيالي بسبب كثرة الوجوه التي رأتها فقد كانت لرجل بتسريحات مختلفة ". أعضاء الشرطة يغادرون... إن كانت تريد الكلام فتلك هي فرصتها. تتردد في ذلك، مازالت ترتجف. ترفع يدها تريد مناداتهم بالعودة... لكنها تقرر عدم قول شيء. تريد من الجميع مغادرة منزلها فقط.

الأصوات بدأت تقترب أكثر... يقرر عمرو الإختباء في إحدى مكب النفايات. يقوم أحد رجال الشرطة بتفقد سريع لغرفة مكب النفايات. سرعان ما يخرج منها. ليستمروا البحث في باقي الشقق. بعد مضي نصف ساعة... ها هم رجال الشرطة يهُمون بالخروج من المبنى. يخرج عمرو من مكب النفايات يلتقط أنفاسه. يسعل سعالاً حاداً. يضع يديه فوق ركبتيه وضهره منحني. يقول في ذهنه: " لو أني استغرقت وقتاً أطول داخل تلك النفايات كنت سأسلم نفسي بإرادتي... الرائِحة لم تعُد تحتمل ".

يتصل أسعد لاحقاً بعد مضي خمس دقائق... " كيف الحال لديك؟ إني أرى الشرطة مستنفرة في الدقائق الماضية ".

يجيب عمرو: "لقد قاموا بجولة تفتيش في المبنى الذي أنا به. لكن الأمور على ما يرام. لم يلاحظوا وجودي".

أسعد: " تلك أخبار جيدة! ".

عمرو: " أجل من السهل عليك قول ذلك فلم تضطر للإختباء في حاوية نفايات! ".

أسعد لم يستطع كبح ضحكته رغم جدية الموقف: " هههههه! اتمنى لو كنت هناك لأشاهد ذلك ".

عمرو: " اضحك كما تشاء انا من وضعت نفسي في هذا الموقف... الشيء الجيد في الموضوع أني وجدت مشروباً غازياً غير فارغ كلياً. كنت أكاد أموت من العطش ".

أسعد: "حسناً... سأغلق الاتصال الآن... سأخبرك بالمستجدات لحظة مغادرة الشرطة الحي".

بعد مضي ساعتين... الشرطة تنتهي من تفتيش المباني في ذلك الشارع... يبدأو رجال الشرطة ركوب سياراتهم والرحيل. أسعد يترقبُهم بتمعن. ينتظرهم حتى يغادروا ليقترب أكثر صوب الموقع الذي يتواجد به عمرو. يقود سيارته ببطئ شديد. يقترب أكثر فأكثر. جهاز الملاحة يُشير أنه بقي مئة متر للوصول. " ماذا يفعلون هنا بحق الجحيم! ". يقولها أسعد بنبرة عالية بعد رؤيته سيارة شرطة مازالت متواجدة عند المدخل المؤدي للشارع الذي يتواجد به عمرو.

أسعد يتصل بعمرو ويقول: " عمرو لدي خبرين الأول جيد والثاني سيئ ".

يجيب عمرو متأففاً واضعاً يده على وجهه: " أعطني الخبر الجيد أولاً ".

أسعد: " الخبر الجيد أني رأيت سيارات الشرطة تغادر الموقع لم تعد المنطقة محاصرة. أما عن الخبر السيء لاتزال سيارتي شرطة في مدخَلي الشارع الذي تتواجد به لم تغادر ".

عمرو: " اها... تركوا سيارتين في الشارع الذي اختفيت فيه تحسباً لظهُوري. لكن على الأقل مرحلة التفتيش قد انتهت، لا يسعني الاختباء في حاوية القمامة مرة آخرى! ".

أسعد: " ماذا علينا فعله الآن؟ ".

عمرو: " اممم... اذهب استرح قليلاً وعد إلي بعد ثلاث ساعات تفقد الأمر. أحضر لي الطعام والماء فأنا أتضور جوعاً. تحسُباً قُم بالبحث باستخدام الحاسوب المركزي عن أحد أعضاء المنظمة ممن يقطنون في هذا الشارع. دعه هو من يمرر لي الطعام إن لم يغاروا حتى ذلك الوقت ".

أسعد: " حسناً!... أراك بعد ثلاث ساعات ".

عد مضي الوقت... يعود أسعد برفقته أحد المقيمين ممن يسكنون في ذات الشارع. يتفقد الأمر من مسافة بعيدة نسبياً. سيارتا الشرطة لم تتحرك بعد. يتصل بعمرو ويخبره بذلك.

يجيب عمرو بصوت مرتفع: " اللعنة! ". يتدارك أنه يجب عليه خفض صوته فهو مختبئ. يستمر قائلاً بصوت منخفض: " يا الهي هل سأبيت هنا الليلة! الى متى سيبقون على هذه الحالة؟! ".

أسعد: " من الناحية الإيجابية أحضرت لك بعض الطعام والماء. وبرفقتي أحد المقيمين ممن يقطنون في هذا الشارع في حال استوقفه رجال الشرطة ".

عمرو: " أسعد لا يمكنك تخيل مقدار حبي لك في هذه اللحظة *! ... أرسله إلي في الحال ".

عملية تهريب الطعام نجحت... يهم المقيم الذي أحضر الطعام بالرحيل لكن يستوقفه عمرو. الطعام يملأ فمه وفي يديه المزيد يقول: "لا يمكنك المغادرة الآن! لقد آتيت للتو ستسير الشكوك إن غادرت في الحال. أنتظر قليلاً ثم غادر".

تمُر الساعات... الشمس تغيب والظلام بدأ يحل... الشرطة مازالت محاصرة ذلك الشارع. يتصل عمرو بأسعد ليتفقد الأمر. أسعد نائم في السيارة. أُرهق من الأنتظار. نظارإته الذكية ترُن. ينأز مفجوعاً من الصوت، يدرك أن عمرو هو من يتصل.

يجيب أسعد بصوت ناعس: " أجل عمرو... ماذا حدث؟ هل من شيء جديد؟ ".

عمرو: " هل تمازحني ؟ انا من يجب عليَ سؤالك! هل مازالت الشرطة موجودة؟ ".

يجيب أسعد: " أمهلني لحظة ", يُميل رأسه قليلاً لتأكد. ثم يقول: "أجل مازالوا هنا".

عمرو يركل أحد أكياس القمامة... يقول: "اللعنة! لا يمكنني المكوث هنا طويلاً ذلك سيسبب مشكلة أكبر".

أسعد أيقظته تلك الجملة كلياً، يُعدل من جلسته: " ما هي! عن ماذا تتحدث؟ ".

عمرو وهو يسير ذهاباً وإياباً في غرفة النفايات المعتمة يقول: " هل تتذكر خطة التدمير الذاتي للمنظمة في حال ساءت الأحوال وخرجت عن السيطرة؟ ".

أسعد: " أجل بالتأكيد! كيف لي أن أنسى تلك الخطة المجنونة! ".

يستمر عمرو قائلاً: " تلك الخطة وضعناها للتدمير المنظمة بأكملها ما عدا نحن المؤسسين في حال إغتيالِي أو خروج الأمور عن سيطرتنا. لذا تمت برمجة الحاسوب الذي بمنزلي بمساعدة بلال (صديق عمرو القديم، عبقري البرمجة) لإرسال أمر البدء بخطة التدمير الذاتي الى عمي الموكل بتنفيذ المهمة في حال موتي. الحاسوب مبرمج بعد تنازلي مدته ثمان وأربعين ساعة اقوم تجديده بنفسي كل مرة. إن انتهى العد التنازلي فذلك يعني موتي وعليه الشروع بالخطة ".

*: شعوري عندما يحضر أحد لي الطعام.

أسعد: " الأمر بسيط! فقد اتصل بعمك وأخبره عدم تنفيذ الخطة في حال انتهاء الوقت المحدد وأنك مازلت على قيد الحياة، أو يمكنني الذهاب لمنزلك لتجديد الوقت المتبقي ".

عمرو: " اولاً، لم اتواصل معه عبر النظارات الذكية قط. حفظاً على سلامته في حال تم القبض علي ووقعت النظارات في أيدي السلطة. الطريقة الوحيدة التي اتواصل معه بها هي عبر الكمبيوتر الذي بمنزلي لكونه مُشفر كلياً. ثانياً، لا يمكنك تجديد الوقت بنفسك، الأمر يتطلب بصمتي أنا ".

أسعد: " إنها حالة طارئة! أخبرني أين يسكن عَمك؟ سأذهب لأُعلمه بنفسي ".

يجيب عمرو: " لقد اخترت عمي لهذه المهمة لكونه بعيداً كل البعد عن قلب الحدث. هو يعيش في مدينة آخرى يلزمُك أربع عشر ساعة بالطائرة للوصول إليه ".

أسعد: " اهااا ... كم باقي على انتهاء الوقت؟ وماذا عليّ فعله الآن!؟ ".

عمرو يرفع يده يضع يده على رأسه الخالي من الشعر. يجيب أسعد قائلاً: " آخر مرة قمت بتجديد الوقت كان في الأمس في الصباح حوالي الساعة الثامنة. لدينا اثني عشر ساعة متبقية. اتجه إلى منزلي الآن وأخبر بلال باللحاق بك عسى أن يكون بمقدوره عمل شيء لإيقاف ذلك ".

أسعد ينطلق مسرعاً... يخبر بلال بالأمر ليتبعه نحو منزل عمرو. يقوم أسعد بفتح الباب بالمفتاح الإحتياطي الذي قد أعطاه إياه عمرو مُسبقاً. يتسم المنزل بطابع ديكور حديث وبسيط. ينتشر على جدران المنزل بعض اللوحات ذات المعاني المبهمة العميقة التي تتطلب التمعن الكثير لإدراك معناها. المنزل منظم ومرتب جداً بشكل يجعلك تشعر بعدم الإرتياح للبقاء فيه مدة طويلة، تخشى أن تُخل بذلك التنظيم المرعب. منزل عمرو يعكس الكثير عن شخصيته... دقائق معدودة... بلال قد وصل.

بلال يقول: " أخبرني ماذا جرى بحق الجحيم؟ كيف آل الأمر بعمرو الى هذا الحال؟ ".

يجيب أسعد: " إنها قصة طويلة... دعنا نركز على المشكلة التي أمامنا. هل باستطاعتك إيقاف الحاسوب من إرسال أمر التدمير الذاتي أو تجديد الوقت المتبقي؟ ".

بلال واضعاً يده على وجهه... يتأفف ثم يقول: "لا يمكنني الجزم بذلك لكن دعني أتفحص الأم".

بعد مضي نصف ساعة من الزمن... أسعد يقول: " ما الذي يستغرقُك كل هذا الوقت؟ ألا يمكنك فصل الكهرباء عن الجهاز فقط؟".

بلال يرمُق أسعد بطرف عينه ثم يقول بنبرة استهزائية: "انت عبقري جداً! كيف لم يخطر ذلك في بالي! كيف أصبحت عالم كيمياء! بالطبع ذلك لن يفيد بشيء. فالوقت لن يتغير بجهاز الإستقبال عند عم عمرو إن فعلنا ذلك".

أسعد: " ما الذي تحاول فعله إذاً كل هذا الوقت؟ ".

يجيب بلال: " أحاول الولوج الى الجهاز متخطياً البصمة الخاصة بعمرو".

أسعد: " وهل تظن أنه بوسعك فعل ذلك؟ ".

بلال: " الأمر ليس بالسهل إن لم تفلح الطريقة التي أحاول بها الآن، سأستخدِم طريقة آخرى ".

بلال يتوقف عن المحاولة... ينهض عن الكرسي بحركة عنيفة... يرجع رأسه للوراء قليلاً، يأخذ نفساً عميقاً... يقول: " يا إلهي الأمر مرهق جداً ". يغلق جهازه ويهم بالخروج.

ينادي أسعد عليه قائلاً: " الى أين أنت ذاهب؟ " .

يجيب بلال: " الى المنزل... الطريقة الأولى لم تفلح. سأذهب لإحضار بعض المعدات من منزلي، فلدي برنامج آمل أن يعمل في فك هذه الشفرة ".

يذهب بلال لإحضار العدة الخاصة به... في أثناء ذلك... يتصل عمرو بأسعد: "هل من جديد؟".

يجيب أسعد: " ما من جديد... بلال في طريقه إلى منزله لإحضار بعض الأجهزة الخاصة، سيحاول فتح جهازك بطريقة ما على حسب قوله".

عمرو: " حسناً... أطلعني بالمستجدات ".

.....

يعود بلال محملاً بالعديد من الأجهزة... " هل تريد بناء محطة فضائية هنا؟ " يتساءل أسعد بلهجة ساخرة.

يجيب بلال وهو يلهث من شدة التعب: " هيا لا وقت للمزاح... أحتاج مساعدتك، ابحث بين هذه الأجهزة عن ملف يُدعى (فك الشفرة بدلالة بصمة متقاربة) لا أتذكر في أي جهاز كان ".

يهرعان بوضع الأجهزة على الطاولة الكبيرة في منتصف الغرفة والبدء بتشغيلها... يتفقدانها جميعها الواحد تلو الأخر...

يصرخ أسعد بصوت بصوت مرتفع: " وجدته! ".

يجيب بلال: " عظيم! احضره الى الطاولة التي عليها جهاز عمرو ".

يجلسان كلاهما خلف الطاولة... يتساءل أسعد واضعاً يده على ذقنه... "ما مبدأ عمل الطريقة الثانية؟".

بلال يخرج يداً الكترونية من حقيبته... يُشير إليها بيده ثم يقول: " هل ترى هذه اليد؟ باستطاعتها مسح البصمات العالقة على الأشياء وعمل نسخة مطابقة لها ".

يجيب أسعد بحماس شديد: " عظيم! اذاً يمكننا مسح بصمات عمرو على زر كشف البصمة والتمكن من فك الشفرة ".

بلال وهو يهز رأسه افقياً ببطئ: " الأمر ليس بهذه السهولة. فالبصمة المأخوذة لن تكون دقيقة مئة بالمئة وأن جزء منها قد يكون مفقود لكن باستخدامها كمرجع أساسي وبمساعدة البرنامج الذي وجدته سيفرض تعديلات بسيطة باستمرار على تلك البصمة المأخوذة حتى يتم إيجاد البصمة المطابقة ".

أسعد: " اهااا فهمت ما تشير إليه... كم من الوقت قد تستغرق لإيجادها؟ ".

بلال: " على امل انها ستنجح... قد تستغرق بضع ساعات ".

(الوقت المتبقي 9 ساعات).

بعد مضي أربع ساعات... يصدر الكمبيوتر المحمول الخاص ببلال صوتاً... أسعد يغط في نوم عميق على الأريكة. يتجه بلال صوب الكمبيوتر المحمول ليتفقد الأمر. البرنامج نجح بفك الشفرة بالفعل!... كمبيوتر عمرو قد فُتح الآن!

ينده بلال مُوقظاً أسعد بصوت مرتفع وإبتسامة غامرة: "أسعد!! استيقظ في الحال.. البرنامج نجح بفك الشفرة!".

يستيقظ أسعد مرعوباً... ينهض مسرعاً... عيناه لم تفتح كلياً بعد ثم يقول: "رائع! قم بتجدِيد الوقت المتبقي بسرعة".

بلال يقوم بتمديد يداه للأمام ثم يرفع إصبع السبابة عالياً ويقول: "الوقت المتبقي للتدمير الذاتي أربع ساعات والآن ...". يضغط على زر تجديد الوقت. " أصبح ثمان وأربعين ساعة من جديد".

أسعد يقوم بأخذ نَفس عميق... اخيراً زال الهم عن كتفيه... يخاطب بلال قائلاً: " يا للجنون هل لك أن تتخيل أنه كان من الممكن كم شخص كان من الممكن أن يموت بسبب تلك المشكلة! عليك تعديل البرنامج بإطالة المدة او إضافة بصماتنا في الحالات الطارئة كتلك ".

يقول بلال مع الإيماءة برأسه: " ذلك صحيح... لم نتوقع حدوث ذلك، بالإضافة أن فكرة التدمير الذاتي خطرت لذهن عمرو في الآونة الأخيرة بعد أن أصبحت الأمور أكثر تعقيداً. لم تكن قيد الحسبان من قبل، سأعيد برمجته لتصبح ثلاث أو أربع أيام وأضيف بصمتي بعد خروج عمرو من هذه الأزمة".

أسعد يتصل بعمرو: " كيف حالك يا صاحب الجمجمة الساطعة؟ " .

يجيب عمرو: " اجلس على درج الطوارئ في ضوء خافت لأكثر من اثني عشر ساعة... أنا بأفضل حال على الإطلاق! ظهري بدأ يؤلمني. لكن يبدو على صوتك السعادة... هل استطاع بلال حل المشكلة؟ ".

يجيب أسعد: " اجل! كل شيء على ما يرام الآن ".

عمرو: "أود أن أرقص فرحاً بسماع هذا الخبر لكن لا يمكنني إحداث الضجة... انتهى دورك هناك. الآن قم بالعودة الى هنا لتفقد أمر الشرطة".

أسعد: " حسناً... انا في طريقي إليك ".

يصل أسعد الى الحي الفرعي الذي يتواجد به عمرو... الوقت متأخر جداً... الظلام دامس ولا يوجد سوى بعض سيارات تمر كل حين وحين. يتصل بعمرو ويقول: " الشرطة مازالت متواجدة... صديقي لا يمكنني المكوث هنا كثيراً، سأُثير الكثير من الشكوك في هذا الوقت المتأخر من الليل. بالإضافة زوجتي سوف تقتلني إن نمت خارج المنزل! سأعود إليك غداً في الصباح الباكر. إبقى حذراً ".

يجيب عمرو: " حسناً... أتفهم الأمر. عُد إلى هنا في الصباح الباكر. أكاد أُجن هنا ".

في صباح اليوم التالي ...

ينهض أسعد مُبكراً... يشرع بإرتداء ملابسه... تتساءل زوجته: "مازال الوقت مبكرا جداً! حتى إن الشمس لم تشرق كلياً بعد".

يجيب أسعد: " لا اعلم ما المشكلة في الطرقات مؤخراً، لكن بالأمس تأخرت عن المحاضرة بسبب حواجز التفتيش المنتشرة "

زوجة أسعد: " اجل سمعت بذلك في الأمس... إنهم في كل مكان. اعتني بنفسك عزيزي ".

يقترب أسعد ليقبل زوجته ثم يهم بالمغادرة قائلاً: " أراك لاحقاً حبيبتي ".

ها هو أسعد يصل للشارع الذي يتواجد به عمرو...

أسعد يتصل بعمرو عبر النظارات الذكية بمكالمة صوتية... لكن عمرو لا يجيب! يثير ذلك قلق أسعد. يتصل مراراً وتكراراً. لا يوجد رد. عند المحاولة الثامنة يجيب عمرو بصوت ناعس: " اهلاً أسعد... يا إلهي ظهري يؤلمني بشدة، لقد كانت أسوء ليلة أبات فيها بحياتي كلها! أخبرني هل غادرت الشرطة؟ ".

يجيب أسعد: "الشرطة لاتزال متواجدة في الحي، لكنها لم تعد مغلقة الشارع الذي أنت به. أعتقد أنه بإمكانك المغادرة الآن".

يجيب عمرو وهو مغلقاً عيناه: " ذلك الخبر بقيمة مئة مليون. أخرجني من هنا أرجوك ".

أسعد: " لا عليك... يسعك الخروج. أنا بانتظارك أسفل باب العمارة ".

ينهض عمرو... عظامه تصدر صوت فرقعة من أثر وضعية النوم السيئة. ملامح وجهه تتغير فجأة كأنه افتكر شيئاً مهماً يقول: "هناك شيء آخر مهم. يجب عليك تفقد طريق عودتنا إلى المنزل أن يكون خالياً من نقاط التفتيش".

يجيب أسعد بإبتسامة: "لقد تفقدت ذلك مسبقاً... اتجهت لمنزلك أولاً قبل مجيئي الى هنا. أعلم الطريق الذي سنسلُكه في العودة".

عمرو يجيب: " انت عبقري... لا عَجب أنك صديقي المفضل ".

عملية إرجاع عمرو الى منزله بأمان تمت بنجاح... لكن الشرطة لا تزال تبحث عنه في كل مكان.

....

الفصل الرابع عشر:

خمس أيام بعد الحادثة التي كادت تودي بالقبض على البروفيسور عمرو...

الشرطة بدأت بتقليل نقاط التفتيش المنتشرة في كل مكان. فتلك العملية تستنزف الكثير من القوات وتُبطئ من سرعة الحركة المرورية. عمرو قام بتربية لحية خفيفة في الأيام الماضية بعد تلك الحادثة. بدأ يشعر بالضجر. يتجول في أرجاء منزله ذهاباً وإياباً. يقرر عمرو أن عليه فعل شيء ما ولا يمكنه البقاء في منزله لمدة أطول بهذا الشكل. يرتدي نظارته الذكية ذات اللون الأسود الجديدة ويقوم بإجراء مكالمة صوتية.

عمرو متحدثاً عبر نظارتِه الذكية: " الوو... كيف حالك يا صديقي؟ ".

يجيب الطرف الآخر: " اهلاً يا عمرو!... أنا بخير! لم اتوقع اتصالك بي. كيف حالك أنت؟ ".

يجيب عمرو وهو مازال يتجول في أرجاء المنزل: "أنا على ما يرام... لا بُد أنك سمعت بما حدث مُنذ بضعة أيام".

يجيب الطرف الآخر بصوت خالي من أي تعابير. بصوت لاعب البوكر! هي أقرب ما يصف ذلك: " أجل يا عمرو سمعت بذلك، يجب عليك توخي الحذر أكثر ".

عمرو يقول: "أنت محق في ذلك صديقي جيم... كنت أود الذهاب لتفقد أمور العمل (يقصد المنظمة) وتطورات عملية توظيف المزيد من الناس. لكن في حالتي هذه لا يمكنني الخروج. وانت الوحيد الذي يمكنه مساعدتي في الأمر".

يجيب المسؤول جيم ويقول: " لا تقلق يا عمرو... أطلب ما تشاء وسوف أساعدك ".

يجيب عمرو واضعاً يده على صلعة رأسه: "هل يمكنك توفير لي سيارة سياسية تحوي على مُلصق يمنع التعرض لها؟".

يقول المسؤول جيم: "تلك فكرة ذكية! حسناً سأسعى لتوفيرها لك في أقرب ما يمكن. انتظر مني مكالمة قريبة حين يتم الأمر".

بالفعل المسؤول جيم وبحكم منصبه المهم في الدولة يوفر تلك السيارة ويُرسلها إلى عمرو مع سائق خاص. في هذه الحالة أصبح بإمكان عمرو التجول بسلاسة أكثر دون التعرض له أو إيقافه عند أي حاجز شرطة. يتجه عمرو بتلك السيارة الى أحد مقرات المنظمة لتفقد المستجدات في خطة التوسع بتعيين المزيد وضمهم الى المنظمة. يجري بعض الإتصالات ويتأمل في إحدى التقارير التي وردته. نسبة الذين وافقوا على الانضمام إلى المنظمة مقارنة بالذين رفضوا ازدادت بشكل ملحوظ. يعود ذلك للشعبية التي اكتسبتها المنظمة بعد نشر ذلك الفيديو. " كل شيء يسير على ما يرام " يردد عمرو في ذهنه.

بعض مضي بضع ساعات... يتصل المسؤول جيم بعمرو.

" مرحبا عمرو كيف حالك؟ اتصل للتأكد بأن كل شيء على ما يرام ". يقول المسؤول جيم.

يجيب عمرو قائلاً: " أنا بخير... اشكرك جزيل الشكر على توفير تلك السيارة لي ".

المسؤول جيم يجيب: "لا شكر على واجب يا صديقي... لن أتردد لحظة في خدمة شيء يصب في مصلحة عملنا".

عمرو: " ذلك صحيح... لطالما كنت عوناً لنا ".

يصمت المسؤول جيم قليلاً ثم يقول بنبرة صوت أنعم: " كنت أود أن أطلب منك خدمة بسيطة ".

يستغرب عمرو من ذلك الكلام! يُنزل قدمه التي كانت ملتفة على القدم الأخرى... يجلس بشكل مستقيم ويقترب أكثر بكرسيه من طاولة العمل ثم يقول: "بالتأكيد... كيف باستطاعتي مساعدتك؟".

يستمر المسؤول جيم بذات النبرة: " أريد منك أن توفر لي ترياق مضاد للسُم الخاص بالمنظمة. تحسباً للحالات الطارئة. أنا واثق أنك لو خاطبت الدكتور أسعد سيوافق على إعطائه إياك. أعلم أن ذلك مخالفاً لقوانين المنظمة لكن ألا تظن أنه طلب بسيط مقابل كل ما قدمته ومازالت أقدِمه للمنظمة؟ ".

عمرو أدرك منذ البداية أن وراء تلك المقدمة طلب مشبوه. يُفكر ملياً قبل أن يجيب. يردد في ذهنه: " لا يمكنني إعطائُه شيء مماثل. من الناحية الأخرى، ليست فكرة سديدة أن أقول له لا، فهو مهم جداً في المنظمة ويخدمنا في عدة مواضع. يا إلهي ماذا عليَ فعله؟ ".

بعد صمت دام طويلاً يجيب عمرو قائلاً: " حسناً يا صديقي سأتحدث مع الدكتور أسعد بهذا الشأن وأسعى لتوفيره لك في وقت قريب ".

المسؤول جيم: "شكراً لك يا عمرو... كنت واثقاً أنك لن تردني خائباً. انتظر منك إعلامي لحظة توفر الترياق".

....

في مساء ذلك اليوم ... أسعد وعمرو يلعبان الشطرنج في شقة عمرو... يجلسان بالقرب من النافذة الكبيرة المطلة من ارتفاع شاهق على أبراج أخرى ونهر اصطناعي في المنتصف. إنارة تلك المباني جميلة جداً. ليست مبالغ فيها بل كانت ذو طابع فني مريح للنظر بجانب النهر الاصطناعي المُنار باللون الأزرق. ومع الجو هادئ يستمران في اللعب... يخاطب أسعد عمرو قائلاً وهو يحرك أحد أحجار اللعبة: " كيف وجدت سير العمل في توظيف المزيد من الأعضاء في المنظمة؟ ".

يُجيب عمرو قائلاً: "الأمور على ما يرام... لكن هناك مشاكل مالية بدأت بالظهور. أنت تعلم أن مصادر الدخل الرئيسية للمنظمة تكمن في الشركات التي اسسناها في بادئ الأمر بمساعدة المتبرعين من كبار شخصيات المنظمة والضرائب التي نأخذها من الأعضاء الذين نوفر لهم الأعمال الثانوية التي هي غطاء لعملهم الرئيسي في المنظمة. بالمختصر، الأرقام تشير أن المصاريف ستصبح أكثر من الأرباح بعد التعيينات الجديدة".

أسعد: "لقد واجهنا هذه المعضلة من قبل وقد اضفنا قانون ينص بإن توفي أحد أعضاء المنظمة فعليه توريث نصف أملاكه للمنظمة في حال وفاته".

عمرو: " ذلك لم يعد يكفي الآن ".

أسعد: " هل لديك حلول أخرى؟ ".

يتأفف عمرو ثم يقوم بتحريك حجر اللعب ويقول: " لا أعلم ما علينا فعله... لكن أخشى أننا سنرغم بالبدء بإحدى التجارات الممنوعة ".

يجيب أسعد: " يبدو أنك تفكر بشيء محدد في ذهنك! ".

يقول عمرو: " في الواقع هناك العديد من الخيارات، لدينا العوامل اللازمة التي تدعمنا لتأسيس شيء كذلك. أبحث عن الشيء الأقل ضراراً وعدوانية. أخشى من تلك الخطوة أن تحول المنظمة لما هو أشبه بعصابات المافيا الهمجية ".

إنه دور أسعد باللعب... يقوم بحركته ثم يقول: " أنت محق... لا تقلق سنتشاور مع باقي أعضاء المنظمة لإيجاد حل ".

عمرو يدقق النظر بطاولة الشطرنج ثم يقول: " تلك حركة سيئة جداً! ستخسر في سبع حركات كحد أقصى! أما فيما يتعلق مشكلتنا المادية أنت محق لابد من استشارة قادة المنظمة فهم أدرى بالأمور المادية ".

أسعد واضعاً يده على ذقنه بعد أن أدرك أنه خاسر لا محالة: " هل نبدأ لعبة جديدة؟ ".

يقول عمرو: " حسناً! ... لقد افتكرت هل أحضرت لي الترياق الخاص بالمسؤول جيم؟ ".

يجيب أسعد: " أجل أنه بحوزتي ".

....

يتم عقد اجتماع لقادة المنظمة لمناقشة آخر المستجدات... قبل دخول عمرو للقاعة يتقدم أحد ما بإتجاهه. لم يستطع معرفة هويته فقد كان يرتدي أحد الأقنعة السوداء التي يرتديها كبار الشخصيات أثناء الاجتماع للحفاظ على سرية هويتهم. يقف أمامه مباشرة ثم يتحدث: " كيف حالك يا عمرو؟ إنه أنا جيم ".

يجيب عمرو: " أهلا يا صديقي... انا بخير، كيف حالك انت؟ ".

المسؤول جيم: " انا بخير ايضاً... لا أُريد الإطالة، الاجتماع على وشك البدء. هل أحضرت لي الترياق كما وعدتني؟ ".

يُخرج عمرو علبة صغيرة من جيبه... يمررها الى جيم ثم يقول: " تفضل... ها هي كما طلبت. أرجو منك الحفاظ على سرية الموضوع لا أريد أن يعلم باقي القادة بالأمر. أنا أفعل هذا من أجلك فقط ".

جيم يضع العلبة الصغيرة في جيب معطفه ويلتفت مغادراً وهو يقول: "بالتأكيد... أراك لاحقاً".

حان وقت بدء الاجتماع... الجميع يتجه الى القاعة المستديرة الكبيرة... يفتتح عمرو كعادته الأجتماع مُرحباً بجميع الحضور.

عمرو يقول: " اهلاً بكم أعزائي القادة... اليوم سنناقش بعض الأمور المهمة جداً بشأن منظمتنا ". يصمت قليلاً ثم يستمر القول: "خطة ضم المزيد الى أعضاء المنظمة سارت على أحسن وجه! حتى أن نسبة الموافقة كانت أكبر من المتوقع. ذلك شيء يبشر بخير. لكن على الصعيد الآخر تعيين هذا الكم الجديد من الناس في وقت قصير سيستنزفُنا مادياً وعلينا إيجاد حل لذلك سوياً. سأقوم بفتح خيار الاقتراح بالأجهزة التي أمامكم. ارجو من الجميع ذكر اقتراحاته لهذه المشكلة سواء بتأسيس عمل جديد أو تعديل بالقوانين اياً يكن. لا يوجد قيود بالاقتراحات فجميعها سيُناقش في نهاية الأمر".

يعطى مجال نصف ساعة للتفكير بالأمر وملئ الاقتراحات. البعض منهم لم ترده أي فكرة والبعض الأخر لم يتوقف عن كتابة الاقتراحات. تنتهي النصف ساعة... حان الآن وقت عرض الاقتراحات ومناقشتها. يتقدم عمرو من جديد نحو منتصف القاعة. يعرض جميع الاقتراحات على الشاشة الكبيرة ويبدأ بذكرها. الأفكار كانت متنوعة منها تأسيس عمل جديد في الصناعة الغذائية والعقارية وآخرى ممنوعة كتجارة المخدرات. الجدير بالذكر كان هناك اقتراح مختلف عن البقية! الاقتراح الأكثر دموية والأقل إنسانية ألا وهو جعل فرع من المنظمة يعمل بالقتل المأجور. على الرغم من وحشية الاقتراح إلا أنه يتناسب جداً مع المنظمة حيث القتلة مدربين موجودين بالفعل وبلا شك أنه سيجلب الكثير من المال.

قرأ عمرو جميع الاقتراحات من غير التعليق عليها أو التحفظ على أي منها. يطلب من القادة فئة س أن يختاروا كل منهم أفضل ثلاث اقتراحات لمناقشتها. بعد الانتهاء من الاختيار... تبقى منها ثلاث فقط!

يقول عمرو أمام الملأ: " الاقتراحات المختارة هي... واحد، التجارة بالمخدرات. ثانياً تهريب البضائع خارج وداخل الدولة. ثالثاً واخيراً تأسيس فرع من المنظمة للعمل بالقتل المأجور".

جميع الاقتراحات المختارة كانت خارجة عن القانون! لا عجب بذلك، المنظمة اصبحت على مستوى عالي جداً دفع بقادتها الأحساس أنه بإمكانهم العمل بأي شيء حتى لو كان خارج القانون. عمرو بداخله لم يكن يشعر بالرضى، لم يعجبه أي من الخيارات المختارة لكن بدأ قلقه يزيد حول اقتراح تأسس فرع خاص بالقتل المأجور. فذلك بعيد كل البعد عن الحلم الخاص بالفروفيسور عمرو.

يبدأ عمرو بمناقشة كل اقتراح على حدة قائلاً: " فيما يتعلق بالاقتراح الأول... ألا وهو تجارة المخدرات، خيار صالح للتطبيق الجانب الإيجابي فيه وجود علاقات قوية لدينا تمكننا من العمل بذلك على الرغم من أنه غير قانوني. بالإضافة لوجود كيميائين كثر تابعين للمنظمة قد يساعدوا في صناعة بعض المخدرات الكيميائية الدارجة مؤخراً. الجانب السلبي فيها الضرر الذي سيخلفه ذلك على المجتمع الذي نحاول رد التوازن له. لكن تلك المخدرات منتشرة على أي حال ودخول منظمة كبيرة كمنظمَتنا بذلك المجال يعني السيطرة التامة عليه وإمكانية إيقافه متى شئنا مع مراعاة بيعها للدول التي تسمح بذلك بشكل قانوني.

أما عن الخيار الثاني... ألا وهو تهريب البضائع داخل وخارج الدولة. الإيجابية في هذه الخيار كونه سهل التنفيذ حيث لا يحتاج سوى لمعارف قوية على الحدود وهو شيء يتوفر لدينا. سلبيات هذا الخيار هو الضرر الكبير الذي سيخلفه في دولتنا من الناحية الاقتصادية والأمنية. بالنهاية لا نُريد أن نزعزع الأمن والاقتصاد.

الخيار الأخير... إنشاء فرع خاص بالقتل بالمأجور تابع للمنظمة. هذا الخيار هو الأكثر فعالية من ناحية التطبيق فلدينا القتلة المدربين بالفعل والأحتياطات الأمنية من أن يتم القبض علينا متواجدة فلدينا الإجراءات الاحترازية مسبقاً. لكن هذا الخيار ينافي تماماً لمبدأ المنظمة الأساسي! ليس من حقنا قتل ارواح لم تقترف أي خطأ لمجرد أن أحداً ما لديه المال ويريد قتله. من رأيي الشخصي انا ضد هذا القرار كلياً. نحن بنهاية الأمر نسعى لدخل مالي إضافي لتوازن المنظمة وليس هدفنا الأساسي هو المال. إن كان كذلك لطبقنا جميع تلك المقترحات. نحن في مرحلة تتطلب أن تتسخ أيدينا ببعض الأعمال القذرة لذا أرجوا ألا ننجرف كلياً عن رؤية منظمتنا الرئيسية ونتحول لمجرد عصابة مافيا كبيرة ".

ينتهي عمرو من خطابه ويسأل باقي أعضاء المنظمة إذا ما كانوا يودون إضافة تعليق على ذلك... بالفعل تحدث القليل عن بعض انواع المخدرات المقترح التجارة بها والمعارف ذات صلة بالأمر. البعض الآخر أيَد الخيار الأخير... تنتهي فترة المحاورة. يشرع عمرو بفتح إستفتاء والتصويت على القرار النهائي.

عند إنتهاء التصويت... تظهر النتيجة على الشاشة الكبيرة التي تغطي جميع الجهات بثلاث مئة وستون درجة. فهي ملتفة بشكل مستدير وثلاثية الأبعاد. النتيجة هي فوز الاقتراح الأول! يضرب أحد المتواجدين الطاولة التي أمامه بقبضة يده إشارة على الإستياء لما آل إليه التصويت. ذلك الشخص كان المسؤول جيم من خلف القناع! لما هذا الإستياء الشديد! أجل الخيار الأخير ببدأ تطبيق القتل المأجور كان اقتراحه. وكالعادة خطاب عمرو واسلوبه المقنع الفصيح أدى الى فوز الاقتراح الأول. يغادر المسؤول جيم من القاعة مُستاءً مما حصل. لم يستطع عمرو تمييز من الذي غادر، الجميع يرتدي الأقنعة السوداء. لكن ذلك لم يكن ما يشغل باله. الشيء الذي أقلقه كون النسبة 58% لصالح الخيار الأول، ونسبة 7% للخيار الثاني. أما الخيار الأخير فصوت له 35% " ذلك رقم كبير! هذا يعني وجود العديد من قادة المنظمة من لديهم الجانب الدموي ويسعون للتقدم بأي ثمن غير مكترثين بمبدأ المنظمة الأساسي ". يردد ذلك عمرو في ذهنه.

ينتهي الاجتماع وينصرف الجميع... لم يبقى في القاعة سوى عمرو وأسعد... ينزل أسعد من اعلى المدرج باتجاه عمرو الجالس في المنتصف. أسعد مرتدياً البدلة الرسمية. هو ليس من محبي هذا النوع من الملابس، يفضل اللباس الفضفاض المريح. يخلع معطفه ويضعه جانباً ثم يقول: " أعتقد أن الأمور سارت على ما يرام... أليس كذلك؟ ".

يجيب عمرو بصوت هادئ: " أجل نوعاً ما... كان من الممكن أن تكون الأمور أسوأ من ذلك. لكن نسبة من أيدوا تأسيس العمل بالقتل المأجور كانت مرتفعة! يجب علينا التفكير بإعادة هيكلة قادة المنظمة بشكل جَدي ".

أسعد قاطباً حاجبيه: "ذلك شيء ليس بالهين! انت تتكلم عن عزل أناس ذو مناصب عالية في الدولة ومكانة مرموقة في المجتمع. هم كانوا معنا منذ البداية. لا أعتقد أن احداً منهم سيتقبل عزله وطرده من المنظمة بصدر رحب!".

ينظر عمرو الى أسعد بزاوية عينه ويقول: " من قال أي شيء بخصوص طردِهم! ".

يلتفت أسعد متفقداً خلو القاعة تماماً... يقترب أكثر نحو عمرو ويقول: "هل جننت! تُريد أن تقتلهم!".

يجيب عمرو: " لا يوجد حل آخر... الوقت ليس مناسباً الآن لتلك الخطوة. لكن يجب علينا فعلها في مرحلة ما. يتوجب علينا في بادئ الأمر توفير بديل لهم أولاً. فنحن لسنا مستقرين مالياً بعد ونحتاج بعضهم لمناصبهم المهمة في الدولة ".

أسعد: "فهمت ما تعنيه... يبدو أنَ علينا البحث بجدية وسرية تامة لضم أُناس جدد ذوي مناصب في الدولة".

عمرو: " أجل... صحيح ".

عملية البحث والتنقيب عن شخصيات مرموقة بالدولة بدأت من جديد وبسرية تامة. أما عن خطة تأسيس تجارة المخدرات وكّل لهذه المهمة خمس من القادة من الفئة س بدراسة الموضوع لمعرفتهم بعض الأشخاص القائمين على ذلك المجال. إن المنظمة لا تسعى للمنافسة الشريفة! فلا يوجد شيء كهذا في السوق السوداء. الهدف الرئيسي إيجاد أكبر تجار للمخدرات في الدولة والقضاء عليهم. أشبه بإقامة حرب ضد العصابات المنتشرة في البلدة. ومن أفضل من المنظمة في القتل! يقتلوا بسلاسة ومن غير ترك أي أثر. قد يتطلب بعض الوقت... لكن الكفة في صالح المنظمة لا محالة.

يوماً بعد يوم... الأخبار تنتشر عن مقتل مجرمين هاربين وأشخاص أصحاب تاريخ مليئ بالجرائم. المنظمة تعمل بشكل جيد وفقاً للخطة. عصابات المافيا وتجار المخدرات شعروا بأن شيءاً مريباً يحدث. هم على دراية تامة أن المنظمة خلف ذلك. فمن غيرهم يقتل بالسُم البَطيئ! أصبحت المنظمة العدو الأول لتجار المخدرات، لكن ما الذي بوسعهم فعله إن كانت الدولة باستنفارِها التام لم تستطع إيقافهم منذ أكثر من سنة! كل شيء يسير وفقاً لما هو مخطط له. في أثناء ذلك يتم التواصل وبناء عملاء من الخارج ممن يريدون شراء تلك المخدرات استعداداً للبدء بخطوة الإنتاج. تم شراء بعض معامل الألبسة لتكون غطاءاً لمُختبرات تصنيع المخدرات وتجميعها.

....

بعد مضي شهر ... عملية البحث عن عمرو تراجعت تدريجياً حتى توقفت. لا يمكن أن يستمر البحث عنه وإيقاف الناس بشكل عشوائي لمجرد شبههم بعمرو لمدة طويلة. فذلك استنزف العديد من رجال الأمن ولم تظهر النتيجة المرجوة من عمليات الإيقاف تلك حتى الآن. نقاط التفتيش عادت لانتشارها الطبيعي قبل الأمر بالبحث عن عمرو. مع إبقاء صلاحية إيقاف أي مشتبه به لديه شبه كبير بوجه عمرو التي رسخت في أذهانهم بعد هذه المدة الطويلة من البحث.

يعقد إجتماع في مركز التحقيقات لمناقشة الأحداث المستجدة من الموت المفاجئ المتمركز في أفراد العصابات... يحضر ثلاثي المحققين المتبقين إلى قاعة الإجتماعات.

يفتتح المحقق نجدت الاجتماع بصوته الأجش مخاطباً حلا وحازم: " مساء الخير أبنائي... هل تسمحوا لي أن اناديكم بذلك؟ فإني أراكم بغلاوة أبنائي وأعتقد أننا وصلنا لمرحلة لم نعد نحتاج بها الى الرسمية الزائدة ".

يجيبا حلا وحازم في ذات الوقت: " أجل! ... أجل بالتأكيد! ".

يستمر نجدت بالقول: " أريد اليوم مناقشة حوادث الوفاة المنتشرة مؤخراً في فئة من المجرمين. العديد منهم كانوا مطلوبين للعدالة والدولة تبحث عنهُم مُنذ مدة. نحن على دراية تامة أن وراء تلك الإغتيالات هي المنظمة. لكن الغريب في الأمر كثرة الوفيات من تلك الفئة المجرمة وفي مناطق محددة في الشهر الماضي ".

يجيب حازم: " هي ليست المرة الأولى التي يلقى فيها المجرمون حتفهم بسبب السُم. لكن ذلك صحيح، الأمر يثير الشكوك! من المحتمل تسرب معلومات عن تلك العصابات والمجرمين إلى المنظمة مما أتاح لهم التغلغل بينهم وقتلهم ".

تضيف حلا وتقول: " أنت تشير للشمس على أنه مصدر الضوء! ما تقوله شيء بديهي. السؤال هو لما الآن بالتحديد! ينتابني شعور كون تلك العصابات تابعة للمنظمة كإحدى أعمالها الجانبية التي تساعدهم على التمويل وأنَ تلك الإغتيالات بسبب رفض بعض رجال العصابات الانصياع لهم. الاحتمال الآخر، كون المنظمة تريد ضم هذا النوم من التجارة القذرة الى أعمالها وتريد احتكاره ".

لقد استفزت بقولها هذا المحقق حازم... يُحدق إليها بنظرة ملؤها البغض. لكن في الحقيقة زاد قولها ذلك من إعجابه بها في داخله. فذلك التحليل كان أدق بكثير من تحليله الذي ابداه.

يرد نجدت على تلك التحليلات: " كلامك منطقي جداً يا حلا... مع العلم أني أحبذ فكرة وجود خلافات بين تلك العصابات والمنظمة فهذا في صالحنا، اتمنى وجود ذلك بالفعل. قد لا يكون بوسعنا فعل شيء حيال هذا الأمر في الوقت الراهن لكن لابد لنا من إبقائه قيد الحسبان ".

حلا مع إيماءة رأسها: " للأسف ذلك صحيح ".

تؤجل مناقشة هذا الأمر لوقت لاحق.

....

في الجانب الآخر... عملية بدء التجارة الغير مشروعة بالمخدرات في المنظمة تخطت مرحلة التأسيس. يتصل المسؤول جيم بعمرو وهو شيء لم يعتد عليه عمرو من قبل.

المسؤول جيم يقول: " مساء الخير... كيف حالك يا عمرو؟ ".

يجيب البروفيسور عمرو بصوت هادئ: " مساء الخير... انا على ما يرام... أنت كيف حالك؟! ".

المسؤول جيم: " بخير بخير... أود أن أتحدث معك في موضوع مهم يخص المنظمة. لا تقلق الخط مؤمن ولا يوجد أحد من حولي ".

عمرو تعلو نبرة صوته قليلاً: " أجل بالتأكيد!... ما الأمر؟ ".

المسؤول جيم: " فيما يتعلق بتجارة المخدرات التي نؤسِسها... لدي بعض الأصدقاء من خارج الدولة ممن يودون أن يكونوا جزءاً في هذه التجارة. لديهم نفوذ عالية في دولتهم وذلك سيساعدنا كثيراً. بالإضافة ستكون خطوة استباقية تحضيراً للمرحلة القادمة في المستقبل عندما نريد التوسع خارج الدولة ".

يجيب عمرو: " تلك أخبار جيدة! وكما يُقال عصفورين بحجر واحد ".

المسؤول جيم: " لذلك أود منك حضور اجتماعي معهم انت وباقي قادة المنظمة الخمس الذين وكلوا بإدارة هذا الأمر. حتى يكون الأمر أكثر شفافية وبموافقة الجميع ".

عمرو مع الإيماءة برأسه: " حسناً... سأتحدث مع القادة الخمس من فئة س الذين وكلتهم بإدارة تلك التجارة بهذا الأمر. فقط أخبرني بالموعد لإطلاعهم بذلك ".

المسؤول جيم: " لا عليك سأخبرك بالتفاصيل في وقت قريب ". يصمت قليلاً ثم يستمر بالقول: " ما رأيك بدعوة دكتور أسعد بالمجيئ ايضاً. فهو كيميائي وقد يفيدنا في الشرح للتجار جودة منتجنا بشكل علمي ودقيق. ذلك سيقوي جانبنا في مناقشة الأسعار".

يجيب عمرو: " امممم... لا اظن أنَ حضوره سيكون ذو أهمية لكن سأخبره بالمجيء على كل حال ".

المسؤول جيم: " حسناً... سأطلعك بالمستجدات قريباً انتظر مكالمة آخرى مني... الى اللقاء ".

يجيب عمرو: " الى اللقاء ".

لاحقاً بعد مرور يومين...

يتم تحديد مكان اللقاء مع تجار المخدرات من الدول المجاورة في إحدى فيلات المسؤول جيم الخاصة. يتجاوز عمرو بوابة الفيلا الكبيرة وبرفقته الدكتور أسعد في ذات السيارة.

يخاطب أسعد عمرو معلقاً: " يا إلهي!... يا لها من بوابة مترفة وشاهقة الارتفاع! ".

يجيب عمرو وهو ينظر من نافذة السيارة: " هي كذلك بالفعل! ".

تسير السيارة عبر ممر السيارات المؤدي الى مركز الفيلا.

أسعد: " استغرق منَا عشر دقائق من الوقت منذ دخولنا البوابة الرئيسية للوصول إلى المركز! هل يسكن في مدينة خاصة به!؟".

يجيب عمرو ضاحكاً: "يبدو كذلك! ... انظر جهة اليمين ها هو المبنى قد ظهر الآن. يا إلهي إنه قصر ليس بفيلا!".

تقف السيارة في الساحة المخصصة... يسرع سائق السيارة لفتح الباب لهم. أثناء نزولهم يلتفتون متأملين فخامة التصميم والمساحات الكبيرة الخضراء. أمَا عن موقف السيارات فهم محاطون بأترَف أنواع السيارات وأغلاها ثمناً. في الغالب يعود بعضها لباقي القادة والسيارات المرافقة لتجار المخدرات.

يقول أسعد: " يبدو أننا لسنا أول الواصلين ".

يتوجهان صوب بوابة القصر... يستقبلُهما عند البوابة اثنان من الرجال يرتدون بدلات رسمية بيضاء. لحظة دخولهما يتقدم نحوهم رجل ثالث بملابس أنيقة جداً.. يخاطبهم بكل لباقة: " البروفيسور عمرو... الدكتور أسعد... اهلا وسهلاً بكم سادتي الكرام. تفضلوا برفقتي رجاءاً حتى أدلكم إلى قاعة الإجتماعات... الجميع بانتظاركُم ".

لحظة دخولهم القاعة... يتأملون في تصميمها الجذاب. الجدران الخشبية المطرزة كانت الطابع السائد. طاولة بيضاوية في المنتصف. يعلوها ثرية عتيقة متشعبة ذو طراز قديم عثماني. خلف الكرسي الكبير المتصدر عن البقية يوجد نافذة كبيرة جداً مطلة على حديقة القصر. يقابلها في الطرف الآخر من الغرفة مرآة كبيرة بإطار ذهبي وفوق المرآة صورة للمسؤول جيم. ذلك التصميم يدل على نرجسية هذا الإنسان وحبه الشديد لنفسه حتى أنه يحب رؤية إنعكاس صورته وهو جالس خلف ذلك الكرسي المتصدر في المجلس. القادة الخمسة من الفئة س المسؤولين عن تجارة المخدرات وصلوا بالفعل.

عمرو يقول: " كيف حالكم يا سادة؟ هل تأخرنا عن الموعد المحدد؟ ".

يجيب أحدهم: " لا أنتم على الموعد... لقد جئنا للتو. لكن التجار لم يظهروا بعد ".

يجيب عمرو: " أن واثق أنهم سيظهرون قريباً. ربما سيأتُون برفقة المسؤول جيم ".

تمر عشرون دقيقة... لم يظهر أحد آخر بعد.

يفتح أحد العمال الباب... ليتقدم من خلف الباب المسؤول جيم بخطوات واثقة ومتزنة. يتجه صوب الكرسي المترف الذي يتصدر المجلس. لم يُسمع في تلك القاعة سوى خطوات سيره... يجلس على كرسيه ثم يشرع بالقول رافعاً يديه الاثنتان: " طاب يومكم أيها السادة الأعزاء... أهلاً وسهلاً بكم في بيتي المتواضع ".

يجيب أحد القادة الخمس ويقول: " طاب يومك... شكراً لاستضافتك لنا... كنت أتساءل متى سيأتون معارفك تجار المخدرات من الدول المجاورة؟ ".

ينظر المسؤول جيم بطرف عينه الى الأرض. يرفعها مجدداً ناظراً مباشرة في عيناه ثم يقول: "لن يأتوا!".

يبدي الجميع استيائهم من الأمر... يقول عمرو بنبرة خشنة: "ماذا تقصد بأنهم لن يأتوا! هل الغوا موعد الاجتماع!".

المسؤول جيم ببرود شديد يبقى صامتاً لوهلة... يضرب بأطراف اصابعه على الطاولة التي أمامه بيده اليمنى كأنه يعزف على البيانو. ثم يقول بصوت هادئ: " لا ... لم يلغوا الاجتماع ".

يتساءل أسعد: " إذا هل تم تأجيل موعد الاجتماع؟ ".

الجميع في حالة توتر وإستياء... يدور في أذهانهم: " كيف لهم أن يلغوا أو يأجلوا موعد معنا بهذا الشكل. ألا يعلمون من نحن ومع من يتعاملون!! ".

يجيب المسؤول جيم بذات برودة الأعصاب: "لا... في الحقيقة لا يوجد اجتماع مع تجار المخدرات منذ بادئ الأمر".

يجيب عليه أحد كبار السن من القادة الخمس الموكلين بتجارة المخدرات بنبرة توبيخ: " هل تمازحنا! لدينا أشغال كثيرة ولسنا في مزاج جيد لهذا الهراء! ".

المسؤول جيم وهو يرمق كبير السن الذي وبخه بطرف عينه... يجيب بنبرة صوت بدأت بالارتفاع كاسراً بذلك أسلوبه البارد في الكلام: " لقد جمعتكم هنا لسبب آخر تماماً... شيء سيطور من إدارتنا للمنظمة ويقودنا نحو القمة ".

عمرو مذهولاً بما يحدث. يحاول تمالك أعصابه ينظر بعيني المسؤول جيم نظرة جادة. يداه بدأت ترتجف مما دفعه لإخفائها تحت الطاولة لإخفاء توتره. يخاطبه بنبرة معتدلة: " ما الذي تنوي الوصول إليه بكلامك هذا؟ ".

يبتسم جيم إبتسامة عريضة... يتبعها ضحكة مستفزة يصدر منها صوت أنين مزعج ويقول: " ها هو الشخص الذي كنت أريد سماع صوته. الاجتماع هنا على شرفك! ". يرفع كأس الشراب الذي أمامه... ثم يستمر بالقول: " لم يعجبني أسلوبك في الحكم في الآونة الأخيرة. لذا قررت بنفسي أنه آن الأوان لك أن تتنحى عن قيادة المنظمة لشخص هو أدرى منك بتولي زمام الأمور ...صديقي اعجبت بشخصيتك منذ بداية معرفتي بك. لكنك اقترفت خطأ واحداً فقط ألا وهو ازعاجي شخصياً. افعل ما يحلو لك لكن لا تقلل من قيمة المسؤول الجيم! ".

يدخل يده داخل سترته الرسمية السوداء ليخرج مسدساً نارياً... يصوبه نحو كبير السن أحد قادة المنظمة الذي وبخه منذ قليل وبكل برودة أعصاب يُطلق النار! يلتقط السيد أنفاسه الأخيرة ليقع جثة هامدة من كرسيه. ينتشر الدم على الأرض الناصعة بالإضافة لبعض

القطرات التي لطخت الطاولة. يستمر المسؤول جيم بالقول: " لا يعجبني الأشخاص الذين يتعرضون إليَ شخصياً. أنا لم أكن أنوي قتله لكن هو من تسبب بذلك لنفسه بالتقليل من احترامه لي! هل رأيت يا عمرو؟ أتمنى أن تكون الصورة قد وضحت لك ".

الجميع في صدمة لما رأوه للتو! يتأملون بصديقهم الذي لقى حتفه لمجرد جملة قالها لحظة غضب.

يجيب أسعد بصوت هادئ وهو يتلعثم بالكلام: " لاا داعي للقلق صديقي... أنا واثق أنه باستطاعتنا حل أي مشكلة مهما كانت. إن كان هدفك قيادة المنظمة فعمرو سيتنازل عن قيادة المنظمة. هدفنا الأساسي استمرار المنظمة بفكرتها ولا يهم من يقودها... أأأ أليس كذلك؟ ونيابة عن عمرو أعتذر لو تسبب لك بشكل غير مقصود أي إحراج أو قلل من احترامك بغير علمه ".

يلتف أسعد صوب عمرو ويهمس له بصوت منخفض جداً: " قم بالاعتذار له ".

يجيب عليه عمرو بذات نبرة الصوت المنخفضة لم يسمعه أحد سوى أسعد. عيناه تلمعان، ترتسم ابتسامه خفيفة على وجنته ويقول:" آه يا صديقي كم انت بسيط وساذج... لقد خسرت لحظة دخولي القصر".

يجيب المسؤول جيم على كلام أسعد: "يعتذر! لا داعي للاعتذار يا دكتورنا العزيز أسعد! انا من يجب عليَ الاعتذار، اعتذر لما سأفعله الآن". يرفع مسدسه بسرعة مجدداً يصوبه نحو عمرو و يطلق النار في صدره!

يبدأ عمرو بالنزيف بشدة... يضع يده على مكان الجرح. لحظات معدودة... يسقط رأسه وجسده العلوي ويرتطم بالطاولة التي أمامه... أسعد يقوم بسحبه وهز جسده قائلاً: " عمرو!! إبقى معي أرجوك!! استيقظ!! ". لكن لا أمل. أصبح جسداً بلا روح. يرتعد أسعد غاضباً في وجه جيم: " هل فقدت عقلك أيها الحقير! لن تنجو بفعلتك هذه أيها الوغد ".

يجيبه المسؤول جيم ببرودة تامة: " هدئ من روعك يا دكتورنا! لقد كانت هناك مشكلة بسيطة وحُلت بالتراضي من قبل الطرفين! عُد الى الجلوس على مقعدك فأنا لا أريد إيذائك. دورك مهم في المنظمة ". يصمت قليلاً ثم يقول: " أتعلم ماذا! لدينا وصفة السُم في المخابر ومعاملنا تُصنعها بوجودك أو بدونك " يرفع مسدسه مجدداً ويُرديه قتيلاً بجانب صديقه عمرو. ببرودة تامة وكأنه لم يقتل ثلاث أشخاص لتوه. يطلب من مشرف العمال لديه القدوم إليه. يخاطبه ويقول: " قم بتنظيف مسدسي هذا وضع فيه طلقات جديدة بدل التي استهلكت! أمَا عن الأرضية فأحضر عمال النظافة لينظفوا الدماء قبل أن تجف. لا أريدها أن تترك أثر على الأرضية النظيفة. كدت أنسى... فيما يتعلق بالجثث فأنت تعلم كيف تتصرف بها ".

يلتفت نحو القادة الذي أصبح عددهم أربعة ويقول لهم بصوت هادئ: "سادتي الكرام... استمروا بمخططات تجارة المخدرات كما يجب ولا تكترثوا لهذه المشاكل البسيطة. أعلنوا لباقي أعضاء المنظمة فئة س أنني أصبحت قائد المنظمة. الغداء سيصبح جاهزاً بعد نصف ساعة. الرجاء منكم أن تتصرفوا بأريحية تامة!".

على الرغم من أنَ عمرو كان ينوي تصفية المسؤول جيم وبعض القادة الآخرين في وقت لاحق. إلا أنَ جيم باغته بحركة استباقية. يستلم المسؤول جيم بعد تلك الحادثة زمام قيادة المنظمة.

قام بتصفية عشر من القادة فئة س من الذين كانوا داعمين بقوة للبروفيسور عمرو. أحلل مكانهم فئة من أصدقائه لضمان تأييد رأيه وحيازته على الأغلبية. المنظمة تبدأ بأخذ منحرفاً

آخر عن مبدأها الأصلي. حيث أن جيم بدأ بتنفيذ خطته بإنشاء فرع من المنظمة خاص بالقتل المأجور. أجرى العديد من التعديلات في القوانين. أضاف قانون تصفية من يهدد أمن المنظمة بحيث يعطيه الصلاحية بقتل أي شخص يقف في طريقه. بدأ بالتواصل مع علاقاته الخارجية استعداداً للتوسع لاحقاً. المنظمة تزدهر من الناحية المالية ويفرض سيطرته على المنطقة. أمَا من الناحية الأخلاقية فهي بانحدار مستمر.

بعد مضي شهر على تولي المسؤول جيم الحُكم ووفاة عمرو وأسعد... في أرجاء بيت عمرو، البيت الذي يملئه الحزن؛ لم يعد نظيفاً خلاباً كما كان هو عليه. لا شيء يُسمع فيه سوى أصوات الرياح العاتية القادمة من الخارج. كأنما البيت في حالة حِداد. صوت باب البيت يُفتح. يتقدم شخص من الخارج بخطوة ليضيء أرجاء المنزل ويوقظه من حِداده... إنه بلال! يغلق الباب ويستمر بالسير بخطوات بطيئه. يرمي بمعطفه على الأريكة ثم يلحقها بجسده. يبقى على تلك الحال جالساً بلى حراك لبضعة دقائق. يتأفف واضعاً يديه على وجهه... ينهض فيما بعد متجهاً صوب الطاولة التي تحوي على جهاز الحاسوب الآلي الخاص بعمرو. بلال بقي في الشهر الأخير يُجدد العد التنازلي على ذلك الجهاز حتى لا يمنع عملية التدمير الذاتي للمنظمة.

بعد حادثة حصار عمرو في المبنى. تم إضافة بصمة بلال وأسعد للحالات الطارئة. يقف بلال خلف الجهاز يتأمل في العد التنازلي... بقي ساعة وعشر دقائق على انتهاء الوقت. يضع اصبعه فوق زر الأمر بإعادة العد التنازلي من جديد. لكنه لم يضغط الزر بعد. يُفكر ملياً "هل يجب عليَ الاستمرار بذلك او أنه حان وقت تنفيذ خطة التدمير؟ ". يضع يداه بشكل متشابك على الطاولة ويتكئ برأسه على يديه ثم يقول: " يا إلهي ماذا عليّ فعله؟! لقد عملنا بجهد كبير حتى وصلنا الى هذه المرحلة لكن الأمور تعقدت وتزداد سوءاً بعد وفاة عمرو وأسعد ". بعد مضي بضع دقائق... يرفع رأسه... ينهض من الكرسي. يخطف معطفه الذي على الأريكة ويغادر المنزل بخطوات سريعة! معلناً بذلك بقاء ساعة على بدء تنفيذ خطة التدمير الذاتي للمنظمة!

الفصل الخامس عشر:

عشرون ثانية متبقية حتى نهاية العد التنازلي... عشر ثواني... الزمن ينتهي! يظهر على جهاز عمرو طنين وإنذار ببدء تنفيذ المهمة. على بعد الآلاف من الكيلومترات وفي مدينة بعيدة كل البعد. يظهرعلى جهاز حاسوب موضوع بمكتبة أحد المنازل ذُو الطراز الخشبي القديم صوت طنين وإنذار صادر من ذلك الحاسوب. صاحب ذلك المنزل يسمع صوت خارج من غرفة مكتبه. ليتجه وهو يحمل كوب قهوته لتفقد الأمر.

" إنه وقت متأخر في المساء! ... أتعجب ما الأمر ". يدور ذلك في ذهنه أثناء سيره لتفقد الأمر.

يفتح باب الغرفة... يسير بضع خطوات ثم يقف جامداً. يمعن النظر ملياً بحاسوبه الآلي الذي يُصدر الصوت. يده لم تعد تقوى على حمل فنجان القهوة! تسقط وتتحطم ملطخة أرجاء الغرفة. يظهر على الشاشة (تم تفعيلها خطة التدمير ذاتي، عمرو قد مات).

ذلك الرجل هو عَم عمرو ويدعى هاشم. وهو الموكل بتنفيذ خطة.

بعد بضع ساعات... السيد هاشم يسير في ساحة المطار... على كبر سنه إلا أنه يسير بخطوات متسارعة.

عند نقطة تسليم الأمتعة واستكمال الحجز.

" هل لديك حقيبة أخرى سيد هاشم؟ ". تقول الموظفة في المطار.

يجيب السيد هاشم: " لا سيدتي... فقط هذه الحقيبة ".

موظفة المطار تمد يدها لإرجاع جواز السفر وتذكرة الصعود إلى الطائرة: " تفضل سيدي... رحلة سعيدة ".

الطيارة تُحلق... بعد مرور ساعات طويلة... تهبط من جديد... هاشم يخرج من الطائرة متجهاً نحو الفندق مباشرة. في قسم الاستقبال الخاص بالفندق. يتساءل الموظف عن رقم الحجز وفي نهاية الأمر يقول : " اذاً ستبقى ليوم واحد فقط ؟ ".

يجيب هاشم: "أجل... لن أمكث طويلاً... لدي عمل سريع عليَ إنجازه وسأغادر عقبها في الحال".

موظف الإستقبال يقول وهو يمرر بطاقة الغرفة: "تفضل ها هي بطاقتك. أتمنى لك ليلة سعيدة".

هاشم يدخل الجناح الخاص به. يضع حقيبته على السرير ويفتحها. يُخرج منها ظرفاً أبيض ثم يغادر الفندق بعدها. لم يلبث في الفندق سوى بضع دقائق. يلوح بيده لإحدى سيارات الأجرى. يصعد به ثم يقول: "الى السجن المركزي في المدينة رجاءًا".

بعد عدة دقائق... يحاول سائق الأجرة كسر الصمت... يقول: "ذلك السجن خاص بـ المحكومين بقضايا كبيرة. هل لك أحد مقرب فيه".

ينظر السيد هاشم بسائق بنظرة متعالية مع رفع رأسه قليلاً... يلتفت صوب نافذة السيارة ويجيب: " مع الإحترام الشديد لك. لكن الأمر لا يعنيك ".

يتمتم سائق السيارة، بالغالب تضمنت بعض الشتائم الغير مسموعة... يستمر بالقيادة.

عند الوصول الى السجن المركزي. يعرج هاشم من السيارة. يمد يده لإعطاء السائق أجرته ويقول: "احتفظ بالباقي". يلتفت ويكمل سيره. يدخل هاشم الى إدارة السجن... يتجه نحو قسم الزيارات ثم يطلب رؤية قيس فؤاد!

يقرع أحد حراس السجن على زنزانة قيس... ثم يقول: "قيس!... لديك زائر. اتجه نحو الغرفة المخصصة في وقت الزيارات".

قيس كان متكئ.. ينهض بردة فعل خاطفة. الحوار يدور في ذهنه: " زائر! أقرب الناس لي توفوا وليس لدي أقارب في هذه المدينة. عجباً من يكن! ".

في وقت الزيارات المخصص... يتجه قيس نحو الفاصل الزجاجي. ليجد رجلاً لم يراه من قبل.

يقول قيس مع هز رأسه افقياً: " مرحباً!! ".

يجيب هاشم: " اهلا سيد قيس... اسمي هاشم، انت لا تعرفني... لن أطيل عليك الزيارة على أية حال. أود منك سماع كلامي إلى أخره لو تكرمت ".

قيس وهو يشير بيده: " تفضل!... انا اسمعك! ".

يبدأ هاشم حديثه بزمجرة خفيفة: " انا عبارة عن مرسُول من قبل صديق قديم لك. ذلك الصديق هو البروفيسور عمرو. قبل أن تقول أي شيء دعني استمر في الكلام للنهاية... بحسب ما وردني من عمرو هناك خلاف بينك وبينه. على كل حال... عمرو قد مات. وإن كان ذلك هدفك. فمُبارك لك! لكنه قبل أن يتوفى طلب مني أن أعطيك هذه الرسالة ". يُمرر الرسالة من أسفل الحاجز الشفاف... ثم يستمر قائلاً: " هذه الرسالة تحتوي على شيئين مهمين. الأول، هو تفسير للخلاف بينك وبين عمرو. وإن لم تكن مهتم بذلك فالشيء الثاني لابد أنه سيثير اهتمامك ألا هو الحل لتدمير المنظمة بالكامل. أنا شخصياً لا أعلم لما أختارك عمرو انت بالذات لهذه المهمة المصيرية على الرغم من الخلاف بينكما لكن لابد أن لديه أسبابه " ينهض عن الكرسي ثم يقول قبل مغادرته: " دوري هنا قد انتهى... اتمنى لك نهاراً سعيداً ".

السيد هاشم كان عبارة عن مرسول لا أكثر. أشبه بحامل الشعلة في الألعاب الأولمبية. هدفه إعلان إشارة البدء لما هو قادم. والقادم أعظم!

قيس يعود زنزانته... يرمي بذلك الظرف على السرير. غير مبالي بما فيه. لا يسعه التفكير الآن سوى أنَ عمرو قد مات! غريمه الأول لم يعد موجود.

ذلك الشعور بالفراغ عند الأنتهاء من مهمة أو الوصول الى الهدف يُشعره بالاضطراب. أصابه تخبط بالمشاعر. لكن هناك سؤال يتبع هذه حالة دوماً: " ماذا عليّ فعله الآن؟ ".

قيس لم يشعر بالسعادة الغامرة التي كانت يتوقعها عند سماع هذا الخبر. فموت عمرو لن يُعيد له حبيبته بيسان. بالنهاية يبدو أن شعور الانتقام ليس مُرضي كما هو متوقع. يرقد قليلاً على سريره متأملاً بالظرف. يفكر في ذهنه: " إن ساهمت بإنهاء المنظمة فهل سأشعر بتحسن؟ أعني ذلك كان هدفي منذُ البداية. لكن كونها أصبحت الآن رغبة عمرو أيضاً تجعلني أتردد بذلك ".

الفضول قد ذبحه... يمزق طرف الظرف ليخرج الرسالة منه. يقرأها وصوت عمرو يصدع في ذهنه.

محتوى الرسالة:

صديقي قيس... لا أعلم إن لازال بوسعي مخاطبتك بذلك، لكنك بالنسبة لي كنت ولاتزال صديقاً عزيزاً لي. أردت تفسير ما حدث لك ولحبيبتك بيسان لكنك لم تدع لي مجالاً للتواصل معك بالإضافة أنني أصبحت مطلوباً وملامح وجهي معلومة للشرطة بفضلك! على كل حال. كنت اتمنى أن تثق بي. لكني اتفهم الوضع الذي مررت به. إن كنت تقرأ هذه الرسالة فهذا يعني وفاتي قبل أن أشرح لك ما حدث... عندما أرسلت لي رسالة تطلب فيها مساعدتي ذهبت صوب الحاسوب الرئيسي للمنظمة ومسحت أسمائكم من قائمة المطلوبين. أنت وبيسان اصبحتوا ميتين على أجهزة المنظمة. وما يُأكد كلامي بقائك حياً حتى هذه اللحظة مع علمك التام بقوة وانتشار المنظمة. لكن لسوء الحظ يبدو أن الأمر جاء متأخراً مما تسبب بوفاة بيسان. كنت أود لو أنك وثقت بي وأطلعتني بالأمر منذ البداية. هذا كان بما يتعلق بيني وبينك. واتمنى من كل قلبي أن ترى الأمر بعقلانية.

الموضوع الثاني والأهم... كونك تقرأ هذه الرسالة لا يعني وفاتي فحسب. بالإضافة لذلك فهذا يعني أن المنظمة بانحدار وتبتعد كل البعد عن هدفها الرئيسي وتصبح عصابة مافيا هدفها فرض سيطرتها لا أكثر. بقاء هذه المنظمة بهذا الحال والقوة التي فيها يعني أن النهاية قريبة ودموية. سأترك لك حل هذه المعضلة والقضاء على المنظمة بشكل تام. إنه موجود بحفرة أسفل الموقع الدقيق المُشار إليه خلف هذه الرسالة. تتساءل لما اخترتك أنت؟ في الحقيقة يوجد سببين؛ الأول معرفتك للمحققين الموثوقين المشرفين على هذه القضية. الثاني كونك أكثر شخص يُريد إنهاء وتدمير هذه المنظمة. كل ما عليك فعله هو تسليم هذا العنوان إلى المحققين.

(ملاحظة: استخدم هذه المساعدة كورقة رابحة للخروج من الأزمة التي أنت بها).

العداء البطيء عمرو.

هذا كان محتوى الرسالة... قيس يطوي الرسالة ويضعها جانباً. يُفكر ملياً ويردد في ذهنه: "هل يعقل أن عمرو ساعدني بالفعل بشطب أسمائنا من الحاسوب المركزي الخاص بالمنظمة! ما قاله صحيح فيما يتعلق بانتشار المنظمة وبقائي حياً حتى الآن. ماذا عن تدمير المنظمة بالكامل... يا إلهي إنه شيء مهول لا يمكن استيعابه في لحظات. هل من الممكن أنه يكذب؟ من المحتمل أنه لايزال على قيد الحياة وأنها خُدعة لإيقاع المحققين في الفخ! ... لا أعلم كل شيء جائز".

يبدأ بالتجول في زنزانته ذاهباً وإياباً... يقلب الأمر في ذهنه عسى أن يصل لصورة أوضح... يفكر: " مبدأياً تلك الرسالة من عمرو لا محالة. لذكره الرسالة التي أرسلتها له طالباً فيها المساعدة... لا يعلمها أحد سواه. الكلام الذي قاله فيما يتعلق بالمنظمة منطقي لكن لا يمكنني الجزم في نواياه. على كل حال لا يمكن لوضعي أن يزداد سوءاً! سوف اخاطر بالأمر وأصدقه ".

يطلب قيس من الحراس إجراء مكالمة هاتفية. يقوم بالاتصال برقم قد أعطاه إياه المحقق نجدت مُسبقاً للحالات الطارئة. تجيب عليه السكرتيرة الخاصة بالمحقق.

يقول قيس: "مرحباً... أود التحدث إلى المحقق نجدت لو سمحتي".

تجيب السكرتيرة: "المحقق نجدت غير متواجد آن. هل تود ترك رسالة له".

يجيب قيس: "اجل... قولي له قيس فؤاد يود التحدث إليك بموضوع مصيري ومهم جداً ". يصمت قليلاً ثم يقول بنبرة أسرع: " لا لا... قولي له أن يأتي إلي، هو يعلم أين يجدني، الأمر بغاية الأهمية ويتطلب وجوده".

بعد مرور ساعتين... يأتي نجدت الى مكتبه لتخبره السكرتيرة بالأمر. يتعجب من ذلك ويقول في ذهنه: "عجباً!... ما يريد مني هذا الفتى ليطلب رؤيتي شخصياً".

نجدت يخطف قبعته المعلقة ويذهب الى درج مكتبه. يُخرج منها نظارات شمسية كبيرة. يلتفت الى السكرتيرة ويقول: "أنا ذاهب الآن... سأعود خلال ساعة كحد اقصى".

يتجه صوب السجن المركزي... يطلب رؤية قيس.

أثناء الزيارة... نجدت بصوته الأجش: "أتمنى أن يكون الأمر مهماً لجلب رجل عجوز مختبئ عن الأنظار".

قيس: " الأمر مهم جداً أكثر مما تتخيل... لكن أريد أولاً أن اعقد اتفاقاً معك ".

يجيب نجدت: " وما هو الإتفاق؟ ".

يجيب قيس بصوت متزن: "إن وجدت لك طريقة لإنهاء المنظمة هل يمكنك إخراجي من هنا؟".

يضع نجدت يده على شاربه الأبيض الكثيف ثم يقول: " وهل لديك حل لشيء كهذا!؟ ".

قيس: " أجبني عن سؤالي أولاً ".

نجدت: " بالتأكيد مقابل القضاء على المنظمة لا أعتقد أن إخراجك من هنا سيكون مشكلة على الإطلاق... يمكنني تدبر الأمر".

مرر قيس الرسالة لنجدت من أسفل الحاجز الشفاف وقال: " أقرأ محتوى الرسالة هذه ".

يُخرج نجدت نظارة القراءة خاصته من جيب معطفه ويبدأ قراءة الرسالة بتمعن. بعد مرور دقائق... يقلب نجدت الورقة لتفقد الموقع المكتوب خلفها ثم يضعها جانباً.

قيس يقدم جسده العلوي للأمام قليلاً ويقول بنبرة فيها حماس: " ما رأيك؟ ".

يجيب نجدت وهو ينزع نظاراته: "السؤال الأهم أنت ما رأيك!؟ هل تثق بمحتوى هذه الرسالة؟ ومن أعطاك إياها؟".

قيس: " عم البروفيسور عمرو هو من أعطاني هذه الرسالة. في الواقع هي المرة الأولى التي أراه فيها. لكن محتوى الرسالة فيها الكثير من الدلالات على أن كاتبها عمرو. فعلى سبيل المثال معرفته بأنني أرسلت رسالة اطلب فيها المساعدة منه. وحده عمرو من يعلم ذلك. بالإضافة توقيعه بإسم العداء البطيئ، يُشير بذلك للمرة الأولى التي تقابلنا فيها في الماراثون. أما عن الموقع المذكور في الخلف. فهو في حديقة جبلية مطلة على البحر هي ذاتها التي أخبرني عنها مسبقاً حيث أراد التقدم لحبيبته كارمن للزواج... تلك معلومات شخصية متعلقة بشدة بعمرو".

يجيب نجدت: " اممم... أرى ما تصبو إليه. على الفرض جدلاً أنه هو من كتب هذه الرسالة مسبقاً. هل تصدقه بالفعل أنه ميت وينوي تدمير منظمة أسسها بنفسه مُنذ زمن طويل!؟ ".

قيس: "بالنسبة ثمانين بالمئة... أجل... إن كان كما ذكره بالرسالة بشأن ابتعاد المنظمة عن هدفها الرئيسي فبالتأكيد أجل! لا يمكنك تخيل عمرو كم هو مؤمن بذلك المبدأ... يقوم بتصفية أعضاء المنظمة ذاتهم إن استهلكوا جميع نقاطُهم".

يأخذ نجدت نفساً عميقاً ثم يقول: "لا أعلم ما أقوله لك يا قيس... لكن انتابني فضول لمعرفة ما تحوي الحفرة. وإن كانت تحوي على حل لتدمير المنظمة".

يغادر المحقق نجدت وبرفقته الورقة التي تحوي إحداثيات الموقع... يقوم بإجراء بعض الاتصالات وإخبار باقي المحققين حلا وحازم. يتوجهون جميعاً فيما بعد إلى الموقع المحدد وبرفقتهم بعض القوات الخاصة احترازاً إن كان الأمر مجرد فخ. بعد تفقد المنطقة والتأكد من أنها آمنة وغير مراقبة. يرسل أحد خبراء المتفجرات والألغام لعمل الحفرة في حالة وجود لغم في ذلك الموقع. بعد مضي ساعات من التنقيب الدقيق... يخرج الخبير وبحوزته حقيبة سوداء صغيرة جداً. يقوم بفتحها... الجميع يتراجع خطوة للوراء لحظة فتحتها. لكن لم يحدث شيء! يشعروا بسذاجتِهم لخوفهم الشديد. كل هذا الوقت من أجل هذه الحقيبة السوداء الصغيرة! بداخل هذه الحقيبة كان ثلاث أشياء ظرف وهرم بحجم كف راحة اليد وعصا صغيرة جداً بطول إصبع البنصر. يمرر الخبير الحقيبة وما تحتويها الى المحقق نجدت ويقول: " تفضل الحقيبة... إنها آمنة... وهذا الهرم الصغير الذي بداخلها لا يمكن أن يكون أي نوع من أنواع المتفجرات ".

يأمر نجدت بفض التجمع وانصراف الجميع... معلناً إنتهاء مهمتهم. يحمل نجدت الحقيبة السوداء وما تحويها ويتجه صوب مكتب التحقيقات برفقة حازم وحلا للبحث في الأمر.

الفصل السادس عشر والأخير:

في غرفة التحقيقات الصغيرة... في منتصف الطاولة المستديرة تم وضع الحقيبة السوداء. حلا تتأمل في الهرم الصغير الذي وجدوه داخل الحقيبة تمرره فيما بعد لحازم. المحقق نجدت بحوزته العصا الصغيرة (انظر الصورة رقم 3). يقوم بتحريك جزء منها بحركة دائري لتظهر رقعة تحمل مسمى القادة فئة س ويستمر بالتحريك لتظهر المقيمين فئة أ ثم باقي فئات المنظمة.

يقول المحقق نجدت مخبراً باقي المحققين: "العود الصغير هذا مقسماً الى ستة أجزاء جميعها يمكن تحريكها بذات الطريقة الدورانية وتحوي رُقعات باسم فئات المنظمة".

يمرر العود إلى حلا لفحصه... تقول حلا: "اتعجب ما الهدف من هذه الأشياء. كيف لنا أن نقضي على المنظمة بهذه الألعاب!".

يجيب حازم بلهجة ساخرة ناظراً الى المحققة حلا: "لنكف عن العبث ونتفقد الظرف فبالتأكيد يحتوي على الإجابة".

تمُد حلا يدها لتلتقط الظرف أولاً وهي ترمق حازم بنظرة حادة. تقوم بشق طرف الظرف وفتح الرسالة التي بداخلها... تقرأها بصوت مرتفع ليسمع الجميع.

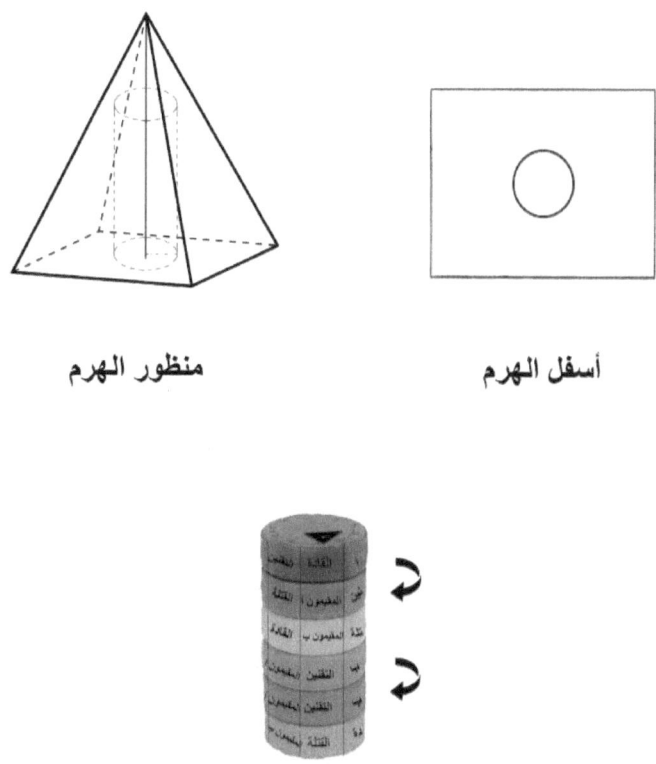

منظور الهرم   أسفل الهرم

العصا الأسطوانية ذات الأجزاء المتحركة

الصورة رقم 3: صور توضيحية للهرم الصغير والعصا المتحركة.

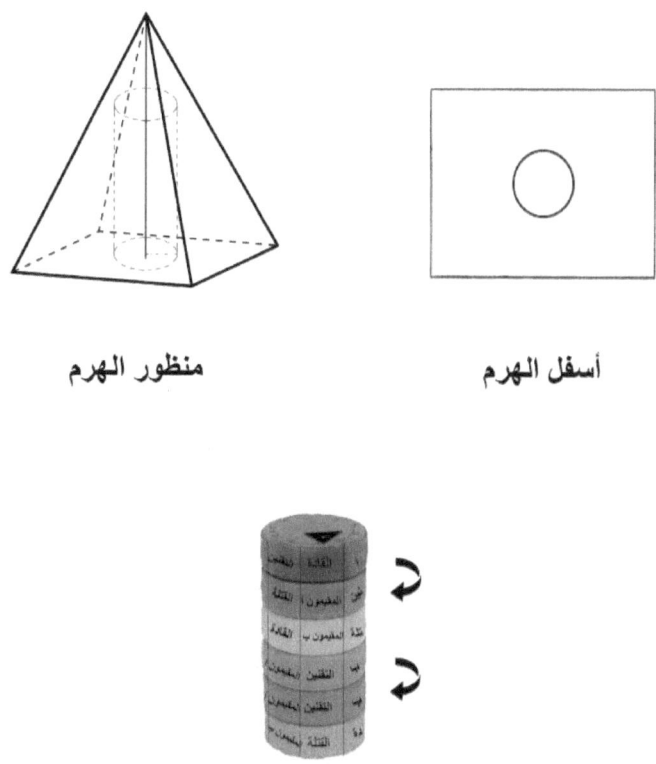

محتوى الرسالة:

أعزائي المحققين... أنا البروفيسور عمرو قائد المنظمة وكونكم تقرأون هذه الرسالة فهذا يعني موتي. لا تفرحوا كثيراً بهذا الخبر. موتي لا يعني حل المشكلة بل يعني تفاقمها وخروجها عن السيطرة. وصول محتوى هذا الصندوق إليكم كان بملئ إرادتي. وكون هذه الرسالة بين أيديكم يعني أنَ المنظمة تتمادى وتبتعد كل البعد عن الهدف الأساسي الذي أنشئتُها لأجله. الخبر الجيد هو أني سأساعدكم لإيقاف المنظمة حيث أنكم لم تستطيعوا فعل شيء طيلة هذه المدة. لا يوجد حل لإيقاف المنظمة في هذه المرحلة سوى القضاء على جميع أفرادها فهم أصبحوا الآن اشبه بآلة قتل فتاكة بيد الشخص الخطأ. أعلم أن الأمر سيكون دموي لكن من حُكم خبرتنا السابقة من الأحداث التي حصلت لن يكون لديكم مانع في ذلك.

حسناً لنبدأ بشرح محتوى الحقيبة... يوجد في داخلها ثلاث أشياء أولهم هذه الرسالة وهي دليلكم لحل هذه الأحجية. ثانياً، الهرم الصغير. وأخيراً العصا التي عليها ست رُقع قابلة للتغير. إن ما يهمكم بالفعل هو ما بداخل الهرم الصغير. لكي تستطيعوا فتح الهرم عليكم وضع العصا الإسطوانية بترتيب فئات المنظمة الصحيح التي يجب أن تموت أولاً. من الأعلى للأسفل. ثم وضعها في المكان المخصص له داخل الهرم. يوجد تسلسل صحيح واحد فقط. قد تستغربوا لوجود ست خانات في مقابل فئات المنظمة خمس فقط. سأدع ذلك لكم لتكتشفوا أمره!

(ملاحظة مهمة: أمامكم ثلاث محاولات فقط لوضع التسلسل الصحيح لموت الفئات. في حال تجاوز المحاولات الثلاث أو محاولة فكه من الخارج الهرم سيُتلف ما في داخله آلياً). الهدف من وراء هذه الأُحجية هو أختبر ذكائكُم لأطمئن أنني سأترك الأمر لأناس أكفاء. إن لم تستطيعوا فك أحجية كهذه فالعالَم سينتهي لا محالة إن كنتم من سيقوده فيما بعد! لذا لا يهم بأي طريقة ستؤدي بنهاية العالم.

تلميحات مساعدة:

1- إحدى فئات المنظمة يجب أن تتكرر مرتين.

2- الطريقة المتبعة سابقاً للقضاء على المنظمة لن تفلح فلا تضيعوا المحاولة بها.

3- محتوى الهرم : (كرة إلكترونية صغيرة, عنوان لموقع ما).

4- التدمير سيكون ذاتي.

اتمنى لكم التوفيق،

البروفيسور عمرو.

المحققون الثلاث يحدقون ببعض بأفواه مفتوحة بعد سماع محتوى الرسالة.

يقول حازم بنبرة صوت مرتفعة نسبياً: " ذلك الرجل مجنون لا محالة! لم أتوقع أن علينا حل أحجية للوصول للمحتوى. يا له من عاشق للدراما ".

تضيف حلا قائلة وهي تتأمل بالهرم الممسكة به بإحدى يديها والعصا باليد الأخرى: "لا اعتقد أن فك الأحجية سيكون صعباً جداً!".

يضيف نجدت بصوت هادئ: "وجود ثلاث محاولات فقط هو ما سيصعب الأمر".

ينهض نجدت بالاستعانة بعكازه متجه للوح الذي خلف الطاولة. يمسك أحد الأقلام ويبدأ بالكتابة ويقول: " لنرتب الأفكار وما لدينا من أدوات. مبدأياً لدينا الفئات الخمس التالية: التقنين، القتلة، المقيمين فئة أ، المقيمين فئة ب، والقادة فئة س. هذه هي الكتابات الخمس المتاح وضعها في الخانات الست. الترتيب المنطقي للقضاء على المنظمة يكون بقطع رأس الأفعى أي البدء بقتل القادة ثم من هم أقل مرتبة أي المقيمين فئة أ ثم المقيمين فئة ب، يتبقى القتلة والتقنين. في الغالب التقنين أعلى مرتبة من القتلة. يبقى في آخر المطاف خانة فارغة ! ".

تنهض المحققة حلا لتقف جنباً الى جنب مع المحقق نجدت أمام لوح التحليل... تقوم بسحب أحد الأقلام وتبدأ برسم محتوى الحقيبة ثم تقول: " لنتوقف قليلاً عند هذا الحد... لنستعين بالتلميحات التي ذكرها بالرسالة. إحدى الخانات يجب أن تكرر ذلك بديهي لوجود خانة إضافية. أما عن التلميح الثاني فلم أستطع استيعابه ماذا يقصد بقوله أنّ طريقتنا في القضاء على المنظمة لا تفلح ! كيف له أنه يعلم طريقة عملنا أساساً ! على كل حال التلميح الثالث والأهم محتوى الهرم. لابد أن الكرة الإلكترونية تحتوي على معلومات مهمة تساهم بالقضاء على المنظمة والموقع المحدد هو حيث سيتم استخدام الكرة فيه. أما التلميح الأخير... التدمير الذاتي... نعلم ذلك مسبقاً هو أمر بسيط جداً لأن يعني أي شيئ ! ".

يجيب حازم واضعاً يده على خده: " اقترح تكرار التقنين فهم الفئة الوحيد المتجددة. لا يمكنني الجزم بذلك لكن قد يكون ذلك ذو صلة. وإن كان كما تحللون صحيحاً فإن الترتيب النهائي سيكون كالتالي: القادة , المقيمين فئة أ , المقيمين فئة ب , التقنين تكرر مرتين ثم أخيراً القتلة. وبذلك يكون لدينا ترتيب من ست خانات ".

يُجيب المحقق نجدت: " لا أعلم مازلت متردداً حيال ذلك... التحليل منطقي لكن سبب التكرار مازال غير مفهوم بعد ".

يقول حازم: " لنجرب هذه الفرضية فلدينا محاولتين أُخرى في حال لم تنجح هذه المحاولة ".

يلتفت المحققين الى بعضهم البعض بتردد... يقولون في آن واحد: " حسناً!! ".

يقومون بوضع الترتيب المتفق عليه بالعصا الإسطوانية ذات الرقع الست. ها هو حازم يضع العود ببطئ في المكان المخصص له داخل الهرم. الهرم يصدر صوت طنين ثم يضيء باللون الأحمر. يبدو أن الترتيب لم يفلح. يخرج حازم العصا ثم يقول: "الترتيب ليس صحيحاً... ماذا علينا فعله الآن؟ ".

دقائق من الصمت... تكسر حلا ذلك السكون بقولها: " هل من الممكن أن نكون أخطأنا في الترتيب الأخير! ربما يجب علينا وضع القتلة أولاً ثم التقنين بشكل مكرر ".

يجب نجدت: " لا أعلم... من المحتمل. لكن دعونا نفكر ملياً وروية قبل إجراء المحاولة القادمة ".

يحمل نجدت حافظة الشاي خاصته ليجدها قد أنتهت... يُشير قائلاً: " سأذهب لأعد المزيد من الشاي وأفكر في الأمر بأنفراد فذلك يساعدني في ترتيب أفكاري ".

يجيب حازم: "بالتأكيد سيد نجدت خذ وقتك... سنبقى بانتظارك هنا في غرفة الاجتماعات ولن نقوم بأي إجراء حتى عودتك".

يغادر نجدت الغرفة ليسير في الممرات عسى أن يصفي ذهنه... يبقى سوى حازم وحلا بالقاعة. يتبادلان النظرات بصمت. تقول حلا: " عجباً ما الذي فعلناه بشكل خاطئ؟ ".

يجيب حازم: " لا أعلم... لكن دعينا نعيد التفكير في الأمر بروية. إن استطعنا فهم المقصود من التلميحات بشكل كلي فسنجد الحل.

(في المشهد التالي الحوار الذي يدور بين حازم وحلا سيكون مطابقاً تماماً للحوار الذي يدور في ذهن نجدت).

الأفكار ذاتها... التوقيت ذاته... لكن في أماكن مختلفة.

حازم مخاطباً حلا: " الكرة الكترونية هي الشيء الثمين الذي سيقضي على المنظمة!... التدمير سيكون ذاتي... امم لم نعطي تلك الجملة انتباه تام. لنفكر بكيفية تنفيذ ذلك، يمكنهم القضاء على الأعضاء بإستخدام السُم الذي في أسنانهم لكن...".

تكمل حلا الجملة: "لكن... السُم لا يوجد سوى في أضراس فئة القتلة... يجب أن يكون هناك وسيلة أُخرى".

حازم متهلفاً: " باستخدام القتلة... كسلاح التدمير! ".

حلا: "إن كان ما تقول صحيحاً... وضعنا القتلة في الخانة الأخيرة كان صحيحاً... لكن بما أن القتلة هي البيدق كان لابد من تكرار القتلة بدل التقنين حيث يقوموا بتصفية بعضهم بعضاً في آخر مرحلة!".

يجيب حازم: "صحيح! لكن ماذا عن التلميح الثاني؟ ماذا يقصد بأن طريقتنا خاطئة؟".

تجيب حلا: " لابد أنها بناء على شيء قد شاهده عندما كان حياً... الهجمات التي تم شنها على المنظمة؟". تصمُت لوهلة... ثم تضيف "هل يقصد أن قتل قادة المنظمة كبداية لن ينفع في الأحجية!".

يتساءل حازم: " إن لم نبدأ بالقضاء على قادة المنظمة... اذاً بمن نبدأ؟ ".

تجيب حلا وقد اتسعت حدقة عيناها: "التقنين !!... لديهم صلاحية الولوج الى جميع أسماء وبيانات أعضاء المنظمة. الأهم من ذلك كله أنهم هم من يرسلوا أسماء المستهدفين الى القتلة. يجب القضاء عليهم أولاً لمنعهم من عرقلة المهمة!".

تلمع عينا حازم... كأنه يرى الصورة كاملة الآن. أشبه بتلك المرحلة من لعبة البازل. اللحظة التي تدرك فيها ما هي الصورة الكاملة قبل الإنتهاء من حلها كلياً.

تستمر حلا بالكلام: "فإن افترضنا أن تلك الكرة تحوي فيروس إلكتروني سيُسطير على الحاسوب المركزي للمنظمة ويرسل أسماء أعضاء المنظمة كمُستهدفين يجب قتلهم! في

البداية يجب أن يموت المبرمجين لعدم ملاحظتهم الأمر وإيقاف ما يجري. ثم القادة ثم الفئة أ ثم الفئة ب. وأخيراً القتلة أنفسهم".

أصوات خطوات المحقق نجدت المتوافقة مع صوت عكازه تقترب نحو قاعة الأجتماع... يُفتح الباب. ليقول الجميع بصوت مرتفع في ذات التوقيت!

حلا وحازم: " وجدنا الحل! ".... المحقق نجدت: " وجدت الحل! ".

يتجمع الثلاثي حول الطاولة وبمنتصفها الهرم والعصا الإسطوانية الذي يحوي الرُقع القابلة للتغير.

يلتفت حازم يميناً صوب حلا ثم شمالاً صوب نجدت ويقول: "هل نحاول فك الهرم بالترتيب الذي توصلنا له؟".

حلا ونجدت يقومان بإيماءة رأسهما كعلامة على الموافقة. هم خائفون لقول كلمة نعم. دقات قلبهم تزداد وطأتُها. حازم يسحب الهرم والعصا من الطاولة. يضع الرقعات بالترتيب المناسب. ها هو يدخل العصا في المكان المخصص له بالهرم... الهرم أضاء باللون الاخضر! وفي لحظات الهرم يتفكك لقطع كثيرة... في داخله كرة الكترونية ذُو لون فضي لامع وورقة صغيرة.

تمد حلا يدها لتمسك بالكرة. تتأملها وحدقتا عيناها قد اتسعتان: " شكلها مُبهر! ".

يتفقد حازم الورقة: " يوجد هنا إحداثيات دقيقة لموقع ما ". يقلب الورقة ثم يقول: "هناك كلام خلف الورقة" يقرأ محتواها: "تهانينا على لقد حللتم اللغز! ملاحظة المحاولات الثلاث كانت مجرد دعابة أنا لست مجنون إلى هذه الدرجة حتى أتلف ما في داخل الهرم!".

يجيب نجدت: "حتى بعد وفاته لازال يغيظني!... لكن أتعجب ما الذي سنجده في ذلك الموقع يا ترى؟".

يتجه جميع المحققين ودون تردد نحو المكان المحدد... بحوزتهم الإحداثيات والكرة الإلكترونية. طلبوا بعض سيارات المرافقة في حال حدوث أي طارئ.

سيارة المحققين تقترب من الإحداثيات المعطاة... تقول حلا وهي تنظر من النافذة: "المكان مهجور هنا! وجميع مبانيها محطمة!".

يجيب المحقق نجدت: " هذا المكان يدعى وادي الحزن... أصابه زلزال مُنذ أكثر من أربعين عاماً أطاح بكل مبانيه وتسبب بمقتل الآلاف. المكان قريب من صفيحة الأرض المتحركة. كان يجب منع بناء المباني هنا منذ بادئ الأمر. عقب تلك الحادثة أصبحت القوانين أكثر صرامة تجاه المخالفين... لكن بعد فوات الآوان ".

تجيب وهي تتأمل بتفاصيل حطام القرية المدمرة: " يا للهول! ".

تقف السيارة فجأة... يجيب السائق: "لقد وصلنا للمكان المحدد... الإحداثيات تشير إنه في المبنى الذي على اليمين".

يطلب نجدت من القوات المسلحة التي ترافقهم بتفتيش المكان قبل دخولهم. بالفعل يقتحم عشرات من رجال الأمن المكان لتفقده. بعد مضي نصف ساعة... يعود قائد القوات المسلحة نحو السيارة التي تحوي المحققين ويقول: " لمكان آمن يمكنكم الدخول".

يعرج المحققين من السيارة وبرفقتهم جهاز تعقب الإحداثيات. يدخلون المبنى المهدم وهم يسيرون بحذر لتفادي الحطام والحديد البارز من الخرسانة بسبب الدمار. حازم يقف جامداً ويقول: " الإحداثيات تقول إن المكان هنا أمامي! لكن لا يوجد سوى كتلة خرسانية كبيرة ".

يطلب من القوات المسلحة المساعدة باستخدام بعض المعدات الخاصة لإزالة تلك الكتلة الخرسانية... تتقدم حلا من خلال هؤلاء الرجال جميعاً. تنظر للأسفل كأنها لاحظت شيئاً ما. تقوم بنفض الغبار بيدها عن جزئ من الأرض... لتجد قطعة حديدية على شكل دائري وبمنتصفها مكان فارغ بحجم الكرة الإلكترونية التي لديهم.

تلتفت نحو حازم وتقول: " أعطني تلك الكرة الإلكترونية من فضلك ". ثم تُلقي الكرة في ذلك الفراغ.

القطعة الحديدية بدأت بالتحرك ببطئ للأعلى... حلا والبقية يعودوا بضع خطوات للخلف... أصبحت القطعة الحديدية على أرتفاع متر تقريباً. ثم في لحظة... ظهر منها شكل ثلاثي الأبعاد لشخص ما. وجهه غير واضح. كأنه مبرمج مسبقاً لكيلا تكشف هوية المتحدث.

يبدأ ذلك الرجل بالقول بصوت مُؤتمت آلياً: " مرحباً... اسمي بلال ... في الغالب أنتم كنتم تتوقعون رؤيتي شخصياً. لكن أعتذر لتخييب ظنكم. هذا المقطع مسجل مسبقاً قبل زمن طويل. بوضع الكرة هنا فقد تم تفعيل التدمير الذاتي للمنظمة. إن كان لديكم الفضول عن كيفية تمام المهمة. فالأمر سيتم بإرسال أسماء أعضاء المنظمة الى القتلة على أنهم مستهدفين استنفذوا نقاطهم كلها. وبما أن فئة القتلة لا يعلمون أي شيء عن الفئات الأخرى فلن يدركوا ذلك. وفي آخر المطاف القتلة سوف تستهدف بعضها البعض... في خلال الثماني والأربعين ساعة المقبلة ستسمعون عن حالات وفاة لأشخاص كثر أعلى من المعدل الطبيعي نتيجة السُم بالإضافة لوفاة بعض كبار الشخصيات ممن هم تابعين للمنظمة سراً. تلك ستكون علامة نجاح المهمة... مهمتكم هنا قد انتهت... طاب يومكم! ". يزول المجسم الثلاثي الأبعاد وتختفي كل الإضاءة.

ينظر حازم الى نجدت وحلا ويقول: "هل انتهى دورنا هنا!؟".

يجيب نجدت: " يبدو أن الأمر كذلك! ".

في الساعات التي تلتها... تلك الكرة أرسلت الأمر إلى الحاسوب المركزي لتفعيل التدمير الذاتي. وكما توقع المحققون بدأت التصفية بالتقنيين... تلاها تصفية القادة فئة س. عمرو وضع احتياطاته لهذه الخطة بزرع خلايا نائمة تابعة للمنظمة بالقرب من القادة. قد يكون سائقه الشخصي أو الطباخ الخاص به... أو كلاهما. بالفعل جميع قادة المنظمة تم لدغهم بالسُم. من قبل أحد عمالهم الشخصين أو قاتل قريب. استمروا بيومهم كأن شيء لم يحدث... لكن نهايتُهم محتومة.

في الطرف الأهم من القصة... المسؤول جيم! قائد المنظمة الحالي. يُلدغ من قبل سائقه الخاص في صباح ذلك اليوم.

بعد مرور ساعات... الظلام دامس... جيم بدأ يشعر بخمول في جسده لكنه يتجاهل الأمر. يتصل به أحد القادة من أصدقائه يخاطبه بنبرة صوت خافته وبطيئة: " جييم ... أنقذني رجاءاً! شعرت بإرهاق شديد فذهبت للمستشفى لتفقد الأمر... ". ينهار الرجل كلياً ويشرُع بالبكاء ثم يستمر قائلاً: " قالو إني أُصبت بالسُم ولا شيء يمكنهم فعله! جيم أنقذني أرجوك ".

يبدأ جيم بالارتعاش... يجيب: " لا تقلق... لا تقلق سأتصرف ". يغلق الاتصال بسرعة... أدرك عمرو في تلك اللحظة أنه مصاب بالسُم ايضاً والإرهاق الشديد الذي يشعر به إحدى

أعراضه. يتجه نحو خزانته و يرمي الأشياء بشكل عشوائي باحثاً عن شيء ما... يجده أخيراً! ثم يقول: " ها هو العقار... وجدته! ". يأخذه بلا تردد لأي لحظة... قدماه ترتعش ولم تعد تستطيع حمله. يقع على الأرض ويتكئ على كرسي كان بجانبه... يفقد الوعي لساعة تقريباً... يستيقظ مجدداً! يقوم بتجميع قواه والزحف نحو المرآة. استطاع اخيراً الوصول إليها. يتكئ عليها بيداه ثم يبدأ بالضحك بشكل هستيري! يضحك ويضحك حتى وصل الى مرحلة تحولت ضحكاته الى بكاء! فقد رأى بالمرآةِ أن جسده قد تلون بالأزرق " العقار لا يعمل!". يردد بنفسه ووجهه خليط من الازرقاق والدموع: " كم أنا أحمق!... ما كان عليّ الوثوق بك يا عمرو ".

دخول الكاتب ... المشهد الثالث:

ها أنا احتسى قهوتي واستمتع بمشهد الانتقام مثلكم تماماً... لكن لنعد بالزمن قليلاً حيث طلب المسؤول جيم من البروفيسور عمرو ترياق للسُم وتفاصيل ما حدث خلف الكواليس...

بعد تفكير دام طويلاً... قررا عمرو والدكتور أسعد أن يعطوا المسؤول جيم دواءاً وهمياً بلا مفعول! وجرعة قليلة لكيلا يتيح له مجال تجربته على أحد. بالإضافة طلب عمرو من الدكتور أسعد أن يكون دواء ذو لون جذاب حيث أن الإداريين والسياسين يهتمون في المظاهر! ذلك سيكون مقنعاً أكثر للنفس كما قال عمرو. لن اطيل الأمر عليكم سأدعكم تتابعون الأحداث.

خروج الكاتب ... المشهد الثالث.

يزحف المسؤول جيم صوب أحد الأدراج بالقرب من سريره... يخرج منها مسدس ناري. يتأمل به قليلاً... يرفع رأسه ويقول: " عمرو أيها الحقير! لم أستطع التخلص منك حتى بعد موتك. لن أموت بسُمك القذر هذا كما أردت ". يصوب المسدس نحو رأسه... لحظات من الصمت... تلاها صوت طلقة نارية صاخب أخافت الطيور في الحديقة المجاورة دفعها للتحليق بعيداً.

سلسلة تصفية أعضاء المنظمة استمرت... خلال ثماني وأربعين ساعة... جميع أعضاء المنظمة أصبحوا جثث زرقاء. لم يبقى أحد سوى بلال وبعض الأسماء التي استبعدهم عمرو مسبقاً. الحاسوب المركزي يتوقف عن العمل بشكل كلي. يترقب بلال وصول إشارة إليه تشير بتمام المهمة. لحظة وصول الرسالة لتأكيد ذلك. يغلق عينيه ويقول في ذهنه: " يمكنك أن ترقد بسلام الآن يا عمرو ". يفتح عيناه مجدداً. يلتفت نحو زوجته وحقائب السفر تملأ الغرفة... يقول: "علينا الرحيل الآن... أحضري الأطفال، لا أريد التأخر عن موعد إقلاع الطائرة".

بعد مضي يومين... الأنباء عن زيادة حالات الوفاة نتيجة السُم في جميع قنوات الأخبار. لم يقتصر الأمر على ذلك! الأنباء شملت وفاة بعض الشخصيات المهمة من ضمنهم بعض الفنانين. أمّا عن الخبر الأهم!... فهو مصرع الوزير جمال قادر. أجل ذلك صحيح! جمال هو ذاته المسؤول جيم! بعد هذا التيار الهائل من الأخبار يأمر المحقق نجدت بتجمع المحققين.

في غرفة التحقيقات... حلا وحازم قدما أولاً.

حازم يقول بلهفة: " هل سمعتي خبر وفاة الوزير جمال؟ يا إلهي لابد أنه كان عضواً في المنظمة ".

تجيب حلا: " أجل !!... لم أكن أتخيل تورط أحد بهذا المستوى مع المنظمة! ".

حازم والابتسامة قد ارتسمت على وجهه: " أعتقد أن عملية التدمير الذاتي للمنظمة قد نجحت أليس كذلك؟ ".

حلا تُصيبها عدوى السعادة لتبتسم هي الأخرى قائلة: " بعد سماعنا تلك الأخبار في اليومين الفائتة أكاد أجزم بذلك ".

يُفتح الباب ... يدخل المحقق نجدت على ضحكات حازم وحلا... الغرفة تشع بالطاقة الإيجابية. يقترب نجدت نحو الطاولة. يحمل بيد عكازه وباليد الآخر ملف فضي اللون. يلقي الملف على الطاولة ويقول: " القضية قد أغلقت! ". يجلس على كرسيه ويستمر في الكلام: " جئت لأودعكُم فقط وأخبركم أن بإمكانكم العودة لحياتكُم الطبيعية الآن ".

حازم وحلا يعانقان المحقق نجدت... حازم: " كان شرفاً كبيراً لنا العمل معك ".

حلا: " أتمنى رؤيتك لاحقاً محقق نجدت... في قضايا آخرى ربما! ".

يضحك المحقق نجدت ضحكة زلزلت شاربه الأبيض: " الشرف لي اعزائي ".

يستأذناه بالذهاب... فهم لا يطيقون الصبر لإخبار أهلهم وأصدقائهم أنهم على قيد الحياة. ريثما يسيروا بخطوات سريعة للخارج... يستوقف حازم حلا ويقول: " أيها المحقق حلا... هل انتظرتي قليلاً ".

تتوقف حلا ترمقه بنظرة تعجب مع ابتسامتها التي مازالت متواجدة على وجهها فهي بمزاج جيد: " ماذا هنالك ايها المحقق حازم؟ ".

ينظر حازم بعيناه لجهة اليمين لوهلة ثم يرفع رأسه قليلاً ويقول: " أود أن أطلب منك شيء ما... في الحقيقة كنت أفكر بهذا الأمر منذ مدة لكن لم أجد الوقت المناسب للتحدث به معك "..... يصمُت لثانية ثم يستمر في القول: " أعتقد أنك فتاة جميلة وذكية جداً وأود أن أدعوك للخروج برفقتي في يوم ما ".

تحولت ابتسامة حلا عريضة إلى ابتسامة خفيفة ناعمة... تُجيب: " اعتقدت أنك لن تسألني ذلك أبداً!... حسناً... لما لا".

يجيب حازم ممازحاً: " إجابتك أسعدتني أكثر من خبر إقفال قضية المنظمة ".

حلا مع ضحكة خجولة: " توقف عن ذلك! ".

يتفقد حازم جيبه ثم يقول: " سحقاً ليس بحوزتنا نظاراتنا الشخصية خاصتنا بعد... كيف سيكون بوسعي التواصل معك؟ ".

تلتفت حلا يميناً وشمالاً: " هل لديك ورقة وقلم؟ ".

يخرج حازم بطاقة بيضاء من جيبه... يقول: " لدي فقط هذه الورقة البيضاء ".

تجيب حلا: " سأحضر قلم من المكتب المجاور ".

تتجه صوب المكتب وتحضر قلم كان على إحدى الرفوف... قبل الخروج من الباب تقف قليلاً ...

تقوم حلا بفك عقدة شعرها... تنحل العقدة ويتدلى شعرها الأملس على كتفيها... ثم تخرج من المكتب وتتجه نحو حازم. تُقدم حلا يدها وتقول: " اعطيني الورقة لأكتب الرقم الخاص بنظاراتي الشخصية ".

حازم يحدق بحلا فهي المرة الأولى الذي يرى شعرها منسدل بهذه الطريقة... تُعيد حلا سؤالها: " حازم الورقة! ".

حازم: " أجل أجل!... تفضلي ".

في السجن المركزي للمدينة... قيس مستلقياً في زنزانته. يقرع حارس الأمن الباب عليه ثم يقول: "قيس استعد سيتم نقلك الى سجن آخر في غضون ساعة!".

ينهض قيس بسرعة... يجيب: " إلى أين!؟ ساعة فقط! لما لم تخبرني من قبل؟ ". يغادر حارس الأمن دون أن يُجب.

بالفعل يتم تقيد قيس ووضع وشاح على عيناه أستعداداً لنقله. أثناء الرحلة قيس يسمع صوت تحرك السيارة لكن عيناه مغمضتين تماماً. يقول: "هل من سجين آخر برفقتي هنا؟".

لا يجيب أحد...

يسمع قيس صوت توقف السيارة. ثواني قليلة... الباب الخلفي يُفتح... يتم سحب قيس لخارج السيارة. يصرخ عالياً: " إلى أين تأخذُونني؟ ".

ينزع العصابة عن عيناه ليرى المحقق نجدت يتجه صوبه بمساعدة عكازه. يقول نجدت أثناء فك الحارس لقيود قيس: "لماذا تصرخ هكذا! ألا ترى أننا في طريق خاوي لا يوجد به أحد!".

قيس: " نجدت! ماذا يجري هنا؟ ".

يجيب نجدت: " أفي بوعدي لك... تم القضاء على المنظمة ". يقوم بتمرير ظرف الى قيس ثم يستمر قائلاً: "تفضل ها هي إثباتاتك الجديدة، هوية جديدة بأسم مختلف مع بعض المال. عليك السفر بعيداً وبدأ حياتك من جديد. سيتم نشر خبر وفاتك في الأخبار لامتصاص غضب الشارع حول قضيتك. سُرعان ما سينسى الناس أمرك لاحقاً. سأشرف على نقلك بطيارة خاصة الى إحدى الدول الصديقة التي تربطنا علاقة جيدة مع حُكامها. أرجو منك ألا ترتكب الأخطاء ذاتها في حياتك القادمة".

يتأمل قيس في هويته الجديدة لوهلة... يرفع رأسه لينظر مباشرة في عيني نجدت: "لا أعلم ما عليّ قوله لك!".

المحقق نجدت: "شكراً لإنقاذ حياتي للمرة الثانية.... ربما؟".

يقترب قيس بخطوات بطيئة ثم يعانقه...

النهاية...

إن اعجبتك الرواية أتوق شوقاً لسماع رأيك في قسم المراجعة للراوية او عبر موقع التواصل الاجتماعي الخاص بي.

المؤلف:

م. عبد العزيز مزيد

انستغرام: azizmazed